AMBITION 1부

토룡영인

구선모 新무협 판타지 소설
FANTASTIC ORIENTAL HEROES

토룡영인 2

구선모 新무협 판타지 소설

초판 1쇄 찍은 날 § 2008년 9월 3일
초판 1쇄 펴낸 날 § 2008년 9월 10일

지은이 § 구선모
펴낸이 § 서경석

편집장 § 문혜영
편집책임 § 정서진
편집 § 유경화 · 최하나

펴낸곳 § 도서출판 청어람
등록번호 § 제1081-1-89호
등록일자 § 1999. 5. 31
어람번호 § 제2-1572호

주소 § 경기도 부천시 원미구 심곡1동 350-1 남성B/D 3F (우) 420-011
전화 § 032-656-4452 팩스 § 032-656-4453
http://www.chungeoram.com
E-mail § eoram99@chol.com

ⓒ 구선모, 2008

ISBN 978-89-251-1461-3 04810
ISBN 978-89-251-1459-0 (세트)

AMBITION 1부

토룡영인

구선모 新무협 판타지 소설

FANTASTIC ORIENTAL HEROES

2

[전장 속으로]

도서출판 청어람

目次

第一章
내겐 기연이 아니라 천연(天緣)이었다

이따금씩 어두워진 시야를 환하게 밝혀주는 번개와 천둥소리.

　바람과 장대비가 함께 어우러진 최악의 상황.

　굴비의 지휘에 따라 도길과 악호가 조심스럽게 영인을 들것에 옮겼다. 비록 다급한 상황에서 급하게 만든 것이지만 정신 없는 영인을 눕히기엔 적당했다. 더욱이 숨을 쉬고 있다 하더라도 영인의 상태는 반송장과 다름없는 최악의 상황이라 최대한 안정을 취해야 했다. 자꾸 헛소리를 할 정도로 정신이 온전하지 못했으며, 눈은 이미 뒤집어진 지 오래였다.

　"으~ 죽여 버……."

　'흐미, 미친 새끼. 저런 상태에서도 죽인다고 지랄이네. 참나, 괜히 쓸데없는 걱정을 했잖아. 젠장할 놈!

명규는 어정쩡한 모습으로 영인이 들것에 실려 옮겨지는 것을 보다가 귀를 파고드는 영인의 목소리에 소름이 돋았다. 하늘이 자신을 돕지 않았다면 오늘이 자신의 생이 마감하는 날이었을 것이 분명하다는 생각이 들었던 것이다. 더불어 영인이 깨어나면 열심히 아부라도 해야겠다는 생각이 잠깐 머릿속에 자리를 잡았다가 순식간에 사라졌다.

"저… 일어나겠지?"

"몰라."

"…정말? 그럼 혹시 이대로……."

"그럼 넌 도길 아저씨에게 죽을지도……."

"그렇겠지? 흐미."

명규는 무성의한 굴비의 말에 고개가 절로 숙여졌다. 괜히 시빗거리를 만들어 고생을 자초했다는 생각이 들었으며, 스스로의 처지가 한심스러워 한숨만 나왔다.

"휴~ 제발 무사히 일어났으면 좋겠구먼. 그래야 내 목이 성하겠지."

"그럴걸."

"욕밖에 안 나오네, 젠장!"

"내가 최대한 노력하겠지만 너도 영인의 옆에서 거들어줘야 할 거다. 그나저나 벼락 맞은 놈을 한 번이라도 봤어야 어떻게든 하지. 정말 큰일이네."

"흐음."

툴툴거리며 걸어가는 굴비의 뒷모습을 보면서 명규는 앞으로 자신의 인생이 순탄하지 않을지도 모른다는 생각이 들었다. 완전히 미운털이 콱 박힌 오리새끼가 되었기에 모든 일에 조심하면서 꼬투리를 잡히지 않아야 무사할 것이기 때문이다. 한순간의 치기로 인해 언제 뒤에서 칼이 날아올지 모르는 적지로 변해 버렸기에.

*　　　*　　　*

사방이 흰 눈으로 덮인 겨울.

멀리 언성(鄢城)을 한눈에 바라볼 수 있는 벌판에 자리한 군영의 한쪽에 마련된 연무장 모퉁이에 영인은 멍한 표정으로 의자에 걸터앉아서 하늘을 쳐다보고 있었다. 겨울바람이 한창 기승을 부릴 시기라서 그런지 공기 자체가 싸늘했지만, 영인은 애써 바람에 퍼덕이는 옷깃을 부여잡으며 한쪽에서 열심히 칼을 내리치고 있는 명규를 이따금씩 쳐다보았다. 하지만 명규의 시선이 자신에게 옮겨지려는 순간 고개가 하늘로 향했다.

'새끼, 조금만 기다려라.'

영인의 눈빛이 한순간 빛을 발했다가 순식간에 초점이 흐려졌다. 삼 개월 동안 그래 왔듯 명규에게 신경조차 쓰고 있지 않다는 것을 일부러 보여주면서 멍한 시선으로 하늘을 바라보기 시작했다.

사 개월이 순식간에 지나갔다.

그동안 영인의 병세는 완치까지는 아니지만 혼자 걸어다
닐 정도로 호전되었다. 물론 이렇게 되기까지 굴비와 주변
사람들의 세심한 보살핌이 있었고, 무엇보다 명규의 극진한
노력이 크게 작용했다. 하지만 이러한 명규의 행동은 영인에
게 있어서 가식적인 몸부림에 불과할 뿐, 자신의 손으로부터
벗어나기 위한 절규에 지나지 않았다. 그러나 고마운 마음이
전혀 없는 것은 아니었다. 비록 손톱에 끼어 있는 때만큼이
지만.

더불어 삼 개월 동안 영인의 주변뿐만 아니라 이자성의 군
대도 약간의 변화가 있었는데, 그 시작은 영인이 낙뢰를 맞아
실신했던 날부터였다.

영인의 기억에서 지우고 싶을 정도로 끔찍하게 고통스러웠
던 그날.

육천여 명의 병사를 이끌고 도주를 강행했던 부종용은 이래
형 부장의 별동대에 앞이 막히고 뒤따라온 병사들에 포위되어
몰살당했다. 부종용으로서는 아쉽게도 목표로 했던 항성까지
십이 리 정도 남겨둔 곳이었다. 물론 전투 중에 총책임자인 부
종용 총도독과 섬서총독 전종용 등 휘하 무장들은 포로가 되어
처형당했지만, 이자성이 상낙산에서 재기한 이후 처음으로 명
나라의 대규모 토벌군을 격파했다는 것은 의미가 큰 승리였다.

또한 적의 수장을 죽이고 황군을 전멸시키면서 대승의 기

세를 탔다 판단한 이자성은, 석 달 동안 상수(商水) 및 남양(南陽)과 우주(禹州) 등지로 진군하여 당왕(唐王) 주율막(朱聿鏌)과 연진왕(延津王) 주상찬(朱常澂) 등을 죽이는 진짜 대승을 거두었다. 이 승리 이후 항성과 개봉 등 하남의 여러 성을 공략하였으나 이자성의 바람과는 달리 아쉽게도 이런 기세가 계속되지는 않았다. 거듭된 승리에 꺾일 줄 모르던 기세는 지난달, 즉 작년 마지막 달 이차 개봉 공략 중 좌양옥(左良玉)에 의해 활활 타오르던 불꽃을 삭일 수밖에 없었으며, 개봉 함락을 기대하던 이자성은 아쉬운 마음을 뒤로하고 군대를 돌려야만 했다.

당시 이자성이 개봉과 하남을 공략하는 등 기세가 점점 높아지자 황제의 명을 받은 좌양옥이 십만의 병력을 이끌고 이자성의 거점이던 임영(臨潁)을 공략하여 백성들을 죽이고 약탈하며 민가를 불태워 버리는 등의 도성(屠城)을 행한 것이다. 이에 분노한 이자성은 어렵게 구축했던 개봉의 포위망을 풀고 좌양옥의 군대를 향하여 진격하여 언성으로 달아난 좌양옥의 군대를 끝까지 쫓아 그 일대를 포위하였다. 이후 양 진영은 언성과 그 일대에서 대치 상황을 유지하고 있었다.

"뭘 그렇게 보고 있냐?"

"…하늘이요."

"하늘? 명규가 아니고?"

"하늘이… 맑습니다."

"훗."

"뭐가 웃깁니까?"

"네가 하늘을 본다니까 웃겨서 그런다."

"젠장! 저 재수없는 새끼 얘기를 지금 왜 해요?"

영인은 명규를 향해 손가락을 곧게 펴고 목에 핏대를 세우며 도길을 향해 목소리를 높였다. 그러나 도길은 지금과 같은 상황을 자주 겪었기에 영인을 향해 살짝 웃으며 옆자리에 털썩 앉았다.

"흠! 어차피 조만간 깨끗이 정리할 생각입니다."

"지금 그 몸으로? 아서라. 괜히 몸만 상하는 게 아니라 네 녀석이 도리어 당할 수도 있다."

"제가요? 지금 그 말… 진심으로 하는 말은 아니겠지요?"

"……."

"오히려 당할 수도 있다……. 훗! 정말 진심으로 하는 말 같네."

영인은 설마하는 표정으로 도길을 쳐다봤다. 하지만 자신도 모르게 얼굴 한쪽이 살짝 굳어지고 있었다.

"당연하지."

"에이, 설마… 요."

"못 믿겠냐? 그렇게 자신있다면 믿지 말고. 그렇지 않아도 명규와 네가 언제 붙을지 기다리는 사람들이 하루가 다르게 늘어가고 있다. 물론 열흘 안으로 싸움이 붙으면 난 명규가 이긴다는 거에 걸었지."

"…농담이지요?"

"은자 한 냥."

"…젠장."

현재 영인의 수중엔 은자 세 냥이 있었다. 물론 이 년가량 목숨을 담보로 벌었던 것이다. 따라서 은자 한 냥이란 영인에게 있어서 거금이었다. 더욱이 지금은 철전조차 구하기 힘든 난세였기에 그런 거금을 자신이 아닌 명규에게 걸었다는 도길의 말은 심적으로 크게 다가올 수밖에 없었다.

영인은 조용히 도길을 향해 독기 어린 시선을 주었다. 마치 배신자를 보는 듯한 눈빛이었다.

"흠! 그런 눈으로 볼 것 없다. 그것이 현실이니까."

"흐음."

"현실을 직시하고 지금 네 몸 상태를 봐라. 한창 몸을 만들고 무공을 익혀야 하는 귀중한 시기에 넌 사 개월이나 병상에 누워 있었다. 하지만 명규는 오히려 너한테 맞아 죽지 않기 위해서 저렇게 칼을 휘두르고 있잖냐. 흠! 물론 내가 그동안 적지 않은 도움을 주기는 했지만."

"아무리 제가 넉 달을 누워 있었다고 해도 아저씨 말대로 명규를 어찌할 수 없다고는 믿을 수 없어요. 아니, 인정하지 못해요. 그리고 저도 그냥 누워 있었던 것만은 아니잖아요. 꾸준히 심법을 익혔다고요."

"훗, 그 잘난 나한심법과 진무심법?"

"아저씨!"

"아서라. 그런 심법을 몇 달 익혔다고 실전에서 바로 써먹을 수 있을 것 같으냐? 이젠 너보다 명규의 움직임이 더 좋다는 것을 너도 보고 있으니 알겠지만, 우리 같은 무인 아닌 무인들은 심법보다 초식을 익혀야 실전에서 하나라도 더 써먹을 수 있다. 더욱이 명규는 낭인으로 떠돌던 경험과 군부에서 배운 경험이 있어서 그런지 너보다 초식을 이해하고 익히는 속도가 장난이 아니었다. 솔직히 네 녀석과 비교하면 배 이상 빨랐지. 흠! 그러니 더 이상 속앓이하지 말고 인정할 것은 인정해라. 지금 붙는다면 넌 무조건 필패다. 패하고 난 후 명규 등살을 네가 견뎌낼 수 있겠냐?"

"젠장! 그러니까 왜 명규한테 삼황포추공을 가르쳐 준 거냐고요. 아무리 명규가 도와달라고 통사정을 해도 모른 척했어야지요!!"

영인은 도길을 향해 버럭 성을 냈다. 도저히 인정하고 싶지 않은 것을 인정해야 할 것 같은 상황에 처하자 그동안 가슴에 담아두었던 도길에 대한 서운함이 밖으로 표출된 것이다. 하지만 도길의 눈빛이 순간 번뜩이자 언제 그랬냐는 듯 영인의 고개가 밑으로 숙여졌다.

"휴~ 어쩔 수 없었다. 네놈 손에서 어떻게든 살아보겠다고 발악하는 것이 눈에 보이는데 어른 된 입장에서 어떻게 그걸 모른 척하겠냐? 더구나 삼황포추공이 내 무공도 아니고, 또 제대로 된 내공심법을 가르쳐 준 것도 아니지 않냐. 물론 내 무공이 아니니 친우에게 미안하지만 나로서도 어쩔 수 없었다.

뭐, 조장의 부탁을 처음부터 거절할 수도 없었고."

"어쩔 수 없어요? 조장의 부탁? 은자 두 냥을 받았으면서 그런 말을 제 앞에서 잘도 하십니다."

"끄응."

"휴~"

'정말 젠장이다. 무슨 수를 쓰든 간에 명규를 한 번은 밟아놔야 직성이 풀리겠는데…….'

그동안 명규에게 시달렸던 사정을 직접 눈으로 본 영인이었기에 도길의 변명에 대해 뭐라고 말을 할 수가 없었다. 그만큼 도길에게 삼황포추공을 배우려고 했던 명규의 노력이 몸에 달라붙어 떨어지지 않으려고 발악을 하는 거머리처럼 끈질기고 눈물겨웠기 때문이다. 물론 보이지 않는 뒷거래가 큰 작용을 했지만.

지금도 어떻게 꼬드겼는지 명규는 얼마 전까지만 해도 조장이었던 영도와 함께 이래형 부장에게 도법을 배우며 열심히 땀을 흘리고 있었다. 물론 지금의 영도는 휘하에 오백 명이 넘는 병력을 거느린 백인대장이었다. 일개 백인대장이 이 정도의 병력을 휘하에 둔다는 것은 놀라운 일이었다. 비록 그 내면의 사정을 자세히 살펴보면 다른 생각이 들겠지만.

그러나 문제는 백인대장이 된 영도가 아니라 명규였다. 바람이 쌩쌩 불어 오줌을 누면 얼어버리는 겨울 벌판에서 명규의 칼이 바람을 가르며 움직일 때마다 영인의 가슴엔 주변을 활활 태울 것만 같은 울화가 치밀었다.

"흠, 그나저나 조만간 공격할 것 같더라."

"옛? 아, 그럼 언성을 치는 건가요?"

"그건 나도 모르지. 하지만 어째 분위기가 좋지 않은 것 같더라. 이 부장이 하는 말을 영도가 조금은 주워들었는지 영 하는 말이 좋지 않더라."

"그럼 곧 공격한다는 거네요. 그런데… 혹시 이번 전투엔 저도 참가하게 되는 겁니까?"

"아마도 그렇게 되겠지. 그렇지 않아도 움직이지도 못하는 널 끌고 다닌다고 윗놈들이 굴비에게 눈치를 주고 있는데 이번에도 빠지면 곤란해지지 않겠냐?"

도길의 말이 계속될수록 영인의 눈이 가로로 길게 찢어졌다. 도길이 따로 설명하지 않아도 이번 공격에서 영인이 빠진다면 곤란해지는 사람은 영인이 아니라 굴비였다. 아니, 굴비뿐만 아니라 영인도 포함될 것이 분명했다. 더욱이 굴비의 보호를 더 이상 받을 수 없게 된다면 영인은 이자성의 부대에서 떨어져 나갈 수밖에 없을 것이다. 물론 언젠가는 나갈 것이지만 아직은 때가 아니었다. 그리고 나간다면 스스로 나가고 싶었다. 어쩔 수 없이 등 떠밀려 나가는 것이 아닌.

"훗, 그 윗놈들 중에 영도도 당연히 끼어 있겠죠?"

"아마도."

"개새끼!"

도길의 말에 영인의 입 언저리가 저절로 찌그러졌다. 하지만 영도를 이해할 수 없는 것도 아니어서 고개가 절로 끄덕여졌다. 아니, 자신도 모르게 고개를 좌우로 흔들었다. 이후 멀리 부상병들이 누워 있는 곳을 향해 천천히 고개를 돌렸는데, 그곳엔 굴비가 바쁘게 이리저리 움직이고 있었다.

'만약 굴비 형이 도와주지 않았다면 어떻게 됐을까? 또다시 혼자서는 아무것도 할 수 없었던 그 절망 속으로 떨어졌겠지? 그럴 수는 없지. 아암! 절대로 다시는 죽음밖에 희망이 없었던 그때로 돌아갈 수는 없어.'

영인이 낙뢰에 맞아 사경을 넘나들고 있을 당시, 영인의 부상을 전해 들은 영도는 바로 영인을 자신의 조에서 제외시키는 한편, 병사 충원의 필요성을 직속상관인 유종민 장군에게 고하였다. 내심 영인이 자신의 출세를 위해 큰 활약을 해줄 것을 기대하고 있었는데 아무런 성과도 없이 죽을 날만 기다리는 병신이 되었다는 생각에 화가 나서 바로 조치를 취했던 것이다.

하지만 이러한 상황을 도길에게 전해 들은 굴비가 유종민 장군에게 무릎까지 꿇고 통사정을 하면서 상세를 지켜보자는 것으로 일단락되었는데, 만약 허락을 구하지 않았다면 영인은 부상당한 병사들처럼 한순간에 버려지는 처지가 되었을 것이다. 정말 영인으로서는 생각도 하기 싫을 정도로 부끄러운 일이 아닐 수 없었다.

"오늘은 기분이 어떠냐?"

"어? 송 아저씨."

"응? 송 형이 이곳엔 어쩐 일로?"

"오랜만에 저 녀석 얼굴이나 보려고 왔네. 몸 상태가 궁금하기도 하고."

"이 녀석을? 흠, 그럼 난 이만 전 형한테나 가봐야겠구먼."

"예? 벌써요?"

"송 형이 오랜만에 찾아왔으니 난 이만 빠져주는 것이 너한테도 좋지 않겠냐? 송 형, 저 녀석 심심하지 않게 재미있는 얘기나 해주고 오시게나. 내 굴비에게 따끈한 죽엽청 한 병 구해놓으라 하겠네."

"허허."

도길은 악호에게 손을 흔들어 보이며 영도와 명규가 한창 연무를 하는 곳으로 향했다. 전이구 등 영도의 조가 머물러 있는 장소로 간다면 굳이 지나치지 않아도 되는 곳이었기에 누가 봐도 도길이 일부러 연무를 방해하기 위해 지나치려고 한다는 것을 눈치 챌 수 있었다.

"후후, 아직도 심술이 풀리지 않았나 보구먼."

"심술이 아니라 화겠죠."

"그렇게 생각하냐? 흠, 어쩌면 그럴 수도."

"그런데 어쩐 일이세요?"

"어쩐 일이긴, 그냥 이런저런 얘기나 하려고 왔다. 아무래도 오늘이 아니면 편안하게 너하고 얘기를 나눌 시간이 없을 것 같아서."

"그렇지 않아도 궤 아저씨한테 전해 들었습니다. 내일 출전할지도 모른다면서요?"

영인은 악호의 의미심장한 말에 얼굴을 찡그렸다. 하지만 이런 변화는 순식간에 사라져 악호의 눈가에 깊은 잔주름을 만들었다.

　"왜, 겁이라도 나냐?"

　"겁이라뇨! 제가 어디 전장을 한두 번 겪어봅니까."

　"그럼?"

　"그냥… 뭐랄까? 괜히 만사가 귀찮다는 생각이 들어서요."

　"귀찮다? 뭐가? 인생이?"

　"뭐… 거창하게 인생이라고 할 것은 없지만 굳이 끼워 맞추면 인생이라고 할 수도 있겠네요. 마치 다른 사람을 위해 제 목숨과 인생을 허비하는 것이 아닌가 하는 생각이 들어서요. 하하~ 요즘 병상에 누워만 있어 이런저런 쓸데없는 생각을 자주 하게 되네요."

　영인은 왠지 괜한 소리를 한 것 같아 머쓱한 표정으로 머리를 긁었다. 자신이 생각하기에도 사십 년가량 나이 차이가 나는 악호 앞에서 인생이니 뭐니 말을 한다는 것 자체가 웃기는 말이었기 때문이다. 비록 편하게 아저씨라 부르고 있지만 나이 차이로만 따져도 충분히 할아버지라 불러도 될 정도였기 때문이다.

　"그동안 꽤 괜찮은 생각을 하고 있었구나. 인생이라… 여자와 황금을 제외한다면 무엇을 생각하든 쓸데없는 생각은 없다고 생각한다. 더욱이 무공을 익히려고 한다면 여자와 황금은 필히 조심하고 또 조심해야 할 것들이지. 물론 이건 전적으로 내 생각이다."

"저는……."

'여자와 황금을 멀리하라고? 지금 내가 말하고자 하는 것은 그게 아니잖아요. 휴, 그나저나 지금 내 나이가 얼만데 그런 말을 하십니까?'

영인은 속으로 악호의 말을 부정하였지만, 그것을 굳이 밖으로 표출하지는 않았다. 그저 스스로가 아니면 되었기 때문이다.

"흠, 그나저나 요즘은 너무 편해서 그런지 이것저것 생각하다 보면 궤 아저씨가 해줬던 이야기 속의 기연이라는 것이 왜 제게 오지 않나 하고 생각하기도 한다니까요."

"기연?"

"예, 우습죠? 하하, 그런 생각을 하는 것도 우스운데 이렇게 아저씨께 말하고 나니까 제 자신이 더 한심한 것 같네요."

"후, 기연이라……."

"에이! 그냥 생각이에요, 생각. 아저씨, 제가 요즘 시간이 남아돌아서 그런 한심한 생각이나 하고 있다고 생각하셨죠? 그렇다고 너무 이상한 눈으로 보지 마세요."

"허허, 이거 참. 넌 네가 그동안 무슨 기연을 얻었는지 생각해 보지 않은 것 같구나."

"예? 그게 무슨……?"

'기연을 얻었다고? 언제……?'

그냥 화제도 돌리고 넋두리 겸 해서 웃자고 한 말에 악호가 정색을 하자 영인은 오히려 어리둥절한 표정으로 쳐다보았다. 더욱이 자신이 기연을 얻었다는 말에 절로 두 눈이 동그랗게 변할 수밖에 없었다.

"처음 군영에 들어왔을 때의 네 모습을 생각해 봐라. 조금만 잘못 건드려도 금방 쓰러질 것 같은 비리비리한 체구를 하고서 이리저리 사람들 눈치만 보던 때와, 지금의 기회만 생기면 명규를 족치려고 하는 네 모습은 확연하게 차이가 나질 않느냐. 창조차 마음껏 휘두르지 못하던 녀석이 비록 삼류라고는 하지만 궤 형과 전 형 등 몇 명한테 무공을 배우면서 지금은 당당히 제광마란 명호까지 얻고 군영을 활개치고 있지를 않냐. 그러고 보니 키도 좀 컸구나."

"음."

"더욱이 굴비한테 글까지 배우고 덤으로 약간의 의술까지 배우고 있는 것으로 알고 있는데?"

"……."

"흠! 네가 아직 굴비가 네게 얼마나 큰 기연을 주었는지 정확히 모르고 있는 것 같구나. 넌 굴비한테 평생을 두고 감사하며 살아야 한다. 지금과 같은 난세에, 더욱이 너와 같은 상황에서 글을 배울 수 있다는 것은 삶의 복이지. 암! 하다못해 세상엔 천지인이라는 글자조차 배우지 못한 사람들이 수두룩하다. 물론 그들 중에는 무림인도 상당수 포함되는 것은 말할 필요조차 없지."

"아……."

"비록 무공의 내용 중 중요하다 할 수 있는 대부분은 글이 아니라 구결로써 전해지지만, 스스로 기초를 다지려면 필히 글을 알아야만 한다. 그래야 비급을 보며 스스로 해결할 수 있는 능력을 지니게 되지. 그리고 몸으로 배우는 것에는 한계가 있다. 절정의 무공을 배우려면 반드시 글을 알아야 하고, 그것도 글자 하나하나의 의미를 유추할 수 있어야만 깨달음을 얻을 수 있다. 따라서 넌 굴비에게 글을 배움으로써 그 발판을 마련한 것이다. 특히 혈과 혈도에 관해 배운다는 것은 무인의 삶을 목표로 하는 네겐 천운이라 할 수 있다. 알겠냐? 이래도 네 삶에 기연이 없었다고 말할 수 있겠냐?"

"…아저씨 얘기를 듣고 보니 제가 정말 기연을 얻기는 했네요. 그러고 보니 벌써 이 년이 넘게 흘렀군요. 이젠 어디를 가더라도 그때와는 상황이 다른데, 제가 너무나 어리석은 생각만 하고 있었습니다. 이런 말을 하는 스스로에게 미안하고 무엇보다 저를 돌봐준 굴비 형이나 아저씨께 죄송하네요."

"이제라도 알았으면 됐다, 녀석."

악호는 영인의 머리를 몇 번 쓰다듬으며 등을 툭툭 두드렸다. 마치 손자를 대하는 것처럼 악호의 손길에서 정이 가득 담겨져 있다는 것을 영인은 느낄 수 있었다. 도길에게선 몇 번 느낀 감정이지만 악호에게서는 오늘이 처음이었다. 그에 이상한 생각이 들어 악호의 얼굴을 향해 고개를 들었다.

"왜, 이상하냐?"

"아니요. 그냥 평소의 송 아저씨 같지가 않아서요. 혹시 무슨 일… 있나요?"

"일은 무슨, 오랜만에 네 녀석과 말상대를 하니 괜히 멋쩍어서 그런다."

"……?"

"훗, 녀석. 그렇게 쳐다볼 것 없다. 아까도 말했지만 오늘은 그냥 너와 얘기를 좀 나눌까 해서 왔다. 뭐, 변변치 않지만 내 지나온 얘기도 네 녀석이 듣고 싶다면 해줄 용의도 있고. 그리고 네게 줄 것도… 아니다. 천천히 하자."

"예? 뭘 줘요?"

"별거 아니다. 얘기를 다 들어주면 그때 생각해 봐서."

"정말요? 알았어요. 하하, 제가 요즘 남아도는 게 시간 아닙니까. 자! 시간은 많으니까 편안하게 말씀하세요."

"녀석."

일부러 옆자리를 마련한다는 듯 먼지를 터는 부산스러운 영인의 움직임을 보면서 악호의 입가에 잔잔한 미소가 걸렸다.

영인의 옆에 앉은 악호는 일다경 정도 시간이 흐르는 동안 아무런 말 없이 정면을 주시하였다. 앉자마자 바로 말문을 열 것 같았는데, 아무래도 지나온 세월이 많은 만큼 나름대로 정리할 시간이 필요했던 것이다.

영인 역시 악호의 표정과 행동을 보면서 이와 같은 상황을 짐작할 수 있었다. 그에 조용히 악호의 말문이 열릴 때까지 옆에 앉아 기다렸다. 나름 기다렸던 순간이기도 했기 때문에 자신의 성급함으로 이런 기회가 하늘로 훨훨 날아가 버릴 것 같아 조심스러웠다.

"흠, 시간이 좀 흘렀지? 미안하구나. 막상 다른 사람한테 내 얘기를 시작하려니까 지나온 세월과 나 자신의 삶에 대해서 미안하고 후회가 되는 부분이 많구나. 감회도 새롭고."

"아니에요. 전 신경 쓰지 말고 천천히 하세요. 시간은 많습니다."

"그래, 고맙구나. 어디서부터 얘기를 하는 것이 좋을까? 그렇지. 뭐, 어린 시절은 딱히 할 얘기도 없으니 건너가고, 아마도 네가 궁금해하는 얘기부터 시작하는 것이 좋겠지?"

"……."

"흠, 내가 처음 손에 칼을 쥔 것은 너보다 조금 빠른 열다섯 살부터였다. 물론 목검은 여덟 살 때부터 휘둘렀지. 칠 년 정도 장난감처럼 목검을 휘두르니까 부친께서 열다섯 살 생일 선물로 칼을 주시더구나. 그리고… 부친께서는 산동성 창읍(昌邑)에 조그만 무관을 운영하셨다. 따라서 다른 무가의 녀석들처럼 일찍 병기 다루는 기술을 배울 수 있었다. 비록 무관의 규모가 작았지만, 그 일대에서 부친의 명성은 꽤 높은 편이었지. 하지만 내가 스물일곱 살 때, 그곳 관리들과 시비가 붙어 옥살이를 하시던 중 돌아가셨다. 아니지, 엄밀히 말하면 부친의 명성을 시기하던 주변 무관의 꾐에 관리들이 놀아난 거다."

"그런……."

"휴~ 그 이후 내가 변변치 못해서 그런지 다른 무관들에 밀려 관원들이 빠져나가서 운영하던 무관을 접을 수밖에 없었다. 다행히 시집을 가신 누님이 모친을 부양하게 되면서 나는 그럭저럭 쉽게 무관을 정리하고 떠날 수 있었다."

"아……."

"허허, 당시엔 젊고 혈기 왕성할 시기라서 그런지 무엇이든 열심히 하고자 하는 마음이 앞섰다. 당연히 중원을 떠돌며 여러 무관들을 기웃거리기도 했고, 무명을 얻고자 비무를 핑계로 많은 비무를 했지. 아니, 비무가 아니라 살아남기 위한 싸움의 연속이었다. 그러면서 여러 친우들을 사귈 수 있었고, 나름 적지 않은 성취도 거둘 수 있었다."

"음……."

악호의 얘기가 계속될수록 영인은 점점 얘기 속으로 몰입되었다. 마치 향후 자신의 삶을 미리 듣는 것 같은 기분이 들었기 때문이다. 군영을 나간 후 자신 역시 무림에 발을 담글 것이기에 악호의 한마디 한마디가 절실하게 다가왔다.

"헛, 녀석. 정작 중요한 얘기는 지금부터다. 흠! 그렇게 십 년 가까이 강호를 전전하며 나름 무명을 쌓을 수 있었고, 비무에서 패배보다는 승리를 하는 경우가 많았다. 그때 나이가 마흔두 살쯤 되었을 때지. 강호에서 십오 년 정도를 보낸 것이다. 그것도 사지 멀쩡하게 말이다. 비록 위험한 고비도 여러 번 있었지만 당시 결과만 볼 때 난 스스로 일가를 이뤘다 생각했다. 따라서 그동안 연락조차 하지 못했던 모친과 누님도 볼 겸 고향으로 가야겠다고 마음먹었다. 실력과 나이, 그리고 적지 않은 재력도 있었기에 부친처럼 무관을 하나 차릴 생각이었지. 젊었을 때의 패배를 설욕할 자신이 있었다. 아! 재력은 별로 크지 않았다. 무림을 떠돌며 표국에서 일도하고 제법 큰 세가의 호위무사 노릇도 몇 번 하니까 은자가 모이더구나. 겨우 무관 하나 차릴 정도 모은 것이 전부였지만."

"그래도 무관을 차릴 정도면 꽤……."

"당시엔 목표가 있었으니까 절로 허리띠를 졸라맬 수밖에 없었지. 휴~ 하지만 그 모든 것이 한순간의 꿈이라는 것을 알게 되었다. 삼류는 삼류일 뿐이라는 것을 말이야. 정말 생각하기도 싫은 패배였다. 아니, 어른이 아이를 가지고 노는 듯한 일방적인 구타에 지나지 않았지."

"……?"

"허허, 지금 네 나이 정도였다. 구파일방과 오대세가 녀석은 아니었다. 하다못해 유명한 무가도 아니었고, 호남성을 지날 때 한 번쯤 흘려들었던 그저 그런 무가의 녀석이었지. 한마디로 강호에선 이류에 지나지 않는 곳에 적을 둔 녀석에게 패한 것이다. 홋, 그때는 너무도 처절한 패배 때문에 인정하지 못했지만, 진정한 무공이 어떤 것인지 깨닫게 된 계기가 되었다. 그리고 아무리 실전적인 무공을 익혔다고 해도 초식에 공력을 실을 수 없다면 헛된 칼질에 지나지 않음도 알게 되었지."

"음……."

"나도 어릴 때부터 심법 수련을 통해 축기를 하고 있었다.

비록 영약이란 것을 보지도 먹지도 못했지만 쉼없이 꾸준하게 했기에 부끄러운 정도는 아니었다. 더구나 그 녀석 역시 나와 같이 반 갑자도 못 되는 공력을 지니고 있었고 발기도 하지 못하는 녀석이었는데, 너무도 어이없게 패한 것이다. 더욱이 난 그동안 목숨을 담보로 수많은 실전을 겪었다. 물론 그 녀석도 나름 피땀을 흘리며 수련을 했겠지. 휴~ 그런데 말이다. 난 그 녀석한테 초식에서도 상대가 되지 못했다. 수많은 실전경험? 훗, 그것도 상대에게 어느 정도 대응할 수 있는 실력이 겸비되어야 응용도 하고 임기응변이 가능한 것이다. 난 처음 칼질 한 번 한 이후 녀석의 검이 공격해 들어오는 것을 보지도 못했다. 아니, 눈으로 보이는데 피할 수가 없었지. 그만큼 삼류 떠돌이 무공과 이류 문파의 제자라고는 하지만 진짜배기 무공은 차이가 큰 것이다. 후후… 그 일이 있은 후 난 무관을 열겠다는 생각을 접고 실의에 빠졌다. 처음 고향을 등질 때처럼 방황을 거듭하며 정처없이 강호를 떠돌아다녔지."

"아……."

"그렇게 삼 년 정도 떠돌았다. 무관을 열려고 마련했던 재물도 술과 기녀들에게 대부분 탕진하면서 세월을 허비했지. 정말 덧없이 세월을 낭비한 것이다. 그런데 세상은 정말 재미있는 곳이더구나. 아니, 무림 그 자체가 재미있는 곳이라 할까? 여하튼 하늘이 날 도와주고 싶은 마음이 있었는지 네 말대로 기연을 만나게 되었다."

쿵!

"옛? 기, 기연이요?"

한 무인의 인생 여정을 듣는다는 생각에 조용히 감상하는 마음으로 듣고 있었는데, 생각지도 못한 악호의 말에 영인의 두 눈이 순간 반짝였다. 악호의 말에서 기연이란 생각지도 못한 단어가 불쑥 튀어나올 줄은 정말 생각지도 못했기 때문이다. 더구나 다른 사람도 아닌 악호의 말이었다.

악호!

주변 사람들이 일류일지도 모른다는 신뢰가 가득 담긴 눈빛으로 바라보며 경외하는 그 송악호.

그렇다면 정말 기연이라 말할 수 있는 일이 있었던 것이다. 일반 사람들이 목메며 바라 마지않는 그런 기연이.

"그래, 기연이다. 내 인생과 삶의 의미를 바꿔준 기연이지."

"아……."

"인생의 의미를 잃어버린 난 마지막으로 돌아가신 모친께 효도나 하고 죽자는 생각이 들었다. 모친께선 자신이 죽기 전에 한 번이라도 보타검문(普陀劍門)에 공양을 하고 싶다고 말씀하셨던 일이 떠올랐지. 지금도 당시의 일만 생각하면 고개가 갸웃거려진다. 기녀를 옆에 끼고 한참 술을 먹고 있었는데 왜 갑자기 그런 생각이 들었을까? 여하튼 모친께서 돌아가셨다는 소식을 듣고도 실의에 빠져 술과 기녀로 허송세월을 보내고 있던 난 가보지 못했던 죄송한 마음이 컸었다. 그런데 못난 자식이 대신 찾아간다는 나름의 의미를 부여하니까 아무런 망설임 없이 저절로 발걸음이 움직여지더구나."

"아… 그런데 얘기 중에 미안한데요, 보타검문이 아니라 보타문이 아닌가?"

"그래, 세간에선 네 말대로 보타문으로 많이 알려져 있지. 하지만 무림에선 보타검문으로 불리며 아미파와 함께 여승들이 검을 수련하는 곳으로 유명한 문파다. 한때 검후는 필히 보타검문에서 나온다 할 정도로 아주 유명한 곳이었지. 물론 지금은 보타검문 하면 검후라는 인식이 사라질 정도로 많이 쇠락했지만. 여하튼 난 죽기 전에 보타검문을 보고 싶었다. 모친 대신 공양도 하고 싶었고. 그래서 당시 강서성에 있던 난 무작정 보타검문이 있는 절강성으로 향했다. 하지만 승주(嵊州)를 지나면서 공양에 쓸 은자 두 냥 외엔 마땅히 여비로 쓸 철전조차 변변치 않아서 아예 노숙할 생각으로 회계산(會稽山)을 넘게 되었다. 생각했던 대로 날이 어두워져 노숙하기 위해 주변에 괜찮은 곳을 찾게 되었고, 마침 눈에 잘 띄지 않은 작은 동굴을 찾을 수 있었다."

"동굴이요?"

"그래, 동굴이었지. 처음엔 곰이나 다른 맹수들이 있을지도 모른다는 생각에 조심스러웠지만, 아무리 살펴봐도 동물이 서식했던 흔적은 발견할 수 없었다. 그래도 마음이 놓이지 않아 망설였지만, 밖에서 냉기를 맞는 것보다는 낫다는 생각에 동굴로 들어갔다. 훗, 너는 혹시 이런 말 들어봤냐? 예전 친우들에게 재미 삼아 들었던 말 중에 이런 말이 있다. 기연은 기암으로 둘러싸인 절벽이나 동굴에서 얻는다고. 그때는 웃으며 넘어갔는데 그런 일이 내게 일어난 것이다. 동굴에서… 이백 오십 년 전 죽은 고수가 남긴 것으로 보이는 비급을 얻은 것이다. 비급 말이다."

쿠쿵!

"비, 비급이요? 지금 비급이라고 했나요? 정말요?"

"그래, 비급이다. 시중에 떠도는 삼류 비급이 아니라 절정의 무공이 수록된 비급이었다. 정말 당시로써는 하늘이 불쌍한 나를 돕는구나 하는 생각이 들었을 정도였지. 아니, 돌아가신 모친께서 불효막심한 자식을 어여삐 여겨 이런 기연을 주시는구나 하는 생각이 들었다. 비급은… 내게 기연이 아니라 천연(天緣)이었다."

"천연⋯⋯."

이야기가 계속될수록 당시의 감정이 솟구치는지 악호의 두 눈에선 생각지도 않은 눈물이 주르륵 흘러내렸다. 하지만 이내 자신의 감정을 가다듬은 악호의 시선은 얼굴 가득 놀람을 표현하는 영인을 향했다.

"뇌격마검(雷擊魔劍) 나대철(羅大喆). 비급을 남긴 무인이다."

"뇌격마검 나대철. 와~ 명호에서 대단한 고수였단 느낌이 팍 오는데요."

"그래, 정말 대단한 사람이었을 거다. 당시 이류도 못 되는 변변찮은 실력이라 비급의 내용을 읽어보고도 알 수가 없었지만, 훑어본 것만으로도 대단하단 판단이 들 정도였지. 더구나 뇌격마검 나대철이란 무인은 이야기 속에서 말로만 듣던 마교의 원로였다. 그것도 원로원의 수뇌부에 들 정도로 실력이 대단한 인물이었지. 상황이 이런데 당시 내 심정이 어떠했겠냐?"

"마, 마교요? 원로원? 와! 대, 대단했겠네요. 더구나 전설 속의 마교라니……."

"허허, 그때는 지금처럼 말로는 다 설명하지 못할 정도로 가슴 벅찬 회열을 느꼈지. 비급 속의 무공만 익히면 모든 내 마음대로 할 수 있을 것 같았다. 정말 그랬는데……."

악호의 흐릿해지는 뒷말은 영인에겐 아무런 가치도 없었다. 단지 온몸을 휘감고 있는 떨리는 감동과 머릿속에 가득한 마교라는 단어만이 중요할 뿐이었다.

마교!

이백 년 전의 옛날이라면 마교란 말만 들어도 모든 무림인들의 두 눈이 시뻘겋게 변하면서 마교를 들먹인 사람을 찾아검과 칼을 휘두르겠지만, 지금은 정사를 구분 짓는 협이나 의도 희미해진 난세였다. 비록 구파일방과 오대세가 등 대부분의 정파가 백성들을 구제하고 나라에 충성한다는 협의지도와 충의를 내세우지만, 이런 것은 겉모양에 불과할 뿐이었다. 전적으로 자신들의 이익만을 추구하는 사파처럼 대놓고 행동할수는 없지만, 이미 정파의 위신은 땅바닥을 기고 있는 것이 현무림의 정세였다. 한마디로 흑백을 구분 짓는 것 자체가 무림에선 희미해진 것이다.

더욱이 마교는 이미 무림에서조차 전설에나 나오는 이야깃거리에 지나지 않았다. 이런 상황이기에 악호의 입에서 마교란 말이 나왔어도 영인에겐 의외의 상황에 대한 놀람이었을 뿐이다. 다소 당황스럽기는 했지만 당황스러움보다 오히려 설레는 마음이 더욱 컸다.

"휴~ 하지만 몇 년 지나지 않아 그 희열이 절망으로 바뀌었다. 정말 열심히 노력하고 또 노력했는데 절정 무공이라는 것이 생각처럼 쉽게 익힐 수 없는 것이더구나. 하루도 거르지 않고 꾸준하게 심법 수련을 했는데 이상하게도 축기는 어느 정도 가능하나 발기가 전혀 되지 않았다. 물론 그런 상황은 지금도 마찬가지고."

"아~"

"이런 상황이 심법에 국한되는 것이면 그리 낙담을 하지 않았을 것이다. 초식 수련에서도 난관에 봉착했다."

"초식이요?"

"그래. 그동안 나는 칼만을 사용했었다. 하지만 비급에 수록된 것은 검법이었지. 너도 나중에 알게 되겠지만 검법과 도법은 비슷한 면이 있는 것 같으면서도 완전히 다른 것이다. 이를테면 도법은 쾌와 함께 투박하고 무거움을 중시하는 반면, 검법은 쾌와 함께 섬세함과 변화를 중시한다. 당연히 내 성격과는 맞지 않았지. 따라서 초반엔 어느 정도 성과를 보였지만 시간이 지날수록 검법 수련에 진전이 없었다."

"그런……."

"비록 네가 칼을 수련한 것이 얼마 되지 않았지만 충분히 짐작할 수 있을 거다. 더욱이 나는 삼십 년이었다. 삼십 년 가까이 도법만을 수련하다 보면 자신도 모르는 사이 변화는 모르겠으나 섬세함과는 담을 쌓게 된다. 이런 것을 난 검법을 수련한 지 오 년 만에 깨달을 수 있었다. 내 한계를 절실하게 느낄수 있었던 오 년이었다. 그렇게 검법에 매달렸지만 단 한 초식도 대성할 수 없었다. 알겠냐? 겨우 삼성 정도가 한계였고, 심법도 그 이상은 어려웠다."

"어찌 그럴 수가……."

"맞다. 그럴 수 없는 일이 내게 생긴 것이지. 하지만 기연에 대한 욕심을 버릴 수는 없었다. 이런 것이 인간의 욕심이라고 할 수 있을까, 아니면 미련스럽다고 해야 할까? 여하튼 그렇게 한계를 절감한 난 검법을 내게 맞는 도법으로 변화시켜야겠다는 생각을 했고, 당연히 밤잠을 설쳐 가며 노력했다. 심법은 전혀 손대지 못했지만 초식은 어느 정도 변형시킬 수 있었지. 그것도 삼 년 반이 걸렸다. 겨우 원형을 약간 변형시키는 데 말이다. 내 나이 쉰세 살이 되어서야 겨우 내게 맞는 초식을 완성할 수 있었고, 얼마 전까지 그것을 수련하고 조금씩 나와 맞지 않은 부분에 대해 수정을 거듭하였다. 그것이 작은 결실을 만들었고, 지금은 겨우 소성(小成)을 이룬 정도다."

"아~ 그런데 소성이라면?"

"팔성이다. 십성을 성취했다면 대성(大成)했다 할 수 있고, 언제든지 몇 번이라도 마음대로 초식을 펼치고 거둘 수 있는 경지를 십이성이라 한다. 하지만 십이성이라는 것은 심법과 초식의 완벽한 조화와 함께 그 하나하나의 의미를 완전히 파악하고 자신의 것으로 만들었을 때라 할 수 있다. 결코 쉬운 일이 아니지. 여하튼 이런 나의 노력이 성과가 없지는 않았는지 최소한 초식만 놓고 보면 일류라 자신한다. 육십 년 내 삶의 의미를 부여할 수 있는 산물이고, 무인으로서 자존심을 지키고자 했던 욕망의 결과다."

"아……."

영인은 악호의 마지막 말에서 무인의 자존심이 어떤 것인지 간접적으로나마 느낄 수 있었다. 아니, 악호의 인생 경험을 듣는 것만으로도 무림인이란 의미가 지니는 무게감을 파악할 수 있었다.

툭!

"……?"

"많이 생각했다. 네가 낙뢰에 맞아 쓰러지고 난 후 지금까지 정말 고심에 고심을 할 수밖에 없었다. 비록 난 발경은 물론 발기조차 하지 못하는 이류에 지나지 않지만, 그렇다고 함부로 내 전부나 마찬가지인 비급을 네게 넘긴다는 것은 쉽지 않은 결단이 필요했다."

"그, 그럼 이것이……?"

"그래. 내가 말한 기연의 산물이다."

"아!"

영인은 자신의 앞에 놓여 있는 비급을 보며 입이 다물어지지 않았다. 마치 꿈을 꾸고 있는 것이 아닌가 하는 착각이 들었다. 하지만 현 상황이 결코 꿈이 아님을 잘 알고 있었다. 아니, 절대 꿈이 아니어야만 했다. 마음을 다잡고 악호를 향해 시선을 돌렸다.

"그나저나 아저씨, 정말 당황스럽네요."

"휴~ 당황스럽기는 나도 마찬가지다."

"그런데 왜… 제게 왜 이런 귀한 것을 주시는 겁니까?"

"사실 결정을 내린 후 비급을 네게 전하고 있지만, 지금도 이런 내 행동이 잘하는 일인지 모르겠다. 솔직히… 모두 없던 일로 하고 다시 회수할까 하는 회의도 든다."

"아……."

"흠! 농담이다. 많이 생각했다. 정말 고심했지. 물론 네가 앞으로 잘하리란 보장도 없고 이 전쟁에서 살아남을 수 있는 희망도 적어 귀한 비급이 유실되지는 않을까 하는 걱정이 되는 것도 사실이다. 그러나 나보다 조금이라도 젊고 가능성 있는 널 택할 수밖에 없었다. 다른 이유는 없다. 군이 이유를 대라면… 나로 인해 세상에 다시 나오게 됐으니 나와 연이 닿은 네게서라도 빛을 보았으면 하는 바람이랄까? 훗! 네게는 웃기는 말로 들릴지 모르겠지만, 어느 정도 내 진심이 담긴 말이다. 그러니 내가 오늘의 결정을 후회하지 않도록 열심히 수련해라. 내가 옆에서 지켜보겠다."

"아… 가, 감사합니다."

"감사할 것 없다. 비록 내가 부족하여 비급의 정확한 내용을 알지도 못하고 얼마만큼의 위력을 지니고 있는지조차 모른다. 한마디로 말하면… 난 실패했지. 알겠냐? 그 비급이 내게 있다는 것은 돼지 목에 진주 목걸이가 걸려 있는 것이나 마찬가지인 것이다."

"정말 열심히 수련할게요. 아저씨가 제게 이 비급을 주신 것을 후회하지 않도록 정말 최선을 다하겠습니다!"

"그래, 더 이상 긴말하지 않겠다. 그리고 내 역할은 여기까지다. 네가 필요한 부분은 비급을 익히면서 알아서 깨우쳐라. 괜히 어정쩡하게 익힌 나보다 처음부터 네 스스로 깨우치는 것이 좋을 것이다."

"예. 하지만 전혀 모르는 부분이 있으면 어떻게……?"

"흠… 워낙 기초가 없으니 처음은 어쩔 수 없겠지. 하지만 분명히 말했듯이 나로서는 한계가 있다. 그러나 내가 가르쳐줄 수 있는 것이면 시간날 때 물어봐도 된다. 물론 네가 비급의 내용을 이해할 수 있는 경지가 된다면 내게 배웠던 것들이 생각보다 많이 부족했다고 느끼게 될 것이다. 물론 그런 느낌을 받을 수 있는 경지까지 네가 성장했을 때의 얘기겠지만."

"아닙니다. 물어볼 수 있다는 것만으로 만족합니다."

"그렇다면 다행이고. 그리고… 오늘의 이 일은 너와 나만 알았으면 좋겠다. 아니, 반드시 그렇게 해라. 영원히! 내 손에서 비급을 놓는 것이 힘들었듯이 절정의 무공이 담긴 비급은 모든 무인들에게 욕망을 불러일으키는 마물이나 다름없다. 그것은 하수나 고수, 나이가 많고 적음도 예외가 없다. 알겠느냐?"

"예! 그 누구한테도 비밀로 하고 저만 볼게요. 절대로 다른 사람이 알지 못하게 조심하겠습니다."

"그래, 그리고… 아마 지니고 다니기 꽤 불편할 거다. 그러니 되도록 모두 외운 후에 태워 버렸으면 좋겠다. 내가 불안하고 자꾸 보면 무엇인가 하나라도 얻을 수 있을 것 같은 미련이 남아서 훼손하지 못했지만, 넌 충분히 그렇게 할 수 있을 것 같구나. 후… 그냥 노파심에서 한 말이니 크게 신경 쓸 것 없다."

"되도록 아저씨 말대로 할게요."

"고맙다. 이제 그 비급은 누가 뭐라고 해도 네 것이다. 그러니 비급을 삶아 먹든 끓여 먹든 알아서 해라."

"……"

악호는 비급에서 눈을 떼지 못하고 있는 영인을 뒤로하며 천천히 도길이 향한 곳으로 걸음을 움직였다. 이미 할 말은 다 했기에 자리에 앉아 있어봐야 괜한 궁상과 잔소리만 할 것이 뻔했기 때문이다. 그리고 더 이상 미련을 주지 않기 위해서라도 서둘러 일어서야만 했다. 이미 비급은 영인의 손으로 넘어갔기에.

마음을 정리하자 마치 마지막 인생의 짐을 덜은 것처럼 발걸음이 한결 가벼워진 것 같았다.

'그래… 이렇게 내 손을 떠나는구나. 이렇게 놓으면 편안한 것을 왜 그렇게 악착같이 잡고 있었을까? 휴~ 내게서 빛을 보지 못했다고 해도 영인이라면 최소한 무림에 너란 존재가 세

상에 있었다는 것을 알릴 수는 있을 것이다. 그래야 나란 존재
가 있었다는 것도 무림이 알게 되지 않겠냐. 나는 그것으로 만
족할 수 있으니 제발 네 녀석도 영인이에게 마음을 열었으면
좋겠구나. 그래도 영인은 네 녀석이 원하는 최소한의 자격은
갖추었지 않느냐.'

악호는 단 한 번도 자신에게 스스로의 비밀을 쉽게 풀어주
지 않았던 비급에 대한 서글픈 감정을 접자 모든 것이 새롭게
다가왔다. 그리고 혹시 마지막을 함께할지도 모를 도길을 생
각하자 절로 입가에 미소가 그려졌다.

친우.

단 하나의 비밀은 공유할 수 없지만, 인생의 마지막을 함께
할 수 있는 친우가 있다는 것이 행복으로 다가옴을 느낄 수 있
었다. 그만큼 인간의 삶에 있어서 친우란 의미가 지니는 무게
가 큼을 악호는 깨달을 수 있었다.

第二章
너무 깊이 들어가 적의 뜻을 이루게 하지 않는다?

악호가 언제 갔는지 모를 정도로 영인의 모든 의식은 자신의 손에 들려져 있는 비급에 몰입되어 있었다. 첫 장을 넘겨 내용을 확인하는 것도 아니었다. 그저 손에 들고 있을 뿐인데도 영인의 시선은 비급에 고정된 상태로 전혀 흔들림이 없었다.

약 일다경 정도의 시간이 흘렀을 때, 영인은 비로소 제정신을 차릴 수 있었다. 생각지도 못한 기연을 받아 들고서 꿈속을 헤매다가 머리를 시원하게 해주는 바람으로 인해 겨우 현실로 돌아올 수 있었다.

표지는 그리 낡아 보이지 않았다. 하지만 악호의 열정이 고스란히 담긴 손때가 끈적끈적하게 느껴졌다. 더욱이 비급은 다른 서책들보다 두꺼운 편이었는데, 자세히 옆면을 보니 마치 세 권 정도 합쳐 놓은 것처럼 색깔이 달랐다. 물론 이런 것을 보면 누구나 의문을 가지겠지만, 영인은 전혀 그렇지 않았다. 그동안 단 한 번도 무공비급이란 것을 접해보지 못했기에 영인은 세월이 지나면서 생기는 자연적인 현상으로 생각할 뿐이었다.

그러나 영인이라 하더라도 자신의 손에 들려져 있는 비급이 일반 서책에 비해 두껍고 무겁다는 것은 충분히 알 수 있었다. 하다못해 굴비가 자기 목숨보다 소중하게 취급하는 의학 서적보다 두 배 이상 두꺼웠기 때문이다.

"많이 두껍네? 절정 무공이 담겨 있어서 그런가? 하긴, 괜히 송 아저씨가 익히기 어렵다고 말하지 않았겠지. 역시 절정 무공은 뭐가 달라도 다르구나. 여하튼 아직 시간도 여유가 있으니 한번 살펴볼까? 그래, 무슨 내용이 있는지 살짝 살펴보는 것도 좋겠다."

영인의 생각대로 해가 지기 시작하려면 아직 한 시진 정도 여유가 있었다. 비록 주변에 돌아다니는 사람들이 아예 없는 것이 아니라 신경이 쓰였지만, 그렇다고 혼자서 비급을 몰래 볼 수 있는 공간도 없는 상황이라 주변을 살피며 볼 수밖에 없었다. 더욱이 요즘 틈틈이 굴비에게서 서책을 받아 읽은 적도 있기에 지나다니는 사람들의 의문스러운 시선에서도 충분히 벗어날 수 있었다.

쓰윽~

영인은 혹시라도 찢어질지도 몰라 조심스럽게 겉장을 넘겼다. 하지만 보이는 것은 하얀 백지 위에 놓여 있는 서찰이었다.

'응?'

영인은 서찰을 펼쳐 보았다. 첫머리에 '영인에게 당부한다'는 글로 시작하는 것이, 내용을 보지 않아도 악호가 남긴 것임을 짐작할 수 있었다.

"홋, 아저씨도 참, 내가 그렇게 미덥지 못했나? 여하튼 해가 지기 전에 살펴보려면 나중에 읽어봐야겠다."

영인은 서찰보다 비급의 내용을 한번 훑어보는 것이 급했다. 그에 서찰을 품에 잘 넣어두고는 백지를 넘겼다.

이상했다. 비급의 겉장은 세월이 흘러 새롭게 만들었을 수도 있겠다는 생각에 무심코 넘어갔지만, 내용이 담긴 속장은 아무리 봐도 이백오십 년 세월이 담겨져 있다 생각하지 못할 정도로 깨끗했다. 마치 얼마 전에 만든 것처럼 먹물도 진해서 한눈에 알아볼 정도였다.

"뭐야? 비급이 너무 낡아서 아저씨가 새로 만들었나?"

영인은 자연스럽게 책의 옆면을 살펴보았다. 세월이 흐르면서 세 가지 색으로 변했다 생각했지만, 실상은 악호가 세 개로 나누어져 있던 비급을 하나로 엮어놓은 것이었다.

"흠! 나야 하나로 되어 있으면 가지고 다니기도 편하니까 좋기는 하다만, 그래도 이백오십 년 세월을 느껴보고 싶었는데 아쉽네. 참나! 미쳤어, 미친 거야. 내가 배가 불렀지. 지금 무슨

생각을 하는지 모르겠네. 휴~ 진정하자. 진정하고 정신을 집
중하자. 그나저나 역시 사람은 배워야 돼. 굴비 형한테 욕먹으
며 글을 배운 보람이 있네. 정말 송 아저씨 말대로 내게 굴비
형은 천운인가 보다."

쓰윽, 쓰윽.

"음, 으음. 아하! 그렇군. 아……!"

거의 한 시진 반가량이 지나서야 내용을 대충이나마 살펴볼
수 있었다.

뇌격십팔도(雷擊十八刀).

자뢰마격검(紫雷魔擊劍).

자뢰전구류비록(紫雷電求流秘錄).

각 비급의 겉표지라 할 수 있는 장에 쓰여 있는 내용으로 범
상치 않은 힘이 느껴지는 제목이었다. 하지만 비급을 대충이
나마 살펴본 바, 영인의 처음 생각과는 조금 달랐다. 물론 한
권이 아니라 세 권으로 나누어진 것을 악호가 하나로 묶어놓
았다는 짐작은 맞았다. 그러나 처음과 달리 세 권 모두 악호가
얻은 것이 아니었다. 뒤의 이권이 악호가 동굴에서 얻은 비급
이었고, 앞의 일권은 악호가 직접 만든 것이었다. 이러한 것은
첫 권 초입에 적힌 악호의 설명과 당부로 알 수 있었으며, 표지
가 새로 만든 것처럼 깨끗한 이유도 능히 짐작할 수 있었다.

"대단하다. 정말 많은 노력을 하셨겠는데? 그나저나 서책에

도 적어놓았으면서 서찰은 왜 또 남긴 거지? 정말 그렇게도 내가 믿지 못할 정도인가?'

아직 서찰을 읽지 않아 그 내용을 알지 못하지만, 비급을 넘겨줄 때를 포함하면 악호는 영인에게 세 번에 이르는 당부를 한 것이다. 그에 잠시 인상을 찡그렸지만 비급이 워낙 중요한 물건이란 생각에 '그럴 수도 있겠지' 하며 넘어갔다.

첫 권은 악호가 비급을 토대로 만든 자신만의 도법이 수록되어 있었으며, 더불어 낭인 생활을 하면서 익혔던 잡다한 무공들이 일목요연하게 정리되어 있었다. 비록 삼류는 아니라도 일류라고도 할 수 없는 그저 그런 무공들이었지만, 악호의 배려가 얼마나 세심한지 절로 느껴졌다.

'이거 참, 아무리 봐도 모르겠네. 이것이 정말 무공인가?'

마지막 삼권을 살펴보면서 이상한 느낌을 받았다.

자뢰전구류비록.

이권과 삼권 모두 영인의 바람대로 이백오십 년 이상의 세월이 흘렀음을 여과없이 보고 느낄 수 있는 진본이었다. 그러나 시간이 없어 대충 훑어보는 것에 지나지 않았지만, 두 권이 만들어진 시간대가 다른 것을 모를 정도는 아니었다. 분명한 것은 마지막 삼권이 이권보다 글자가 희미하고 서책 특유의 퀴퀴한 냄새가 진하며 무엇보다 글자체가 달랐다. 비록 어느 정도 읽을 수 있는 글자가 대부분이었지만 한 장의 이 할가량은 모르는 글자였다.

다시 말해 지나온 세월이 더 오래되었다는 것이다. 따라서 뇌격마검 나대철의 심법과 검법이 수록되어 있는 것은 이권뿐이었고, 삼권은 아무리 살펴보아도 뇌격마검의 무공이 아니었다. 비록 뇌격마검 나대철이 남긴 이권 후반에 자뢰전구류비록이 뇌격마검이 익힌 심법의 원류라고 간략하게 쓰여 있었지만.

아직 해가 지려면 약간의 시간적 여유가 있어 자세히 살펴볼 생각으로 영인은 삼권의 첫 장부터 천천히 읽기 시작했다. 아무리 영인이 무공에 대한 전반적인 지식이 없어도 심법 하나를 기술하는 데 이권보다도 두껍다면 무언가 생각지도 못한 것이 있을지도 모른다는 생각이 들었던 것이다. 하지만 시간이 갈수록 영인의 입에서 나오는 것은 탄성과 자괴감이었다.

탄성이 나올 수밖에 없었다. 심법 하나를 수록하는 데 너무도 방대한 양이었던 것이다. 내용의 양도 생각보다 많았지만, 무엇보다 내용 자체를 이해할 수 없었다. 물론 모르는 글자가 있어서 정확히 알지 못하는 것은 충분히 이해하고 넘어갈 수도 있는 일이다. 그렇지만 불교나 도가의 경전처럼 읽어도 읽은 것 같지 않은 느낌과 무엇 하나 정확하게 설명할 수 없는 괴리감이 들었다.

하지만 이런 느낌은 영인이 마지막 장을 넘긴 후 사라졌다. 아니, 그냥 자신의 능력이 책의 내용을 이해할 수 없는 미천한 상태라 결론지어 버린 것이다. 지금은 해결할 능력이 없으니 추후로 미루고 자신이 할 수 있는 것을 찾은 것이다.

"읽어보긴 했지만 정말 내용도 많고 어렵구나. 모르는 글자도 많고. 좀 더 공부를 해야겠는데? 이거 참… 그런데 이 정도 두께와 양으로 심법 하나를 만들려면 얼마나 세심하게 기록했다는 거야? 누가 만들었는지 모르지만 정말 대단한 사람이다."

그러나 놀람 속에서도 약간의 소득을 얻을 수 있었다. 왜 악호가 자신에게 비급을 넘겨주었는지 지금은 그 이유를 정확히 알게 되었던 것이다.

"훗, 낙뢰를 맞고 누워 있었던 것이 내게 이런 기연이 오게 된 계기였던 건가? 정말 천운이란 것이 있다면 이런 상황이 아닐까? 아무리 생각해도 세상은 죽는 것보다 살아남아야 하는 곳이군. 이런 일이 내게 생길 줄이야. 하하하!"

금방 날이 어두워졌다. 더불어 군막 이곳저곳에서 밥을 짓는 연기와 냄새가 진동하자 사람들의 발걸음이 분주하게 변했다. 당연히 주변에 사람들의 발길이 많아지면서 영인은 얼른 비급을 옷 속에 집어넣었다. 혹시라도 누군가 이상한 눈으로 볼 수 있기 때문이다.

물론 기쁨에 입이 다물어지지 않는 표정을 관리하는 데 영인은 총력을 기울여야만 했지만, 그래도 너무나 가슴이 벅차고 좋았다. 제광마뿐만 아니라 아귀(餓鬼)라는 또다른 명호를 지닐 정도로 배식 시간을 철저히 지키는 영인이었지만, 배고픔이 무엇인지조차 잊어버릴 정도로 입가에 미소가 지워지지 않았다. 그만큼 영인에게 있어서 오늘은 삶의 목표와 활력소가 생긴 뜻 깊은 날이었다.

                    *   *   *

　영인이 즐거움에 비명을 지를 시간에 이와 달리 무거운 분위기를 보이는 곳이 있었다. 바로 이자성의 군막이었는데, 모든 사람들의 얼굴에 수심이 가득한 것이 좋지 않았다.

　"대군사, 정말 양성(襄城)이 관군에 함락되었단 것이 사실이오?"

　"그렇습니다, 전하. 초이틀 왕교년(汪喬年)이 정예 기병 일만을 대동하고 양성으로 진입했다는 것이 사실로 확인되었습니다."

　"이런!"

　"허······."

　"양성이 함락되었다면 관군들이 백성들을 가만히 두지 않을 것입니다."

　"정말 큰일이로군."

　"대군사, 백성들의 상황에 대해 들은 것이 있소?"

　"그것이······."

　"······?"

　"···무혈입성한 것 같습니다."

　차마 말하기 애매한 상황이라 말끝을 흐릴 수밖에 없던 송헌책을 대신해서 그의 옆에 있던 우군사 우금성이 이자성의 앞으로 나섰다.

"무혈입성? 정말 무혈입성인가?"

"서, 설마……?"

"그럴 리가……."

"말해보시오, 대군사. 아니, 우군사가 직접 말해보라. 지금 본인에게 한 말이 사실인가?"

"휴~ 그렇습니다, 전하. 양성의 일부 백성들이 왕교년에게 협력한 것 같습니다."

"그럴 수가!!"

"말도 안 돼!"

"이거 참, 기가 막혀서 말이 안 나오는군. 젠장!"

"흐음……."

우금성의 확답이 이어지자 군막에 있던 모든 사람들의 표정이 굳어졌다. 만약 사실이라면 정말 놀라운 일이 아닐 수 없었던 것이다.

양성.

얼마 전만 하더라도 이자성에게 있어서 양성은 개봉을 공략하기 위한 전진기지였다. 당연히 백성들의 신임도 충분히 얻었다고 할 수 있는 곳이었는데, 그런 곳에서 믿음을 배반하는 행위가 발생한 것이다.

한동안 군막 안은 적막감에 휩싸였다. 그만큼 모두에게 충격이 컸던 것이다.

무혈입성.

이것은 아무리 생각해도 있을 수 없는 일이었다.

양성의 백성들은 부패한 관리와 관군에 의해 피폐해진 삶을 살았으며, 이자성이 양성을 함락하고 관리들을 척결하며 거점으로 활용하였다. 당연히 관리들의 재물을 백성들에게 풀어 인심을 얻었고, 나름대로 합리적이지 못한 일에 대해 개선을 하였다. 그런데 백성들이 배신을 했다는 것이다. 당연히 이해할 수 없는 일이 발생한 것이다. 따라서 무언가 백성들의 의중을 파악하지 못했거나 큰 실수를 하고 있음을 알 수 있게 해주는 일이었다. 하지만 급한 것은 이런 일에 대한 상황 파악이 아니라 양성의 수복에 대한 일이었다.

"흐음… 대군사, 이번 일의 심각성은 능히 짐작하오. 본 군에 얼마나 큰 부담이 되는 것이오?"

"그것은 전하께서 어떻게 생각하시느냐에 따라 달라질 수 있습니다."

"본인의 생각에 달렸다? 대군사는 양성의 비중을 크게 생각하지 않는 것 같습니다?"

"그럴 리가 있겠습니까. 양성은 개봉을 공략하기 위해선 필히 수복해야 하는 곳입니다. 그러나 당장 공략이 어렵다면 중모(中牟)나 기현(杞縣)으로 거점을 변경할 수도 있기에 드린 말입니다."

"그렇군. 거점을 변경할 수도 있다……."

"그럴 수도 있다는 것이지 결정을 내린 것은 아닙니다. 그러니 현재 다른 무엇보다 이번 일에 대한 상세한 설명을 들어보아야 할 것이며, 앞으로의 행보에 따라 양성에 대한 대응과 진퇴 여부에 대한 결론을 수립하는 것이 순서일 것입니다."

"옳은 말이오. 그럼 우군사가 설명해 보겠나? 그리고 그 왕교년이란 인물에 대해서도 궁금하군. 어떻게 양성을 무혈입성할 수 있었는지 상세하게 말이오."

"알겠습니다, 전하. 우선 소신이 나름대로 세작들을 통해 알아본 상황에 따르면……."

우금성의 설명은 작년 구월에 있었던 섬서삼변총독 부종용의 척살에서 시작했다. 그래야 새롭게 삼변총독으로 부임해 양성을 점령한 왕교년에 대해 설명할 수 있었기 때문이다.

왕교년은 병부우시랑 겸 총독삼변군무로서 부종용의 후임으로 임명된 문관이었지만, 스스로 문보다 무예에 더욱 재능이 있다고 자부하는 인물이었다. 따라서 관중(關中)의 정예 병력이 화소점 전투에서 이자성의 군사들에 의해 전멸당하였기 때문에 왕교년은 삼변총독으로 부임함과 동시에 군을 재건하는 일부터 착수하지 않을 수 없었다. 그렇게 패잔병들을 수용하고 변경 방위를 맡고 있던 장병들을 긁어모아서 기병과 보병으로 구성된 삼만 명의 군대를 편성할 수 있었다.

하지만 왕교년은 이 정도의 병사들로는 안심할 수 없었다. 더욱이 부종용이 죽은 후 침구로 도주했던 총병관 하인용 등을 비롯하여 정가동(鄭嘉棟)과 우성호(牛成虎)를 이끌고 동관(潼關)을 나섰다. 언성에서 이자성의 군대에 포위된 좌양옥을 구원하는 것이 목표였지만, 이자성의 군대와 직접 전투를 벌이는 것은 결코 쉽지 않은 일이었다. 그에 여러 방법을 모색하다가 이자성의 분노를 유발시켜 스스로 포위망을 풀도록 하는 방법을 생각해 냈고, 그 대상으로 이자성의 거점인 양성을 공격하기로 하였다. 따라서 보병과 화기를 낙양에 남겨두고 정예 기병 일만 명만을 이끌고 급진하였으며, 생각지도 않은 양성 백성들의 협력을 얻어 양성을 점령하는 데 성공한 것이다. 그것도 무혈입성으로. 정말 생각지도 못한 일이었지만 이로써 왕교년은 자신감을 얻을 수 있었다. 더불어 하남성에서 이자성의 유적군이 세력을 투입하지 않은 곳에 황제의 명을 전할 수 있었다.

"우군사는 본인이 어떻게 했으면 좋겠나? 이대로 양성을 포기하고 언성을 공격하는 것이 좋겠나, 아니면 양성으로 군을 이동하는 것이 좋겠나?"

"중요도를 생각한다면 언성보다 양성의 비중이 높습니다. 무엇보다 개봉을 공격하고 황하 이북으로 세력을 확장하려면 확실한 거점이 있어야 하는데, 지금으로서는 양성보다 최적인 곳이 없습니다."

"흐음… 그렇지."

"하지만 문제는 지금 우리가 언성을 점령하지 못하고 군을 이동하게 된다면 배후를 걱정해야만 한다는 것입니다. 다행히 현재 언성의 병력을 제외한다면 하남성의 관군으로서는 우리 병사들을 상대할 병력이 없습니다. 있다고 해도 감히 전하의 병사들에 대항하지 못하고 도망가기 바쁜 오합지졸에 불과합

니다. 굳이 변수를 두자면 양문악이 있는 항성의 병력 정도가
아닐까 합니다."

"흠! 제가 한 말씀 드려도 되겠습니까, 전하."

"말해보시오, 좌군사."

"흐음……"

이자성은 오랜만에 이암이 앞으로 나서자 굳어 있던 얼굴이
살짝 펴졌다. 언제나 그렇듯이 자신의 시름을 덜어줄 것임을
믿는 표정이 역력했다. 하지만 이런 이자성의 표정을 보며 우
금성은 침음을 흘렸다. 아직 자신의 위치가 이암에 비해 현저
히 낮음을 실감할 수 있었기 때문이다.

"이미 전하뿐만 아니라 여러분 모두 우군사의 설명을 통해 아
시겠지만 상황은 좋지 않습니다. 더욱이 왕교년은 우리가 언성
을 포기하고 양성으로 향하는 것을 원하고 있다 판단됩니다."

"왕교년이?"

"그렇습니다, 전하. 우군사 역시 이런 생각을 하고 있지 않
습니까?"

"…그렇습니다."

"으음……"

"전하, 우군사도 인정했듯이 양성으로 진군하는 것을 왕교
년이 원하고 있습니다. 그렇게 되면 말 그대로 우리는 앞뒤로
포위된 형국으로 변할 것이고, 당연히 왕교년의 바람대로 우
리는 협공을 받을 수밖에 없습니다."

"……"

"더욱이 적들에게는 화포와 일만에 달하는 기병이 있습니다. 비록 우리도 기병으로 이루어진 별동대가 있지만, 관군에 비해 훈련이 많이 부족합니다. 따라서 만약 화력과 속도에서 열세에 놓인 상황에 협공까지 받는다면 우리는 최악의 상황에 직면할 수도 있습니다."

"허… 거기에 양문악도 가세를 하겠군."

"아닙니다, 전하. 양문악은 항성에서 나오지 않을 것입니다. 만약 우리를 공격하려고 했다면 이미 항성에서 출진을 했어야 합니다. 하지만 그 어떠한 병력의 움직임도 포착되지 않았습니다."

"맞아. 그렇지. 그렇다면 언성의 좌량옥이 문제란 말인데……."

"그렇습니다, 전하. 이번 전투의 승패를 결정짓는 핵심은 좌량옥입니다. 좌량옥만 언성에 묶어둘 수 있다면 양성의 왕교년을 공격하는 것에 문제가 없습니다."

"좌량옥, 좌량옥이라……."

"하인용이나 다른 총병관들도 있지 않습니까, 형님?"

"그렇군, 다른 총병관들도 있지."

"이거 참……."

"아닙니다, 전하. 하인용을 비롯한 다른 총병관들은 크게 신경 쓰지 않으셔도 될 것입니다."

"응? 그게 무슨 말인가?"

"이미 하인용 등은 화소점 전투에서도 상관의 명을 따르지 않은 전적이 있습니다. 그러니 이번에 같이 움직여 줄 것이라 생각했던 좌량옥이 연성에 묶여 있고 우리가 별동대 등을 활용해 총력을 기울인다면 분명 하인용 등 총병관들의 이탈이 있을 것입니다."

"이탈?"

"예, 전하. 왕교년은 하인용 등 휘하 총병관들이 자신의 명을 받으며 충성을 다할 것으로 알고 있겠지만, 그것은 우리가 적에 비해 현저하게 세력이 떨어질 때일 것입니다. 더욱이 왕교년은 화소점 전투에서 하인용 등이 벌인 일의 전말에 대해 모를 것입니다."

"아……."

"그렇지. 만약 알고 있다면 지금까지 하인용을 가만두고 있지 않겠지."

"맞습니다, 전하."

"마치 자라새끼 같은 녀석이로군."

"자라새끼라… 정말 적절한 비유입니다, 이 부장."

"하하하!"

"흠! 따라서 너무 깊이 들어가 적의 뜻을 이루게 하지 않는다면 필히 이번 전투에서 대승을 거둘 수 있을 것입니다."

"너무 깊이 들어가 적의 뜻을 이루게 하지 않는다? 하하하, 역시 좌군사의 지략과 전략은 번번이 본인을 감탄하게 만드오. 좌군사가 묵직하게 찍어 누르던 돌덩이를 시원하게 걷어 주는구먼. 그렇지 않은가?"

"맞습니다, 전하. 역시 형님의 지략은 대단합니다."

"호호호~"

"······."

무거웠던 군막의 분위기가 이암의 한마디에 화기애애해졌다. 힘겹게 생각되었던 전투에서 승리의 조짐이 보인 것이다. 만약 이번 전투에서도 승리를 거둔다면 관군이 재편성되지 않는 한 하남성에서 이자성의 군대는 무적이었다.

"그렇다면 어디서 왕교년을 상대하는 것이 좋겠소?"

"물론 무엇보다 우리가 원하는 장소라야 합니다. 그것도 적들이 휴식을 취하지 못한 상태에서 우리와 조우를 하게끔 시간도 조정할 수 있다면 금상첨화일 것입니다."

"그렇지."

"우선 우리의 주력은 양성으로 출진하는 것으로 하고, 언성은 약간의 병력을 잔류시켜 좌량옥의 발목을 잡아야 합니다."

"그렇다면 왕교년의 군사들이 충분히 남하했을 때를 노려야 한다는 것인데······."

"아마도 여하(汝河)에서 맞이하는 것이 좋을 듯합니다."

"여하라? 너무 올라가는 것이 아닌가?"

"그렇기는 하지만 사방이 뚫려 있어 적의 간담을 서늘하게 하여 하인용 같은 총병관들의 이탈을 유발시키기에는 최적의 장소라 판단됩니다."

"기세로써 눌러 버린단 말이군. 좋소! 대군사, 전략은 좌군사의 설명대로 진행하는 것으로 하고 우군사와 함께 세세한 전술을 수립하도록 하시오."

"그렇게 하겠습니다, 전하."

"…알겠습니다, 전하."

"자, 왕교년의 일은 이것으로 결론짓고, 부장들은 내일 출전을 위해 병사들의 동요를 단속하도록 하시오. 각 천급과 백급의 대장들은 물론, 그 휘하의 조장들에게도 내일의 출전에 대해 간략하게 설명하여 혼선을 최대한 없도록 해야 할 것이오."

"명에 따르겠습니다, 전하."

"참! 본 군의 세력을 최대한 적들에게 보이려면 부상당해 병상에 누워 있더라도 거동할 수 있는 병사들을 활용하는 것도 한 방법일 것입니다."

"으음."

"……."

"좋군. 백인대장들에게 일러서 거동할 수 있는 병사들을 모두 복귀시키도록 하시오."

"예, 전하."

"그렇게 하겠습니다, 전하."

"그건 그렇고… 최 장군, 일전에 얘기했던 그들은 언제쯤 볼 수 있는 것이오?"

"그렇지 않아도 전하께 말씀드리려고 했습니다."

"그럼……?"

"예, 조만간 전하께서 볼 수 있을 것입니다."

"정말 잘됐군. 그럼 혹시 그때 목 장문인도 함께 오시는 것이오? 비록 무지한 백성들을 위한 일이라고는 하지만 본인 때문에 동창의 눈을 피하느라 어려움을 겪었으니 조금이나마 성의를 보여야 할 것 같은데……."

"목 장문인을 비롯한 화산의 도우들은 재물보다 하루빨리 백성들의 근심이 사라지는 것을 더 원할 것입니다. 그러니 크게 신경 쓰지 않으셔도 될 것입니다."

"하하, 물론 능히 그럴 것이라 짐작은 하지만……."

"이번에 대면을 하시면 제 말이 옳다는 것을 전하께서도 아시게 될 것입니다."

"최 장군의 말을 통해 화산의 기상이 얼마나 높은지 알겠구려. 이런 어려운 난세에 목 장문인 같은 대협이 본인과 함께한다는 것은 큰 도움이 아닐 수 없소. 혹시 이번에 보지 못하더라도 최 장군은 나중에라도 본인의 뜻을 대신 전해주었으면 좋겠소."

"그렇게 하겠습니다, 전하."

"자! 밤도 깊었으니 오늘 회의는 이것으로 끝내도록 하고 내일을 위해 푹 쉬도록 하시오."

"알겠습니다, 전하."

"전하께서도 편안히 침전에 드십시오."

"하하하~!"

이자성은 크게 손을 흔들며 군막을 나섰다. 비록 지금은 초라한 군막이지만 앞으로 자신으로 인해 벌벌 떨어야만 하는 황제가 부럽지 않았다. 그리고 천하를 호령하는 황제가 되지

는 못할지라도 자신을 향해 허리를 숙이는 신하들이 있는 한
하남성에서 자신은 군왕이었다.

*　　　*　　　*

날이 밝았다. 하지만 영인은 밤새 한잠도 자지 못했다. 자꾸
만 어제의 일이 생각난 것이다. 아무리 진정하려고 해도 흥분
이 가시지 않았다. 그리고 날이 밝은 후 자신의 품을 뒤져 본
후 꿈이 아니라는 것을 절감하며 안도의 한숨을 쉴 수 있었다.

"큭큭, 정말 꿈이 아니네. 역시 송 아저씨는 궤 아저씨 말대
로 뭔가 있었다니까. 정말 대인이다. 이런 걸 내게 다 주다니.
하하하!"

"뭐야? 저 녀석, 오늘 왜 저래?"

"어제 잠을 설치더니만, 쯧쯧."

"오늘 출전한다고 하니까 혹시 병상에 다시 드러누우려고
미친 척하는 거 아냐?"

"설마 저 제광마가? 아마 좋아서 지랄하는 것이라면 몰라도
그렇지는 않을걸."

"하긴……."

"젠장! 조용히 못해요! 그리고 왜 내가 내 입 가지고 웃는데
지랄들이야?"

"헛!"

"흐음."

"……."

영인은 주변에서 자신을 두고 소란스러워지자 있는 힘껏 목청을 높이면서 은근슬쩍 비급을 품은 후에 자리에서 일어났다. 물론 잔뜩 언짢다는 표정과 시선으로 좌중을 훑어보는 것을 잊지 않았다. 비록 그들 중에는 도길과 악호도 있었지만 크게 내색하지 않고 막사를 나섰다.

"이거 참. 저 녀석, 몇 달 병상에 누워 있어 성질이 좀 죽었나 싶었는데 예전보다 더해진 것 같은데?"

"그러게. 전장에 돌아오니까 눈빛이 다시 살아났는데?"

"그럼 제광마가 달리 제광마겠나?"

"벼락을 맞고도 살아난 놈이니 이제는 웬만해선 칼 맞아도 죽지 않을걸."

"에이, 설마……."

"흠! 그나저나 명규야, 조만간 너하고 붙을 것 같지 않냐? 저 녀석이 나갈 때 널 보는 눈빛이 꽤 심상치 않던데?"

"뭐요? 궤 아저씨, 정말 그러기요?"

"응? 내가 뭘?"

"아씨, 정말! 영인이 문제는 아저씨가 막아준다고 했지 않습니까! 자그마치 은자 두 냥을 어제 건넸는데 하루도 지나지 않아서 정말 이럴 겁니까?"

"은자 두 냥?"

"정말? 궤 형! 명규, 흠, 조장 말대로 은자 두 냥을 받은 거요?"

"아, 그게……."

도길은 명규의 갑작스럽게 터진 말 때문에 얼굴이 붉게 변했다. 그렇지 않아도 어제저녁 갑자지 영인이 복귀를 하는 바람에 낮에 명규의 부탁이랄 수 없는 청탁에 대해 고민하고 있었는데, 자신도 모르게 스스로 부스럼을 만든 꼴이 되어버린 것이다.

"와~ 오늘 궤 형 때문에 술 한잔할 수 있겠구먼."

"그렇지. 평소 대범한 성격이니 최소한 반 정도는 우리를 위해 내놓을 것이네. 그렇지 않은가, 궤 형?"

"그건……."

"하하, 역시 궤 형은 통이 크다니까! 이 전 모는 궤 형의 배포가 그렇게 클 줄 몰랐소. 정말 대단하오. 병 형, 오늘 정말 거하게 먹을 수 있겠네."

"신임 조장 때문에 오늘 저녁은 오랜만에 술을 마실 수 있겠구먼. 그렇지 않아도 양성으로 가려면 행군이 만만치 않을 텐데, 노구(老軀)에 힘들 것을 생각해 주니 고단을 조금은 덜 수 있겠네. 정말 고맙소."

"이보게, 아직 난……."

"별말씀을 다 하십니다, 병 아저씨. 제가 워낙 아저씨들을 위해 노력하지 않습니까. 당연히 조장으로서 우리 조의 분란을 없애고자 궤 아저씨께 부탁하면서 그 얘기도 전했습니다. 걱정 마십시오."

'흥, 이 정도 했으면 궤 아저씨가 알아서 하겠지. 아저씨, 내게 남은 건 이제 악뿐이오. 그러니 영인은 아저씨가 알아서 막 아줘야 할 거요. 설마 피 같은 내 돈만 쪽 빨아먹고 모른 척하려 했다면 당신은 정말 나쁜 늙은이요. 날 잘못 봐도 한참을 잘못 봤지. 아암!"

"끄응……."

마지막에 쐐기를 박은 명규의 말에 도길은 조용히 천장만 바라보며 황당한 마음을 가라앉힐 수밖에 없었다. 이미 엎질러진 물이었고, 부주의로 인한 농담 한마디에 스스로 무덤을 판 꼴이 되었기 때문이다. 그러니 명규에게 뭐라고 할 수도 없는 처지였다. 더욱이 직급으로 보면 상관이었다. 얼마 전 조장이 영도에서 명규로 바뀌었기에.

아직 태양이 완전하게 제 모습을 보이지 않고 있는 시각.

일찍 아침을 먹은 후 병사들은 부장들과 천인대장의 지휘 아래 백인대장들과 조장들이 통솔하며 넓은 공터로 집결하였다.

거의 십오만이 넘는 대병력.

가뜩이나 태양이 새벽안개를 조금씩 몰아내며 병사들을 비추기 시작하자 그 장엄함이란 말로 표현할 수 없을 정도였다.

하지만 이른 새벽부터 이런 모습을 지켜보는 좌량옥은 터질 듯 뜀박질하는 심장을 달래며 바라볼 수밖에 없었다. 혹시라도 공격해 올지 몰랐기 때문이었다. 그러나 병사들의 모습을 본 후엔 떨렸던 심장이 서서히 제 기능을 회복할 수 있었다.

자신이 있는 언성을 바라보고 있지 않았기 때문이다. 공격하기 전에 목표를 전면으로 바라보는 것이 당연했는데, 군영의 형태와 병사들의 모습에서 공격의 기미를 찾을 수 없었던 것이다.

한동안 병사들 사이에서 소음이 이는 것 같더니 맨 뒤쪽에서 말을 탄 장수들이 이곳저곳을 왔다 갔다 하는 것이 시야에 잡혔다. 이로써 상황이 보다 명확해진 것이다. 이제 공격은 없었다. 포위망이 풀리는 것이었다.

"하하, 정말 다행이군. 다행이야. 그럼 삼변총독의 전략이 성공한 것인가? 그렇다면 이렇게 있을 것이 아니라 나도 빨리 준비를 해야겠군."

좌량옥은 며칠 전에 만났던 병사의 얼굴을 떠올렸다. 이미 이런 상황이 있을 것을 예견한 서찰도 받았기에 자신이 해야 할 일도 일목요연하게 알고 있었다. 그렇다면 당연히 그에 대한 명령을 내려야 하는 것이다. 그것이 자신의 지위에 대한 의무이고 권리였기에.

좌량옥이 분주하게 움직이고 있는 그 시각, 영도는 황당한 표정으로 자신의 직속상관인 유종민 장군을 대면하고 있었다. 이미 보름 전에 조장에서 백인대장으로 승급을 한 상태였고, 자신이 책임지고 있었던 조는 명규가 담당하고 있었다. 하지만 영도가 붉게 달아오른 이유는 아침에 하달된 유종민의 명령에 있었다.

"장군님, 왜 우리가 이곳에 남아야 합니까?"

"전하와 대군사님의 명령이다."

"그러니까……."

"지금 본대는 전투를 앞둔 시점이다. 따라서 배후가 든든해야 하는데, 그러자면 언성의 포위망을 풀 수가 없다. 당연히 누군가 이곳에 남아 포위망을 구축해야만 한다."

"그것은 머리 나쁜 저도 알고 있습니다. 하지만 제가 이렇게 장군님께 말씀드리는 것은 왜 하필 우리가 그런 명을 받게 됐냐는 것입니다. 다른 장군님들도 있지 않습니까?"

"물론 나라고 전하를 따르고 싶은 마음이 없겠나? 그러나 이곳을 든든히 지키는 것도 중요하다 판단되었기에 자청해서 남겠다고 우군사에게 말했다."

"자, 자청이요?"

"그렇다."

"아……."

더 이상의 항명을 받아들이지 않겠다는 듯 쐐기를 박는 유종민의 말에 영도는 할 말을 잃고 멍하니 유종민의 얼굴을 바라보았다. 자신이 스스로 남겠다고 했다는데 더 이상 왈가왈부할 수가 없었던 것이다.

사실 겨우 백인대장인 영도가 직속상관인 장군을 상대로 거침없이 자신의 의견을 내놓을 수 있다는 것 자체만으로도 항명이나 다름없는 사건이었다. 하지만 영도의 의견을 유종민은 웃으면서 받아주었다. 그만큼 유종민에게 무공을 전수받으면서 어느 정도 신뢰를 받고 있다는 것이 증명된 것이다.

"……."

"왜? 더 할 말이라도 있나?"

"이미 결정된 일이니 힘없는 제가 뭘 어쩌겠습니까. 다만……."

"……?"

"저번에 말씀드렸는데, 혹시 기억하십니까?"

"뭘 말인가?"

"왜, 있잖습니까. 제가 다른 곳으로 가고 싶다고 말씀드렸던……."

"아, 이제 기억이 나는구먼."

"하하, 그럼 언제쯤 가능한지……."

"응? 그게……."

"하하, 어떻게 좀……."

"그런데 정확한 이유가 뭔지 알 수 없겠나? 내가 볼 때 별문제는 없는 것 같던데?"

"그게 좀……."

"……?"

'젠장! 뭘 복잡하게 묻고 그래? 그냥 다른 곳으로 보내주면 될 걸.'

영도는 유종민이 빤히 자신의 얼굴을 쳐다보자 난감했다. 자신이 어떻게 할 수 없는 사람 몇 명 때문에 다른 곳으로 보내달라고 차마 말을 할 수 없었던 것이다. 하지만 상황이 쪽팔리더라도 말을 꺼낸 김에 확실하게 매듭을 짓기 위해선 감수해야만 할 것 같아 조심스럽게 말문을 열었다.

"사실… 제가 맡았던 조에 옛날부터 친분이 있는 사람들이 있습니다. 그래서 위에서 내려온 명령을 전할 때 좀 꺼려지는 부분이 있어서…….."

"지원조를 말하는가? 그 얘기는 이미 아는 사실이고, 더구나 그들과도 친하게 지낸 것으로 알고 있는데?"

"그렇기는 합니다만… 전하께서 내리시는 명을 충실하게 수행하려면 무엇보다 신속하게 하달하고 행해야 하지 않습니까? 하지만 친분이 남다르다 보니 그렇게 하지 못했습니다. 물론 지금은 나 조장이 실질적으로 명을 하달하는 입장이지만 그래도 제 휘하에 있다 보니…….."

"하하, 자네가 무슨 말을 하는지 알겠네."

"역시 장군님이십니다. 그럼……?"

영도는 확실히 자신의 의도가 관철되었다는 생각에 기분이 좋아졌다. 비록 직접 전투에 참여할 수는 없어 공을 세울 기회는 없지만, 잇몸에 박힌 가시처럼 자신의 앞날에 하등 도움이 되지 않는 사람들로부터 벗어날 수 있을 것 같았다.

"흠! 자네의 생각은 잘 알았네. 하지만 자넨 크게 잘못 생각하고 있는 것 같아 한마디만 하겠네."

"예? 그게 무슨……?"

"자네도 알겠지만 백인대장은 보통 열 명에서 많게는 열다섯 명으로 구성된 열 개 조가 휘하에 배속되네. 그렇다면 적게는 백 명에서 많으면 백삼십 명 정도가 백인대장의 휘하 병사란 소리지. 그렇지 않은가?"

"예, 그렇기는 하지만……."

"그런데 자네의 휘하엔 몇 명의 병사들이 있나? 내가 알기로는 오백 명이 넘는 것으로 아는데? 그렇지 않나?"

"…예."

"흠! 그들 중 자네가 꺼리는 지원조의 수가 삼백 명이 넘지? 물론 병사들의 순수 전투력만 본다면 다른 조를 따르지 못하겠지만, 그들은 그들 나름대로 충분히 제 몫을 해왔음은 자네도 알 것이네. 물론 그들의 전투력이 다른 조에 뒤진다는 것은 아니네. 만약 그렇다면 자네의 승급도 없었겠지."

"……."

"더불어 한마디만 더 한다면 그들 말고도 자넨 이백 명의 병사가 더 있네. 다른 조에 전혀 뒤지지 않는 병사들이지. 알겠나? 자넨 최소한 백인대급 두 개 부대를 거느린 것이란 말이네."

"장군님 말씀을 듣고 보니 그렇기는 하지만……."

"정말 답답하구먼. 이렇게 설명해 줘도 모르겠나? 자넨 다른 백인대장들에 비해 세 배 이상의 병력을 통솔하고 있네. 전투력만 따져도 다른 백인대보다 우위에 있음은 당연하고. 자네가 지금까지 한 것처럼만 한다면 얼마 지나지 않아 천인대장으로도 승급이 가능한데 왜 다른 곳으로 가려고 하나? 오히려 그들을 잘만 다스리면 다른 백인대보다 많은 전공을 세울 수 있는데, 그래도 다른 곳으로 가고 싶은가? 만약 그렇다면 지금이라도 당장 다른 곳으로 보내주겠네."

"그, 그렇군요."

영도는 이제야 유종민의 말을 이해할 수 있었다. 도길을 비롯해서 껄끄러운 관계에 있던 사람들로부터 벗어나고자 하는 마음에 그만 편하면서도 다른 백인대장보다 유리한 위치에 있었다는 것을 모르고 있었던 것이다.

"흠! 잘해보게. 다시 말하지만 자넨 예전의 조장이 아니라 틈왕 전하의 병사들을 이끄는 백인대장이네. 그렇다면 예전처럼 병사들에게 휘둘리는 조장으로는 안 되지. 백인대장의 당당함을 병사들에게 보이고, 그들의 충성심을 이끌어내는 것이 백인대장의 몫이 아니겠는가?"

"알겠습니다. 백인대장으로서 최선을 다하겠습니다."

"그래, 그럼 자네가 부탁했던 것은 없는 것으로 알고 가겠네."

"예!"

"수고하게."

"감사합니다, 장군님. 충!"

영도는 유종민의 설명을 통해 자신의 위치가 달라졌음을 피부로 느낄 수 있었다. 조장과 백인대장의 신분 차이가 얼마나 큰지 실감하지 못했는데 이제는 확실히 알 수 있었던 것이다.

'그래, 난 백인대장이다. 예전의 놀림거리였던 후방 지원조 조장이 아니지. 암! 하하하!'

멀어지는 유종민의 뒷모습을 보며 영도는 앞으로 자신이 어떻게 행동해야 하는지에 대해 진지하게 생각했다. 그리고 결론은 나명규로 귀결되었다.

자신이 직접 도길과 영인을 보지 않아도 되었다. 예전의 백인대장처럼 자신 역시 조장인 나명규를 통해 명령을 전하게 하면 되었던 것이다. 생각해 보니 해결책은 너무도 간단했다. 당연히 지금까지 하지 않아도 될 불필요한 고민을 가지고 전전긍긍했다는 것에 대해 실소까지 나왔다.

"이제 내 세상이다! 그 망할 영감으로부터 해방이고, 내 미래는 저 태양처럼 밝게 빛날 것이다! 아자~!!"

휘이이잉~

"유 장군, 어디를 갔다가 오십니까?"

"아, 우군사께선 아직 출발하지 않은 것입니까?"

영도와의 일을 마무리한 후 자신의 막사로 가던 유종민은 자신을 불러 세우는 우금성의 목소리가 들리자 뜻밖이라는 듯 의문을 표했다. 이미 이자성이 지휘하는 본진의 뒤를 따라 출발했어야 할 우금성이 자신의 앞에 있었기 때문이다.

"전하의 명을 전하기 위해 기다리고 있었는데 너무 늦는 것 같아 이렇게 찾아가던 중입니다."

"전하의 명이요?"

"예. 출진하기 전에 약간의 일이 있었습니다."

"이런! 아침에 전하께서 출발하시기 전까지 별다른 말씀이 없어서 휘하 병사들을 둘러보았던 것이 이렇게 우군사를 번거롭게 만들었습니다."

"아닙니다. 저도 전하께서 출발하신 후에 최 장군과 좌군사께 전해 들은 후라 출발이 조금 지연된 것뿐입니다."

"그래, 도대체 무슨 일입니까?"

"산종(山宗)이 조금 있으면 도착합니다."

"산종? 정말 산종이 오는 것입니까? 그럼 화산파는……?"

"화산파와 같이 오는 것 같습니다. 다만 목 장문인은 이번에 오지 못한다고 연락이 왔고, 대신 화산파에선 장로 세 명과 매화대 등 일대제자들로 이백 명을 보내주었습니다. 그리고 산종은 종주(宗主)가 직접 오는 것으로 알고 있습니다."

"종주가 직접 오는 것입니까?"

"예, 최 장군으로부터 그렇게 들었습니다."

"최 장군이 산종하고도 연이 닿는가 봅니다."

"그러니 틈왕께서 최 장군을 대장군으로 봉한 것이 아니겠습니까. 아무래도 최 장군을 통해 화산파와의 의를 돈독하게 만들어 무림문파들과 세가들을 끌어들이려고 하는 것이지요."

"그렇겠지요. 그럼 제가 할 일은 무엇입니까?"

유종민은 우금성의 말에 고개를 끄덕였다. 자신이 생각하기에도 충분히 타당성이 있었기 때문이다. 그리고 자신 역시 무림 세력을 끌어들이는 것이 여러모로 좋다는 것을 알고 있었다. 더욱이 무림 세력 모두 암중으로 상가나 표국을 운영하고 있어 군비를 충당할 수도 있었기 때문이다.

"아무래도 직접 그들을 영접하는 것이 좋지 않겠습니까?"

"하하, 그 말을 하려고 우군사께서 남아 계신 것이군요. 더이상 말씀하지 않아도 잘 알겠습니다. 내 전하께서 승전하시고 돌아오시면 그들로부터 섭섭하지 않았다는 말을 들으실 수 있도록 최선을 다하겠습니다."

"하하, 전하께 유 장군의 말을 그대로 전하겠습니다."

"그럼 이 유 모는 이곳에서 승전보를 기다리겠습니다."

"기다리고 계십시오."

유종민과 간단한 인사치레를 한 후 우금성은 자신을 기다리고 있던 병사들을 대동하고 이자성이 있는 본대를 향해 출발했다. 하지만 유종민의 안색은 그리 좋지 않았다. 이자성의 군대를 걱정하는 것이 아니라, 전투가 벌어진 이후의 일이 걱정되었기 때문이다.

"이번 전투가 하남성의 패권을 좌우할지도 모르겠구나. 어쩌면 한 번 더 고비가 있겠지. 그러나 그 고비를 넘긴다면 과연 전하의 군대를 황제가 막을 수 있을까? 북방의 소식도 좋지 않은데 백성들의 고초가 크겠구나. 휴~"

이월의 하늘은 맑고 푸르렀다. 하지만 유종민이 바라보는 하늘은 그리 푸르지도 않았으며, 조금씩 짙은 먹구름이 보이기도 했다. 비록 그것이 유종민 개인의 눈에만 보일 뿐이지만.

第三章
소인의 그릇도 되지 못하는 효웅일 뿐이지

오시.

한창 병사들이 식사 배급을 받기 시작할 오후가 되어서야 유종민은 기다리던 사람들을 만날 수 있었다. 그동안 휘하의 천인대장들이 병사들을 지휘하며 언성의 포위망을 확고하게 구축하였으며, 삼만의 병력으로 십이만의 병력이 빠져나간 자리를 메우는 데 최선을 다하고 있었다.

하지만 워낙 많은 수의 병사들이 빠져나갔기에 그 공백은 작은 것이 아니었다. 그러나 유종민은 자신이 있었다. 비록 허장성세라 하더라도 좌랑옥이 성문을 열어 병사들을 이끌고 나올 담량이 없는 한 언성의 포위망은 절대 풀리지 않을 것이기 때문이다.

"하하, 어서 오십시오. 틈왕 전하를 보필하고 있는 유종민이라 합니다."

"원시천존, 화산의 구궁검(九宮劍) 사무영(司武英)이라 합니다."

"매화검(梅花劍) 호영진(弧榮眞)입니다."

"아~ 이렇게 이름이 높으신 화산파의 장로 분들을 뵙게 되다니 영광입니다."

"원시천존."

"……."

사무영과 호영진은 유종민의 환대에 얼굴을 붉혔다. 그러나 그리 싫지 않은 모습을 보였다. 이에 유종민의 얼굴이 펴지며 다른 사람들을 향해 고개를 돌렸다.

"다른 분들께선……."

"허허, 이분은 천변만겁(天變萬劫) 목상 도장이십니다. 본파 장문인의 친우 분으로, 백성들의 안위를 위해 이곳에 함께 오셨습니다. 그리고 이쪽은 동필철산반 황진(黃眞)으로 장문인의 수제자입니다. 바로 검종대의 대주로 이번 전투에 참가하게 될 것입니다."

"아, 그렇군요."

사무영의 소개에 목상 도장과 황진은 유종민을 향해 포권했다.

"그리고 이 아이는 당대 매화검수(梅花劒手)로 안소주(安小胄)라 하며 매화대의 대주로 있습니다. 또한 저 아이는 장문인의 막내제자로 원승지(袁承志)라 합니다. 이미 간략한 설명을 들어 아시겠지만 원숭환(袁崇煥) 대장군의 독자입니다."

"그럼 산종의……?"

"아닙니다. 비록 산종이 억울하게 죽은 원숭환 대장군의 복수를 위해 만들어진 원일당의 결사 조직이지만, 승지가 직접적으로 관련되어 있지는 않습니다. 다만 산종의 손중수 종주가 많은 도움을 주고 있지요."

"인사드립니다. 원승지라 합니다."

"만나서 반갑소. 부디 부친의 큰 뜻을 이어받아 백성을 위하는 대인이 되길 바라오."

"말씀만으로도 고맙습니다. 부족한 제가 부친의 명성에 누를 끼치지 않도록 최선을 다할 뿐입니다."

"하하, 너무 겸손해도 좋지 않은 법이라오."

원승지를 직접 대면한 유종민은 새삼 원숭환 대장군의 위엄을 느낄 수 있었다. 호부 밑에 견자 없다는 옛말을 실감할 정도로 한눈에 원승지의 정대함을 확인할 수 있었던 것이다.

원승지를 일별한 후 유종민의 시선은 자연스럽게 호영진 옆에 조용히 서 있는 한 무리를 향했다. 특히 기골이 장대하면서도 장수의 기품이 느껴지는 인물이 한눈에 들어왔다.

"손중수라 합니다."

"아, 그럼……?"

"예, 부족한 제가 산종의 종주로 있습니다."

"정말 반갑습니다. 소장도 평소 명장이신 원숭환 대장군을 존경해 왔는데, 그분의 유지를 잇고 계신 손 종주를 뵙게 되니 감회가 새롭습니다."

"이렇게 환대를 해주시니 감사할 따름입니다. 앞으로도 잘 좀 부탁드리겠습니다."

"하하, 여부가 있겠습니까! 자, 누추하지만 안으로 드십시오."

"그럼."

유종민은 자신이 앞서 사람들을 안내하였고, 그 뒤를 이어 이름이 거론되었던 장로들과 산종의 대장들이 따랐다. 비록 겨울이 완전히 물러가지 않아 날씨는 추웠지만, 그들의 얼굴은 봄을 맞은 듯 화기애애했다.

영인은 아침부터 이곳저곳 들쑤시며 바쁘게 움직였다. 오랜만에 출전 준비를 하면서 나름 생존을 위해 준비할 것이 많았기 때문이다. 가장 먼저 병기를 지급받아야 했는데, 그동안 사용했던 창이 아니라 면이 일반 칼보다 조금 좁고 작은 유엽도(柳葉刀)를 찾아 나선 것이다. 굳이 자신에게 맞는 병기를 찾은 이유는 영인의 신장이 일반 병사들에 비해 작기 때문이었다.

하지만 병기를 보관하고 있는 곳에 갔지만 그가 찾고자 하는 유엽도는 없었다. 더욱이 병기고라고 해봐야 언월도(偃月刀)나 미첨도(美尖刀)같이 일반 병사인 영인이 쓸 수 있는 병기가 진열되어 있는 것도 아니었고, 보병들이 쉽게 사용할 수 있는 창과 박도(朴刀)가 대부분이었다. 비록 유엽도가 한쪽에 진열되어 있긴 하지만, 자신이 원하는 것보다 조금 길고 면이 넓었다. 그러나 무엇이든 한 가지는 있어야 했다. 그는 마음에 들지 않는 유엽도 대신 사용이 간편한 박도를 손에 들고 막사로 돌아왔다.

막사로 돌아온 영인은 뜻밖의 소식을 듣고는 웃음이 나왔다. 출진을 할 줄 알았는데 이번 전투에서 빠지게 되었음을 알았기 때문이다. 그렇지만 유종민의 명으로 남게 된 병력 삼만은 예전처럼 쉴 시간이 없었다. 언성의 조량옥이 딴마음을 품을 수 없도록 기세를 높여야 했기 때문이다.

"젠장, 이럴 땐 굴비 형이라도 있으면 좋을 텐데."

"떠나기 전에 굴비를 보았지 않나?"

"심심해서요."

"심심하면 저쪽에 가서 심법이나 운용해라. 괜히 여기서 인상 쓰고 있어봐야 보고 있는 나나 송 형도 짜증난다."

"정말요?"

도길의 선심 쓰는 듯한 말에 영인은 한순간 불감청고소원(不敢請固所願)이란 말을 이때 쓰는구나 하는 생각이 들었다. 그렇지 않아도 어제 살펴보던 비급을 보고 싶어 온몸이 간질간질했기 때문이다.

더구나 도길의 옆에는 영인의 마음을 가장 잘 알고 있는 악호도 있었다. 그에 꺼리는 마음 없이 도길의 말을 크게 반겼다.

"흠! 그냥 그렇다는 거지."

"그럼 그렇게 할까요?"

"정말 가려고? 녀석, 그래도 싫다는 소리는 안 하네?"

"아저씨가 방금 가도 좋다고 했잖아요. 설마 빈말은 아니겠죠?"

"빈말은 아니다만… 그래도 명규가 저렇게 눈을 부라리고 있는데 괜찮을까?"

"훗, 건드려 주면 저야 환영이죠."

"됐다. 설마 네가 자리에 없다고 명규가 널 건드리겠냐. 쉬려면 사람들 없는 데로 가라."

"알았어요. 햇빛 잘 드는 곳에 누워 있죠, 뭐."

"녀석, 빨리 가. 괜히 더 있어봐야 입만 아프다."

"아직 몸이 좋지 않아요. 아시죠? 혹시라도 영도가 오면 알아서 둘러대 주세요. 그럼 전 아저씨 말대로 저쪽에 가서 심법이나 익히고 있을게요."

"심법이 누워서 익혀질 것 같냐? 젠장할 놈, 잘 숨어서 해!"

"……"

도길의 허락이 떨어졌어도 나름 핑계는 한마디 정도 하고 가는 것이 좋겠다는 생각이 들었다. 그에 몸이 완전히 낫지 않았다고 했지만 그 말을 도길이 전적으로 믿는 것은 아니었다. 이미 영인의 몸이 정상으로 회복됐다는 것을 굴비로부터 전해 들었기 때문이다.

영인이 조원들의 시선을 피하며 한산한 곳으로 움직이자, 도길은 악호를 향해 누런 치아를 드러내며 미소를 지었다. 마치 악호에게 '나 잘했지?' 라고 하는 표정이었는데, 악호는 살짝 고개를 끄덕이며 도길의 행동을 받아주었다.

인적이 드문 곳에 도착한 영인은 혹시라도 자신의 서선을 피해 움직이는 병사들이 있는지 다시 한 번 주변을 둘러보았다. 그러나 다행히 모든 병사들이 주어진 일을 하고 있어 특별히 영인에게 신경을 쓰는 병사는 없었다. 이에 영인은 편안한 마음으로 품을 뒤져 비급을 꺼냈다.

'우선 송 아저씨가 서찰에 뭐라고 썼는지 읽어볼까?'

영인은 햇볕이 잘 들지만 다른 사람들의 시선을 차단할 수 있는 나무 밑에 앉아서 서찰을 펴보았다.

내가 이렇게 서찰을 쓰게 된 것은 혹시라도 내가 비급을 넘겨주면서 꺼내지 못할지도 모를 말을 남기기 위해서다. 한마디로 늙은이의 노파심에서 서찰을 남긴 것이고, 아마도 네가 혹시라도 넘겨 버릴지 모를 당부를 하기 위해서다. 아미 비급을 살펴보았다면 이 서찰이 세 번째 당부가 될 것이다.

'뭐야? 그럼 뭐 특별한 내용은 없는 건가?'

서찰의 내용을 읽으면서 영인은 살짝 인상을 찡그렸다. 서찰에 적힌 대로 악호로부터 비급을 받을 때와 비급 안에 적혀 있는 내용을 합한다면 이번이 세 번째 당부인 것이다. 하지만 서찰을 끝까지 읽지 않을 수는 없었다. 그래도 악호의 세심한 배려에 대한 보답으로 중간에 읽지도 않은 서찰을 없애 버릴 수는 없는 일이었기 때문이다.

 …이 정도가 내가 하고 싶은 말이다. 너무 길게 쓴 것은 아닌
지 모르겠지만, 그만큼 이 비급이 내게 있어서 중요했던 것이라
생각해 주길 바란다. 더불어 한마디만 더 하자면, 뇌격십팔도는
크게 비중을 두지 않아도 될 것이다. 비록 내가 초식을 만들었
다고 해도 그것은 엄밀히 말하면 자뢰격마공상의 자뢰마격검(紫
雷魔擊劍)을 익히지 못해 초식을 조각낸 것에 지나지 않기 때문
이다. 그것도 심법과의 조화를 생각하지 않고 초식의 쾌와 중만
을 따다가 억지로 조합한 것이지. 한마디로 일류도 못 되는 내
가 절정의 무공을 훼손한 것이니 방계라고도 할 수 없는 조잡한
것이다. 당연히 원류를 익혀야 하는 네게 도움이 되지 않을 수
도 있으니 이 점은 꼭 참고하고 크게 비중을 두지 말아야 할 것
이다.

 참, 혹시나 해서 말인데… 내가 이런 말을 한다고 널 무시한다
거나 하는 오해는 하지 않았으면 좋겠다. 다름이 아니라, 현재 무
림은 정파와 사파의 구분이 모호하고 이합집산이 횡행하는 난세
라 할 수 있다. 이것은 나라가 어수선하면서 사방에서 농민들이
봉기하는 이유도 있겠지만, 그만큼 나나 너와 같이 어쭙잖은 실
력으로는 무림에서 명성을 얻을 수 없다. 오히려 살아남기조차
힘들 것이다. 그러니 이참에 군부에 적극적으로 가담하는 것이
좋겠다는 생각이 드는구나.

 더욱이 이자성과 휘하의 장수들이 뛰어나니 몇 번의 고비를 잘

넘긴다면 천하를 호령할 수도 있을 것이다. 그러니 너무 무림 한 쪽만 생각하지 말고 장수로서의 삶도 생각해 보거라. 이자성이 승승장구하면 그를 따르는 장수들도 부귀영화를 누릴 수 있지 않겠느냐. 늙은이의 노망이라 생각하지 말고 한번 네 앞날에 대해서 진지하게 고민해 보는 것이 좋을 것이다.

영인은 서찰에서 시선을 거두었다.

'군부라…….'

서찰의 마지막 부분을 읽으면서 영인은 악호가 무림에 대해 어떤 생각을 가지고 있는지 알 수 있었다. 그만큼 악호의 감정이 고스란히 서찰에 적혀 있었던 것이다. 그러나 영인의 생각으론 악호의 좌절로 인한 무림의 환멸과 공허감이 더 크게 느껴졌다. 그래서 마지막에 무림보다 관리의 길을 걷는 것이 좋겠다는 내심을 표현한 것 같았다.

하지만 악호의 당부가 효력이 있는지 영인은 처음으로 무림보다 군부에 투신하는 것을 생각해 보았다. 그리고 무림에 뛰어들어 강호를 누비고 다니겠다는 포부 쪽으로 기울어져 있는 저울추를 군부와 무림을 대등하게 놓고 다시 시작할 수 있는 원점으로 돌려놓는 계기를 만들어주었다.

영인이 판단하기에 악호는 충분히 일류라고 인정할 수 있는 고수였다. 비록 절정의 경지가 어느 정도를 말하는 것인지는 모르지만 영인의 생각은 그랬다. 그런데 그런 일류고수가 무림보다 군부를 택하라는 조언을 했다. 그것도 어쩌면 인생에 있어서 가장 큰 영향을 주었다 말할 수 있는 사람이.

한동안 무림과 군부에 대해 이런저런 생각에 잠겨 있다가, 그 어떠한 것도 쉽게 결정을 내리지 못하는 자신을 발견하게 된 영인은 사색에서 깨어났다. 그리고 서찰을 두 손으로 꾹 쥐며 소매 속으로 집어넣었다. 다 읽었으니 나중에 불을 피울 때 사용하기 위해서다.

"군부도 괜찮을 것 같기는 한데 지금은 우선 비급을 보는 것이 우선이지. 자! 이제부터 본격적으로 살펴볼까? 그럼 어디……."

쓰윽~

영인은 뇌격십팔도는 꼼꼼하게 읽었다. 그리고 마지막 장을 넘긴 후에도 뒤의 자뢰격마공이 수록된 내용으로 넘어가지 않았다. 다시 처음으로 넘어가서 뇌격십팔도를 읽기 시작한 것이다. 그렇게 다섯 번을 반복하면서 영인의 표정은 조금씩 어둡게 변했다. 첫 번째는 기대가 다소 섞인 표정이었는데, 그 이후로 횟수가 늘어나면서 점점 암울해지는 것이 심적으로 좋지 않은 것 같았다.

영인은 다섯 번째로 마지막 장을 넘긴 후 천천히 비급의 겉장을 덮었다. 그런 후 약 일다경가량 조용히 두 눈을 감은 상태로 명상에 잠겼다.

"내 머리가 이렇게 돌이었나, 아니면 아저씨가 어렵게 만든 건가? 도무지 내용을 파악할 수가 없잖아. 이거 참."

영인은 고개를 절레절레 흔들면서도 미련이 남는지 비급

을 다시 한 번 천천히 읽기 시작했다. 그렇게 또다시 세 번을 읽었다. 하지만 영인의 표정은 달라지지 않았다.

"아무리 아저씨가 비중을 두지 말라고 했어도 내 처지에 처음부터 원본을 본다는 것은 말이 안 되는 것 같다. 너무 어려워. 아저씨가 만든 것도 일류 무공은 넘는 것 같다. 그렇지 않다면 여덟 번을 읽었는데도 내용을 파악하지 못한다는 것은 말이 안 되지. 휴~ 쉬운 것부터 시작하자. 아저씨 말대로 도움도 안 되고 돌아가는 길이라 하더라도 지금은 그게 좋을 것 같다. 능력도 안 되는데 마음만 앞서면 될 일도 안 되지. 암!"

자신의 의지를 다잡는 듯 영인은 속으로 다짐하며 비급을 펼쳤다. 그러나 이번엔 내용을 파악하는 것이 아니라 외우는 데 중점을 두었다. 언제까지 다른 사람들의 눈을 피하면서 비급을 읽을 수는 없기 때문이다. 그렇게 영인의 정신과 생각은 비급 속으로 조금씩 파고들었다.

*   *   *

좌량옥이 유종민에 의해 발이 묶여 있는 것을 모르는 왕교년은 하인용과 정가동 및 우성호 총병관에게 기병 구천 명과 보병 오만 명을 내어준 후 요격 대세를 갖추었다. 겨우 기병 일천 명과 보병 일만 명을 남겨두었을 뿐이다. 그것도 보병은 양성에 있던 백성들 중에서 차출한 병사들이었다. 그만큼 왕교년은 이번 전투에서 승리를 자신했고, 양성은 혹시라도 이자성의 별동대가 하인용의 군대와 조우하지 않고 돌아서 공격할지도 모른다는 생각에 남겨두게 된 것이다. 당연히 최소한의 안전은 확보해야 했기에 무리없는 조치였다. 더욱이 나름대로 병사들을 활용해 이자성의 군영을 살피고 있었기에 이자성이 언성의 포위를 풀고 양성으로 진격을 개시했다는 정보를 얻어 마음 놓고 대부분의 병사들을 내보낼 수 있었다.

그러나 병사는 십오만의 병력 중 삼만의 병력이 남아 있음을 확인하지 않았다. 그저 아침에 모든 병사들이 출진 준비를 하는 것을 보았으며, 선두에 이자성이 여러 장수들과 함께 움직이는 것을 본 후 급하게 양성으로 돌아간 것이다. 따라서 정확한 정보를 얻지 못한 왕교년은 크게 기뻐하였으며, 자신의 작전대로 이자성이 움직이고 있다고 판단한 것이다.

왕교년의 명령에 하인용 총병관 등은 승리를 장담하며 당당하게 양성을 나섰다. 자신들이 전면에서 치고 있을 때 후방에서 좌량옥이 이자성의 군대를 유린할 것이 분명했기 때문이다. 그러나 여하에서 이러한 자신감은 겨울바람에 흩어지는 연기처럼 사라졌다.

이자성은 여하까지 빠르게 진격한 후 하인용 등을 기다렸다. 양성으로 좀 더 진격할 수 있었으나, 처음의 전략대로 여하에서 하인용을 맞은 것이다. 그것도 하인용이 보란 듯이 대군의 위용을 마음껏 과시하며.

하인용은 여하에 진을 치고 있는 이자성의 군진을 본 후 입이 다물어지지 않았다. 더욱이 좌량옥이 급하게 보낸 병사를 통해 언성의 일을 알게 된 후엔 기가 막혀 작전에 대한 생각조차 할 수가 없었다.

"도대체 어떻게 하면 좋겠는가?"

"정말 좌 총병관이 언성에서 나오지 못한다고 한 것이오?"

"그렇네, 우 총병관. 여기 서찰을 직접 보게."

"흐음……."

정가동은 하인용이 전해준 서찰을 읽어본 후 옆에 있던 우성호에게 넘겨주었다. 하지만 표정은 마치 석고상처럼 딱딱하게 변해 있었다. 우성호 역시 서찰을 읽으면서 얼굴이 저녁노을처럼 붉어지며 굳어졌고, 입에선 침음 소리가 저절로 나왔다.

"지금 우리의 병력은 기병을 포함해서 육만 명이 안 되네. 하지만 유적들의 병력은 우리의 배에 해당되는 십이만 명으로 확인되었고."

"보병에서 차이가 나는 것은 어떻게든 해볼 수 있소이다. 아무리 유적들의 기세가 높다 하지만, 제대로 훈련도 받지 못한 오합지졸에 불과하오. 하지만 유적들은 삼만 명에 달하는 기병이 있소이다."

"별동대를 말하는 것이오?"

"맞소. 가장 큰 문제는 기병의 열세요."

"휴~ 정말 이 난관을 타파할 해답을 찾을 수가 없구먼."

탁!!

"도대체 삼변총독은 어디서 이자성의 군대가 모두 움직였단 정보를 얻었는지 모르겠소이다. 완전히 이자성의 전략에 우리가 당한 것이 아닙니까!"

"그렇소이다. 이대로 공격한다면 개죽음밖에 없소이다."

"이거 참……."

하인용은 화소점 전투가 생각났다. 일생일대의 치욕스러운 전투였고, 당시의 일을 입 밖으로 꺼내서는 안 되는 전투였다. 그러니 화소점에서의 악몽이 생각나지 않을 수 없었다. 그만큼 전투의 결과는 뻔했기 때문이다.

"흠! 이런 말을 하는 것은 장수로서 있을 수 없는 일이지만……."

"……?"

"……."

"퇴각을 하는 것이……."

"싸우지도 않고 퇴각을 입에 담는 것이오, 우 총병관?"

"그렇게 목청을 높일 필요는 없지 않소, 정 총병관. 나라고 해서 이런 말을 하는 것이 좋겠소? 이번 전투는 뚜껑을 열어보지 않아도 잘 알지 않소이까."

"아무리 그렇다고 해도……."

"어차피 삼변총독이 처음부터 잘못된 전략을 내놓아서 이렇게 된 것이 아니오이까."

"하지만 방법을 모색해 보지도 않고 퇴각한다면 후에 폐하께 어찌 오늘의 일을 고한단 말입니까?"

"어허, 정말 답답합니다. 정 총병관은 화소점의 일을 잊으셨소이까?"

"뭐요? 어찌 그런……!"

정가동은 우성호의 말에 입을 다물었다. 대명의 장수로서 차마 입에 담지 못할 치욕스러운 일을 다시 하자는 우성호의 말에 그만 화가 머리끝까지 치솟아 어지럼증이 온몸을 휘감은 것이다.

"자자, 두 총병관께서는 그만 하시오. 우리가 지금 분란을 일으키면 밖에 있는 병사들이 동요하지 않겠소이까."

"큼."

"휴!"

"차분하게 마음을 가라앉히고 정리를 해봅시다. 우선 전투에서 승리할 가망성이 없다는 것은 두 분 모두 숙지하고 있으니 더 이상 거론하지 말고, 화소점에서와 같은 치욕을 범하지 않을 방도를 찾아봅시다."

"하 총병관의 말이 옳기는 하지만 현재로서는 퇴각 말고는 방법이 없지 않습니까? 어느 정도 대등한 전투를 펼칠 수 있어야 전술도 짜고 병사들의 사기도 높일 수 있는 것입니다. 하지만 지금과 같이 허허벌판에서 전투를 벌인다면 화롯불 속으로 뛰어드는 불나방과 같을 것입니다."

"그렇더라도 한 번은 건드려 보는 것이 옳지 않겠소?"

"유적들의 군영을 보고도 그런 말이 나옵니까, 정 총병관? 저들은 우리를 기다리고 있었습니다. 마치 우리는 이만큼 준비하고 있으니 죽고 싶으면 한번 건드려 보라는 의도가 보인

단 말입니다. 무의미할 뿐입니다. 괜히 아까운 병력만 낭비할 뿐이니 나중에 좌 총병관과 연계하는 방법을 모색하는 차원에서 병력 손실이 없어야 할 것입니다."

"흐음……."

정가동은 우성호의 말에 무거운 침음을 흘렸다. 자신이 생각하기에도 나중의 일을 생각하면 옳은 결정일 수도 있기 때문이다. 그러나 마음 한쪽이 무거워지는 것은 어쩔 수 없었다.

하인용은 대충 상황이 정리되는 분위기로 흐르자 더 이상 결정을 미룰 수가 없었다. 이제는 자신이 나서서 결정을 내려야 할 시점인 것이다. 비록 같은 총병관의 지휘라 하더라도 두 사람보다 자신이 선임이었기 때문이다.

"두 분의 생각이 어느 정도 가닥을 잡은 것 같으니 이젠 결정을 내려야 할 것 같소이다. 흠! 우선 이번 일이 우리만의 잘못이 아니라는 것을 폐하께 고해야 하니 삼변총독의 전략과 전술이 잘못되어 이번 일이 일어났음을 상세히 알려야 할 것이오. 두 분, 동의하십니까?"

"동의합니다."

"…동의합니다."

"알겠소. 이렇게 두 분께서 동의하니 이제부터는 편하게 본관의 생각을 말하겠소. 어차피 패배가 확실시된다면 병력의 손실없이 퇴각하는 것이 옳은 것 같소. 그래야 우 총병관의 말처럼 후일을 도모할 수 있기 때문이오. 따라서… 분하지만 퇴각을 결정하겠소. 두 분, 본관의 결정에 이의가 있습니까?"

"옳은 결정입니다."

"결정이 났으니 따르겠습니다."

"감사합니다."

하인용은 정가동과 우성호가 별말이 없자 안도의 한숨을 쉬었다. 결코 쉬운 결정은 아니었다. 한 번의 실수는 운 좋게 넘어갔지만 이번에도 그렇게 될지는 알 수 없었기 때문이다. 이제 남은 것은 자신들의 합리화와 정당성을 황제와 승상에게 알리는 일이었으며, 무엇보다 병사들의 사기를 잃지 않는 퇴각이었다. 그러기 위해선 할 일이 많았다. 휘하의 장수들을 다 독여야 하며, 반감을 가지지 않도록 마무리를 잘해야 하는 것이다.

해가 중천을 향해 움직이기 시작한 시각.

이자성과 장군들이 회의를 하기 위해 임시로 설치한 군막 안은 병사의 보고를 들은 이자성의 호쾌한 웃음소리로 가득했다. 아침에 하인용의 퇴각 소식을 듣고 장군들과 앞으로의 일을 상의하면서 기분이 좋았기 때문이다. 모든 것이 전략대로 이루어졌고, 이제 남은 것은 쥐새끼처럼 양성 안에 틀어박혀 있는 왕교년을 처리하는 일만 남았다. 성을 공략하는 것이 결코 쉽지 않은 일이었지만, 양성에 남아 있는 병력이 얼마 되지 않음을 알기에 실패를 염두에 두지 않았다.

"전하, 이제 마음 놓고 양성으로 진군하셔도 될 듯싶습니다."

"아무리 전략이 좋았다지만 너무 싱겁게 끝나는 것 같군."

"워낙 형님의 전략이 좋았지 않습니까? 전하, 이참에 제가 별동대를 이끌고 저 쥐새끼들의 뒤를 유린했으면 합니다. 허락해 주십시오."

"그럴……."

"안 됩니다, 전하. 지금 저들의 뒤를 치는 것은 옳지 않습니다. 쥐를 잡더라도 막다른 곳으로 모는 것은 도움이 되지 않습니다."

"우군사께선 소장의 능력을 의심하시는 것입니까? 저들은 이미 싸울 마음을 버린 자들입니다. 어찌 사기가 하늘을 찌르는 소장의 별동대를 막을 수 있겠습니까."

"그만 하게, 이 부장. 여긴 전하께서 계신 곳이네."

"하지만 형님, 별동대만으로도 충분히 저들을 몰살시킬 수 있습니다."

"자네의 뜻은 알겠지만 우군사의 말이 틀리지 않네. 고양이도 쥐를 잡을 때는 구석으로 몰지 않지. 그리고 금적금왕(擒賊擒王)이란 말도 있지. 무슨 뜻인지 알겠는가?"

"형님, 저 무식한 것은 전하께서도 잘 아시면서 제 앞에서 문자를 쓰십니까?"

"하하, 알겠네. 미안하이."

"끙~"

이래형은 이암의 웃음에 더 이상 자신의 뜻을 세울 수 없어 자리에 앉았다. 금적금왕이 무슨 뜻인지 모르지만 이암이 나섰다는 것으로 자신이 틀렸다는 것을 알 수 있었기 때문이다.

"금적금왕이란 말은 당나라 때의 시인인 두보(杜甫)의 출새곡(出塞曲) 중 전출새(前出塞)라는 시에 나오는 말이네. 적의 장수를 잡으면 적의 전체 병력을 무너뜨릴 수 있으므로 싸움에서는 우두머리를 먼저 잡는 것을 목표로 해야 한다는 뜻이지."

"좌군사님의 말씀이 맞습니다. 활을 당기려면 강하게 당기고[挽弓當挽强], 화살을 쏘려면 멀리 쏘아야 하며[用箭當用長], 사람을 쏘려면 먼저 그 말을 쏘고[射人先射馬], 적을 잡으려면 먼저 그 왕을 잡아라[擒賊先擒王]. 정말 옳은 말입니다."

"젠장."

이래형은 마치 자신의 무식함을 일깨워 준다는 듯 두보의 시를 읊는 우금성을 향해 날카로운 시선을 주었다. 그러나 자신을 제외한 모두의 고개가 끄덕여지자 이내 우금성을 인정할 수밖에 없었다.

"전하, 저들은 왕교년을 잡으면 저절로 흩어질 무리입니다. 그러니 왕교년을 잡은 후에 저들을 공략해도 결코 늦은 것이 아닐 것입니다."

"좌군사와 우군사의 뜻이 그러하다면 우선은 양성을 공격하는 것이 좋겠구먼. 하지만 육만 명의 병사는 결코 적은 수가 아닌데, 과연 저들이 나중에 우환으로 변하지 않겠소? 특히 언성의 좌량옥도 적은 병력은 아닌데 혹여 그들이 합쳐진다면……"

"전하께서 무엇을 우려하시는지 알겠지만 지금은 시기상조입니다. 아마 이번에 양성을 점령한다고 해도 관군의 공격이 한 번쯤은 더 있을 것입니다. 그때는 관군도 수십만에 이르는 대병력을 이끌고 올 것이 분명하며, 우리로서는 쉽지 않은 전투가 될 것입니다. 하지만 그렇다고 해서 당장 저들을 공격해서는 안 됩니다. 후일을 위해 병력의 손실을 최대한 자제할 필요가 있습니다."

"흐음……."

"그리고 이후 공격해 올 대병력을 맞아 승리를 하신다면 하남성의 백성들과 땅은 전하의 아래에 놓이게 될 것입니다."

"맞습니다, 전하. 하남성을 완벽하게 통제하게 된다면 하북성과 자금성으로 이동하는 강남의 자금과 물품을 억제할 수 있게 됩니다. 이것은 전하께 상당한 힘을 주게 될 것이며, 황제뿐만 아니라 안휘성 등 강남의 제후들이 전하의 눈치를 보게 될 것입니다."

"하하, 우군사는 너무 앞서 나가는 것 같구먼."

"그러나 지금부터 준비를 하는 것도 좋을 것입니다, 전하. 그러니 전하께선 우군사에게 앞으로의 전략을 수립하도록 하시는 한편, 강남의 유지들과 상가를 포섭하는 정책을 취하시는 것이 옳을 것입니다."

"대군사도 그런 생각이오? 흐음, 좋소이다. 우군사는 우선적으로 강남의 자금을 끌어들일 수 있는 전략을 수립하여 군자금과 군량미 등을 조달하는 방법을 생각해보고, 포섭할 수 있는 제후들이 얼마나 되는지 확인하시오."

"명을 따르겠습니다, 전하."

"그리고 대군사와 여러 장군들은 한 시진 후 양성으로 진군할 수 있도록 준비할 것이며, 대장군은 양성을 점령한 후에 하남성에서 본인에게 협조할 수 있는 무림 세력을 포섭할 방법을 생각해 보시오. 특히 남궁세가의 협조를 필히 받아내야 할 것이오."

"전하, 화산파가 전하를 지지하고 있는데 굳이……."

"화산파는 섬서성에 있지 않은가. 하남성을 완벽하게 장악하기 위해선 남궁세가의 영향력이 필요할 것 같은데, 대장군의 생각은 그렇지 않은가 보구려?"

"하남성에서 남궁세가의 영향력이 막대하다는 것은 소장도 잘 알고 있습니다. 그러나 전하께선 무림 세력 간의 불화에 대해 알지 못하시는 것이 있는 것 같습니다."

"응? 그게 무슨 소리요? 본인이 알기론 화산파도 정파고 남궁세가도 정파로 알고 있는데……?"

"허……."

최추산은 이자성의 말을 통해 무엇을 잘못 생각하고 있는지 알 수 있었다. 예전의 정파와 사파의 다툼만 생각했지 현재 무림이 어떻게 흘러가는지 알지 못했으며, 또한 같은 정파에서도 구파일방과 오대세가의 세력 싸움에 대해선 전혀 생각하고 있지 않음을 알게 된 것이다.

"전하, 화산파는 구파일방에 소속된 정파입니다. 소림사와 무당파처럼 구파일방을 영도하는 세 곳 중 한 곳이지요. 그에 반해 남궁세가는 오대세가를 영도하는 곳입니다. 같은 정파라 하나 구파일방과 오대세가는 서로 음지에서 세력 싸움을 하고 있습니다. 그런데 전하께선 서로 반목할 수 있는 두 곳을 한자리에 모으고자 하십니다. 이는 결코 좋지 않은 결과를 초래하게 될 것입니다."

"그런 일이 있었구먼. 그러나 그것은 무림의 사정이고 본인이 통솔하면 그런 분란은 일어나지 않을 것이오. 그러니 대장군이 최선을 다해주길 바라오."

"흐음… 전하의 뜻이 정히 그러하다면 소장은 명을 받겠습니다. 그러나… 목 장문인과 화산파의 서운함은 전하께서 달래주셔야 할 것입니다."

"알겠소. 어찌 본인이 화산파와 목 장문인의 고마움을 모르겠소. 그런 것은 대장군의 부탁이 없더라도 생각하고 있으니 걱정하지 마시오."

"알겠습니다, 전하."

최추산은 생각지도 않았던 이자성의 명령에 침음이 나왔지만 명령을 거역할 순 없었다. 이미 자신은 무림을 활보하던 최추산보다 이자성 휘하의 대장군이었기 때문이다.

하인용 등의 퇴각 이후, 이자성은 양성까지 진군하는 데 거칠 것이 없었다. 여하에서 양성까지 십이만 명이라는 대병력이 움직이는데 겨우 육 일이 걸렸을 뿐이다. 그만큼 이자성의 발길을 잡는 군대가 없었으며, 오히려 이자성의 병사들을 위해 지나치는 마을과 현에서 군량미를 직접 운송해 줄 정도로 협조에 필사적이었다. 이미 하인용 등이 전투 한번 해보지 않고 도주했다는 소문이 하남성에 파다하게 퍼졌기 때문이다.

양성을 눈앞에 둔 이자성은 크게 심호흡을 했다. 시원한 바람이 콧속으로 들어가자 정신이 깨끗해지고 맑아지는 느낌이 들어 기분이 좋았다. 하지만 이런 이자성의 모습을 멀리서 바라보고 있던 왕교년의 이마엔 깊은 주름이 생겼다. 앞으로의 상황이 눈에 보이는 것 같았으며, 자신의 최후가 결코 순탄하지 않을 것임을 알 수 있었기 때문이다.

왕교년은 어디서부터 자신의 작전이 잘못되었는지 곱씹어 보았다. 그러나 이미 자신의 실수와 적의 전략에 당했음을 알 수 있었다. 너무나 한심스러웠다. 조금만 더 신중했다면 지금과 같은 상황은 벌어지지 않았을 것이기 때문이다.

후회는 아무리 빨라도 늦다. 더욱이 되돌릴 수 없는 상황이기에 최선을 다하는 것만이 남았을 뿐이다. 이에 왕교년은 남아 있는 기병 일천 명과 양성의 관민으로 구성된 일만 명의 보병을 활용해 최대한 수비를 하는 것으로 전략과 전술을 세웠다. 자신이 어느 정도 버티면 혹시라도 도주했던 하인용 등이 배후를 공격해 줄 수도 있다는 바람을 품고서.

하지만 이런 왕교년의 바람은 그냥 바람으로만 끝났다. 이자성이 공격을 개시한 후 사 일 만에 양성이 함락된 것이다. 첫 공격이 시작된 후 이틀 동안 쌍방의 전력 손실이 보일 정도로 격렬한 공방이 계속됐다. 하지만 삼 일째 되던 날 양성의 남서쪽 성벽의 모서리 일부가 이자성의 군사들이 쏘는 포격에 무너졌다. 비록 왕교녀의 지시로 즉시 흙을 쌓아올려 임시로나마 성벽을 고칠 수 있었지만 조금씩 한계를 보였다. 그에 이자성은 왕교녀의 도주를 유도하기 위해 남서쪽에 위치한 진지를 뒤로 물렸지만, 왕교녀은 계략임을 알고는 장작과 수레 등을 이용하여 더욱 문을 틀어막고 방비를 강화하면서 원군을 기다렸다.

그러나 전투가 사 일째로 접어들면서 왕교녀은 하늘을 보며 한탄했다. 병사들이 쏠 수 있는 화살이 다 떨어졌기 때문이다. 더 이상 이자성의 군대를 막을 수 없어 결국 성벽이 돌파당했다. 그동안 양성의 군병들도 죽지 않기 위해 최선을 다해 싸웠지만 병사들의 절대적인 열세를 극복하지 못했다. 이에 왕교녀은 병사들을 이끌고 시가전을 벌였으며 결국 중과부족을 한탄하며 자살을 기도했다. 그렇지만 이래형은 이를 두고 볼 수가 없었다. 자살은 왕교녀에게 너무나 편안한 죽음이고 사치였기에 결국은 이래형 부장이 이끄는 별동대의 기습 공격에 잡혀 포로가 되었다.

전장이 어느 정도 정리되자 이래형은 이자성 앞에 왕교녀을 끌고 왔다.

"이 부장, 이자가 왕교녀인가?"

"그렇습니다, 전하."

"포탄이 쏟아지는 와중에도 안색 하나 변하지 않고 지휘하

더니 이렇게 본인 앞에 잡혀왔구먼. 어디, 고개를 들어보아
라.”

"⋯⋯."

“이놈! 전하께서 명하지 않느냐! 어서 고개를 들라!”

“흐음⋯⋯.”

왕교년이 이자성의 명을 듣지 않고 고개를 들지 않자, 이에
화가 난 이래형이 직접 왕교년의 머리를 틀어잡고 뒤로 젖혔
다.

“저분이 틈왕 전하시다. 틈왕 전하를 뵈었으니 감사한 마음
으로 예를 올리거라!”

쿵! 쿵! 쿠웅~!

이래형은 허리를 숙이지 않기 위해 버티려는 왕교년을 힘으
로 누르며 바닥에 이마를 박아댔다. 그에 금방 왕교년의 이마
가 붉게 변했으며 상처에서 핏물이 뚝뚝 떨어졌다.

“크윽!”

왕교년은 자신의 앞에서 모든 상황을 주시하고 있는 인물이
황제를 위협하고 나라를 어지럽히고 있는 이자성임을 알 수
있었다. 이자성과 말 한마디 나누지 않았지만, 휘하 장수의 언
행만으로도 인물의 성격과 됨됨이를 알게 되었다.

“푸하하하!”

“응? 이놈이 목이 떨어지기도 전에 미쳤나? 어디 전하의 앞
에서 고개를 쳐들어! 이놈을 당장!”

챙!

"그만! 이 부장은 뒤로 물러서라."

"끄응… 알겠습니다, 전하."

이자성이 제지하자 이래형은 왕교년을 향해 두 눈을 부릅뜨며 뒤로 물러났다. 하지만 뽑아 들었던 칼을 집어넣지는 않았다. 아직 자신의 처지를 자각하지 못하는 듯한 왕교년에게 위협을 주기 위함이었다.

하지만 왕교년은 이래형의 행동엔 관심이 없었다. 그저 자신을 지그시 노려보고 있는 이자성을 직시할 뿐이었다.

"본인이 그대에겐 웃음거리밖에 안 되는 것 같구먼?"

"어찌 웃음이 나오지 않겠는가. 그대가 황제 폐하의 명을 거스르는 적이지만, 백성들을 위한다는 소문을 듣고는 나름 대인이라 여겼거늘 오늘 이렇게 직접 대면하고 보니 역시 소문은 믿을 것이 못 된다는 사실을 깨닫게 되었네. 하하하!"

"뭐라! 이놈이 정녕 죽고 싶은 것이냐!"

"이미 죽은 목숨이 아니던가? 본인이 어리석어 이렇게 잡혔으니 지금 죽이든 나중에 죽이든 마음대로 해라."

"죽음이 두렵지 않다? 역시 끝까지 삼변총독으로 올 만한 기개를 가진 자로군."

"이것이 기개로 보이는가?"

"……."

"그대는 대인의 그릇도 못 되지만 그렇다고 소인의 그릇도 아니네. 소인은 자네처럼 다른 사람에게 해를 끼치지 않지. 다만 자신의 그릇 됨을 모르고 주어진 일대로 삶을 살고자 할 뿐이지."

"하하, 대인도 아니고 소인도 아니다? 그럼 그대는 본인을 뭐라고 생각하는가?"

"소인의 그릇도 되지 못하는 효웅일 뿐이지. 자신의 야망을 위해선 무엇이든 하는, 알겠는가? 그대는 자신의 야망을 위해서 주변 사람들의 피를 요구하는 효웅일 뿐이네."

"흐음……."

이자성은 왕교년의 말이 계속될수록 입에서 침음 소리가 흘러나왔다. 더불어 얼굴 표정도 약간 상기되고 숨소리도 거칠어졌다. 마치 자신의 속내를 훑어보는 듯한 왕교년의 한마디 한마디가 날카로운 비수가 되어 가슴을 찔렀던 것이다.

하지만 왕교년의 오만방자함을 마냥 묵인할 수는 없었다. 아니, 그렇게 하고 싶은 마음이 천 리 밖으로 달아나 버렸다. 더욱이 편하게 죽음을 맞게 해줄 아량도 완전히 사라진 후였다.

처음의 의도는 이래형으로부터 삼변총독을 잡았다는 말을 듣고는 항성 근처에서 포로가 되어 처형당한 전임 삼변총독 부종용과 어떤 면이 다른가를 살펴보기 위해 자리를 마련했었다. 그러나 왕교년과 말을 섞으면 섞을수록 죽이고 싶다는 마음만 더해질 뿐이었다.

'주변 사람들의 피를 요구한다? 어쩌면 저자가 나에 대해 정확히 판단한 것일지도 모르겠군. 하지만 피로 얼룩질 길이라 해도 끝까지 가지도 못하고서 야망을 접을 수는 없지.'

"훗, 일찍 죽고 싶은 모양이군. 그것을 바라는가?"

"…그럴 수도 있겠지."

"하지만 아쉽게도 그대를 쉽게 죽이진 못할 것 같군. 그대로 인해 본인이 양성에서 잃은 것이 너무나 많다네."

"하하, 내 목숨으로 백성들의 두려움을 얻고 싶은가? 당장은 그대와 그대의 군대를 두려워하겠지만 그것이 얼마나 가겠는가? 그대의 야망처럼 한 나라의 군주가 되기 위해선 백성들의 두려움이 아닌 존경을 얻어야 할 것이네."

"……."

"그대의 책사들이 고심을 많이 하겠군. 어리석은 내 눈에도 보이는데 책사들의 눈에 그대의 더러운 야망이 보이지 않을까? 하하하!"

"더 이상 허무맹랑한 말로 본인을 현혹시키려 하지 말라! 이부장!"

"옛, 전하!"

"양성의 백성들이 모두 볼 수 있도록 자리를 만들 것이며, 그 자리에서 저자의 형을 집행하도록 하라. 형은 책형(磔刑)으로 할 것이며, 오늘의 일을 평생토록 기억하게 만들라!"

"알겠습니다, 전하!"

"하하하!"

"이놈이!"

퍽!

"끄윽!"

이자성은 이래형에 의해 질질 끌려가는 왕교년을 보면서 미간을 찌푸렸다. 마치 개처럼 끌려가고 있는 상황에서도 왕교년의 두 눈이 한곳에 멈춘 상태로 움직이지 않았기 때문이다. 바로 자신의 두 눈을.

 왕교년은 한 시진가량 별동대에 의해 말에 묶인 채 양성을 질질 끌려 다니고 몽둥이로 온몸을 망신창이가 될 때까지 맞아야 했다. 그리고 정신이 온전한 상태에서 온몸이 찢기는 책형을 당했으며, 마지막으로 머리가 잘린 후 저잣거리에 한동안 효시되었다.

 이러한 상황을 처음부터 끝까지 지켜본 양성의 백성들은 이자성의 잔혹함에 치를 떨었으며, 이자성의 바람대로 두려움에 휩싸였다. 그러나 이런 백성들의 모습을 보면서 이자성의 마음은 무겁기만 했다.

 '하늘은 영웅을 내려 보내고 천하가 스스로 무릎을 꿇는다지만, 나는 내 힘으로 천하를 무릎 꿇게 만들 것이다. 그 길이 비록 피로 만들어진 길이라 해도 절대 멈추지 않을 것이다. 절대로……'

 왕교년의 목이 걸려 있는 창대 너머로 석양이 조금씩 짙게 변하고 있었다. 그만큼 이자성의 마음도 붉게 변했으며, 양성의 하늘을 어둠이 서서히 잠식해 들어갔다.

第四章
한 대로 끝내자, 한 대로

이자성은 황제의 명을 받은 삼변총독의 군대를 두 번이나 물리친 후, 두 달 동안 하남성의 여러 곳을 전전하면서 성들을 공격하고 점령하였다. 여러 번 공격했어도 철벽을 두른 듯 당당히 버틴 개봉 또한 공격하지 않을 수 없었다. 하남성을 완전하게 통제하려면 동남쪽에 숨어 있는 양문악과 좌량옥 등을 먼저 치는 것이 옳은 수순이었지만, 이왕 양성을 공격하고도 여력이 남았기에 황하 이남의 성들을 정리하고자 했던 것이다.

이자성이 이와 같은 배짱을 부릴 수 있었던 것은, 언성의 좌량옥을 꼼짝 못하게 묶어두고 있는 유종민과 무림인들이 있었기 때문이다. 비록 화산파에서 보내준 병력이 이백 명가량 되고 산종의 병력이 오백 명 정도의 적은 수였지만, 그들의 무력은 실로 놀라울 정도였다. 아직까지 직접 두 눈으로 확인하지 못한 이자성이었지만, 유종민으로부터 전해 받은 서찰의 내용을 반만 믿어도 무림인의 무서움을 간접적으로 느낄 수 있었기 때문이다.

하지만 개봉은 역시 철옹성이었다. 초봄이라 말하지 못할 정도로 날씨가 더워지기 시작하는 사월부터 시작된 공격을 두 달이 지나는 유월 초까지 끄떡없이 버틴 것이다. 아무리 성안의 백성들이 협조를 한다고 해도 정규병사의 수가 겨우 이만 명이 조금 넘는 수에 불과한 상황에선 대단한 일이 아닐 수 없었다. 지금은 확실하게 거점으로 만든 양성의 병력 수보다 겨우 일만 명이 많을 뿐인데 아무리 공격해도 성문을 넘을 수가 없자 이자성은 매일매일 화가 가라앉지 않았다.

상황이 조금씩 개봉에서의 철수를 요구하는 방향으로 흐르자 대군사를 비롯한 장군들은 이자성의 얼굴을 볼 수가 없을 정도로 침통해했다. 더욱이 우려했던 일이 발생했는데 황제가 다시 관군을 재건하려는 움직임과 개봉의 구원을 명한 것이다.

"상황이 어떤가?"

"그리 좋지 않습니다."

"그럼 이번에도 개봉 함락은 어렵다는 것인가, 우군사?"

"흐음."

"대군사가 말해보시오. 정말 이대로 철군해야 한단 말이오?"

"이번엔 황제와 조정이 총력을 기울이려고 하는 것 같습니다. 아마도 북방의 상황이 여의치 않게 돌아가는 것이 큰 이유라 볼 수 있으며, 더 이상 우리의 세력이 크지 못하도록 일격을 가할 생각인 것 같습니다."

"북방이라면 혹시 청국?"

"그렇습니다. 청나라의 황태극은 오 년 전에 조선이라는 후방을 정리했습니다. 그리고 지금까지 산해관(山海關)을 넘기위해 공격을 계속해 왔으며, 그런 중에도 병사의 수와 실력을 키우면서 만리장성을 넘기 위한 기회를 기다리고 있는 자입니다. 만약 산해관이 무너진다면 명나라의 국운은 끝이라 볼 수있습니다."

"그런데 왜 북방으로 병력을 보내지 않고 이곳으로 보낸단말이오?"

"그만큼 황제와 조정의 대신들이 만리장성 밖의 황태극보다 전하의 군사들이 더 위험하다 판단한 것이라 사료됩니다."

"이거 참."

이자성은 대군사 송헌책의 설명을 들으면서 자신의 성장을 실감했다. 하지만 황제의 명을 이해할 수 없는 것도 아니었다. 자신이라고 해도 밖의 적보다 안의 적을 먼저 정리하려고 할 것이기 때문이다.

"지금 우리의 상황을 우군사가 상세히 설명해 보게. 아무래도 이번엔 쉽지 않을 것 같군."

"알겠습니다, 전하. 우선 왕교년이 죽은 이후 황제는 후임으로 병부우시랑(兵部右侍郞) 손전정(孫傳庭)을 삼변총독에 봉했고, 이에 손전정은 전하에 의해 무너진 것과 진배없는 관중의 군대를 재건하는 데 총력을 기울였습니다. 하지만 부임한 지 겨우 두 달 정도에 지나지 않아 현재로서는 큰 문제가 없지만……."

우금성의 설명은 한 식경 정도 이어졌다.

우금성의 말대로 당장 군대를 재정비하기에 바쁜 손전정은 경계할 위험거리도 없었다. 문제는 개봉의 위기를 보다 못한 황제와 조정이 독사(督師) 정계예(丁啓睿)에게 개봉을 구원하라는 엄명을 내린 것이다. 독사는 병부상서에 해당하는 지위로서 직접적으로 군을 지휘하고 통제할 수 있는 자리였다.

이에 정계예는 항성에서 침묵하고 있던 보정총독 양문악과 언성의 좌량옥, 그리고 양덕정(楊德政)과 방국안(方國安) 외에 침구에 피신해 있는 호대위와 이국기 총병관의 집결을 명했다. 그것도 개봉 남쪽으로 얼마 떨어지지 않은 곳에 위치한 수파집(水波集)이었고, 흩어져 있던 각 장수들의 부대가 서서히 모이면서 십만 명이 넘는 병력이 군진을 형성했다. 하지만 아직 수파집에 도착하지 못한 장수들도 있었기에, 모두 모인다면 이십만 명이 넘는 대병력이 될 것이란 정보를 입수하였다.

이런 상황에서 언성에 있던 유종민의 합류는 이자성에게 있어서 반가운 일이었다. 그리고 유종민의 빠른 판단과 결단이 영인뿐만 아니라 언성을 포위하고 있던 병사들의 목숨을 구해

주었다.

항성과 침구에 있던 관군이 움직인다는 정보를 입수하면서 언성의 동태를 살피는 데 주력하던 유종민은 좌량옥이 병사들을 집결시키려고 하는 행동을 보이자 즉각 퇴각을 결심했다. 상황이 좋지 않게 흐르고 있음을 파악했던 것이다. 그에 이자성이 공격하고 있는 개봉으로 향했으며, 관군들의 동태와 상인들로부터 전해 들은 정보를 수집하였다. 이렇게 개봉 일대는 관군과 이자성의 군대가 뿜어내는 열기로 인해 숨 막히는 긴장감이 팽배했다.

"적들이 언제쯤 공격해 올 것 같은가?"

"정찰병들이 가지고 온 정보를 분석한 결과, 아마도 이달 보름 이후일 것으로 판단됩니다."

"그렇다면 빨라야 삼 일 후에나 움직인다는 말이군. 그나저나 정말 이십만 명이 넘을 것 같은가?"

"아직은 확실하지 않습니다. 정말 수파집에 이십만 명이 집결하는지 확인해 봐야 하고, 그 병력이 모두 공격을 위한 병력인지 보급 병력이 포함된 병력인지에 대한 확인이 필요합니다."

"그렇습니다, 전하. 순수 공격 병력이 이십만 명이면 보급 병력까지 해서 삼십만 명이 넘는다는 것이니, 정확한 정보가 있어야 대응 가능한 전략과 전술을 수립할 수 있을 것입니다."

"그렇다면 어떻게 했으면 좋겠소, 대군사?"

"말씀드렸듯이 정보가 필요합니다. 그에 기병들을 활용해서 정찰을 했으면 합니다. 생각지도 않은 상태에서 적의 기습을 허용할 수도 있으니 빠른 대응을 위해 별동대의 활용을 허락해 주십시오."

"별동대까지?"

"비록 정찰을 목적으로 소중한 기병을 활용한다는 것이 필요할까 생각되시겠지만, 적의 병력 수와 공격 시점을 정확히 파악하기 위해선 위험을 감수해야 할 것 같습니다."

"그렇다면 대군사의 생각대로 하시오. 그리고 각 장군들은 병사들의 단속에 신경 쓰도록 하고, 언제든지 움직일 수 있도록 철저히 준비하시오."

"알겠습니다, 전하."

"염려하지 마십시오, 전하!"

"흐음."

이자성은 최추산과 이암을 제외한 대군사와 장군들이 군막을 나서는 것을 본 후 옆에 앉아 있던 최추산을 향해 고개를 살짝 끄덕여 보였다. 이에 최추산이 알았다는 듯 응수한 후 조용히 자리에서 일어나 밖으로 나갔다가 일각도 지나지 않아 일곱 명을 대동하고 들어왔다.

"전하, 모시고 왔습니다."

"어서 오시오. 그렇지 않아도 기다리고 있었소이다."

"원시천존~ 이렇게 전하께서 반겨주시니 장문인을 대신해서 감사드립니다. 사무영이라 합니다."

"화산파의 장로로 계시며 무림에선 구궁검으로 불리고 있습니다."

"아~ 본인이 무림과 연이 깊지 않아 명성을 듣지는 못했지
만, 이렇게 뵙게 되니 화산파의 기개와 기상이 느껴지는 것 같
소. 자, 우선은 자리에 앉도록 합시다."

"그럼."

이자성은 자신이 먼저 자리에 앉으면서 사람들의 면면을 살
펴보았다. 모두 두 눈에서 정광이 번쩍이는 것이 실로 예사롭
지 않은 인물이 없었다.

'크음… 대장군을 보면서 느꼈지만, 무림인들은 한명 한명
이 실로 뛰어난 기개를 가졌구나. 대단하군, 정말 대단해. 이
들뿐만 아니라 무림의 힘을 적극적으로 끌어들일 수만 있다면
내가 원나라를 물리친 주원장처럼 황제가 되지 않겠는가.'

"크흠!"

"아, 실례했소. 사실 본인은 여기 옆에 앉아 있는 대장군 말
고는 정식으로 무림인과 대면한 적이 없었는데, 여러분의 기
세가 실로 놀랍기 그지없소이다."

"과찬이십니다. 그저 자연을 벗 삼아 부족한 수양을 기르는
일밖에 하지 못하는 저희들이 어찌 백성들의 안위를 생각하는
전하에 비하겠습니까. 원시천존."

"하하, 도인께선 본인의 얼굴에 금칠을 하시는구려. 그나저
나 화산파는 도문이 아니오? 그런데 도인께선 본명을 쓰시는
구려?"

"비록 제가 화산파에 적을 두고 있는 장로의 신분이라고는

하나, 진제자가 아닌 속가제자이기에 도명을 받았지만 사용하지는 않습니다."

"그런 사정이 있다는 것은 오늘 처음 알았소이다. 역시 견문이 짧아 도인을 번거롭게 했구려. 그렇다면 옆에 앉아 계신 분 역시……?"

"그렇습니다, 전하. 무림에선 매화검으로 불리며, 속가제자 중 가장 뛰어나단 소리를 듣고 있는 호영진 장로입니다. 그리고 이쪽은 산종의 종주 손중수 대인이고, 저분은 천변만겁 목상 도장으로 장문인의 친우 분입니다."

"반갑습니다. 그리고 이처럼 어려운 시기에 여러분이 찾아와 줘서 본인은 뭐라고 고맙다는 말을 전해야 할지 모르겠소. 하지만 이렇게 만나게 된 것도 인연이라면 인연이니, 오늘은 세상의 시름을 모두 잊고 여러분과 허심탄회하게 술이나 한잔하고 싶구려."

"대적을 앞에 두고도 객을 위해 풍류를 논하시는 전하를 보니 이번 전투 역시 전하께서 대승을 거둘 것 같습니다."

"전투에 승리하는 것도 중요하지만 주인 된 도리로 이처럼 중요한 손님들을 맞이하는데 겨우 술 한잔 내놓지 못할 정도로 여유가 없지는 않소이다. 그러니 오늘은 본인의 체면을 세워주신다 생각하시고 편안하게 한잔씩 하십시다. 좌군사, 준비되었으면 들여보내라 하게."

"알겠습니다, 전하."

"흐음."

"······."

사무영과 호영진 등은 이자성의 명을 받아 술자리를 준비하는 이암의 행동을 보며 굳어져 있던 안색이 살짝 풀렸다. 그렇지 않아도 수파집에 대병력이 집결한다는 것을 알고 있어 평정심을 유지할 수 없었는데, 마치 이런 자신들의 마음을 안다는 듯 이자성이 편안하게 배려해 주는 것 같았기 때문이다. 그에 사람들은 이자성의 제의로 술잔을 들어 올렸고, 한잔씩 들어가기 시작하면서 차분해지는 것을 느꼈다.

'눈에 정기가 흐르진 않지만 사람을 다루는 재주는 탁월한 것 같구나. 영웅이길 바라는 장문인의 생각이 틀렸지만, 받쳐만 준다면 세상을 호령하는 효웅이 될 수도 있겠구나. 원시천존.'

'원 공자의 부탁으로 합류하기는 하겠지만 과연 저자의 뜻에 동참하는 것이 대장군님의 유지를 받드는 길인가? 하지만 사천에 머물러 있는 팔대왕 장헌충보다 자금성으로 진군할 확률이 높으니 어쩔 수 없다. 그나마 화산파가 함께하니 큰 힘이 될 것이다. 우선 그것으로 만족할 수밖에······.'

손중수는 목인청의 첫째 제자인 동필철산반 황진 옆에 앉아서 술잔을 기울이고 있는 원승지를 살짝 쳐다본 후, 마음을 확실히 정했는지 고개를 끄덕이며 이자성을 향해 자연스럽게 시선을 돌렸다. 이제 마음을 정했으니 후회없는 결정이 되도록 최선을 다하는 일만 남았다. 이러한 자신의 뜻을 원승지에게 행동으로 보여준 것이다.

손중수의 눈빛과 행동을 본 원승지 역시 고개를 살짝 끄덕이며 다른 사람들 모르게 고마움을 표했다. 이로써 원승지는 부친의 복수를 할 수 있는 기반을 마련하게 되었으며, 최후까지 부친의 유지를 이어나갈 것을 다짐했다.

*   *   *

이자성이 무림인들을 환심을 사기 위해 열심히 노력하고 있는 시각, 영인은 오랜만에 굴비를 만나 그동안 나누지 못했던 회포를 풀고 있었다. 더불어 간간이 비급 안의 글자 중 모르는 것들을 물어보는 것도 잊지 않았다.

"너, 꽤 열심이다? 그리고 그런 글자가 있다는 것을 어떻게 알았냐?"

"배움에는 끝이 없다고 형이 말했잖아. 그래서 열심히 노력했지."

"내 말은 그런 뜻이 아니잖아."

"뭘 그렇게 캐물어? 나도 형한테 비밀 한 가지 정도는 가지고 있자. 그나저나 따라다니기 힘들지 않았어?"

"녀석, 꿀리는 것이 있으니 말을 돌리네. 알았다. 더 이상 물어보지 않으마."

"훗, 고마워. 그리고 미안해."

"됐다. 너하고 나 사이에 미안은 무슨. 그런데 명규하고는 한판 했냐? 네가 이겼냐?"

"아직."

"아직? 정말? 명규가 피하든? 널 피해 지금까지 도망 다니고 있냐? 아님 네가 포기했냐? 아니지. 네가 그럴 녀석이 아니지. 암! 그런데 어떻게 아직……?"

굴비가 영인을 만나서 가장 궁금해했던 것이 바로 명규와의 원한을 해소했냐는 것이었다. 그리고 넉 달이란 시간이 흘렀으니 당연히 영인과 명규가 한판 제대로 했으리라는 생각을 가지고 있었다. 그런데 영인의 입에서 아직이란 말이 나오자 굴비의 머리로는 이해할 수가 없었다. 당연히 궁금증이 생겼고, 그 궁금증을 영인이 해소해 주길 바랐다.

"뭐야? 뭐가 그렇게 궁금한데?"

"너 같으면 당연히 궁금하지 않겠냐? 내가 언성을 떠나면서 얼마나 아쉬웠는지 아냐? 너와 명규의 한판에 은자 한 냥을 걸었다. 그런데 두 눈으로 확인도 하지 못하고 떠났으니 그 결과가 궁금할 수밖에."

"뭐? 그럼 형도 내기를 했단 말이야?"

"당연하지. 떠나기 전에 궤 아저씨한테 은자 한 냥을 넘겨주기까지 했는데?"

"세상이 말세긴 말세구나. 형 같은 사람이 그런 내기를 하고. 그것도 은자 한 냥이면 꽤 큰돈인데, 정말 형까지 궤 아저씨처럼 내 싸움에 내기를 할지는 몰랐네요."

"그건… 흐음……."

"됐네요, 그런데 누구한테 걸었어? 당연히 제게 걸었겠지요?"

"아, 그게⋯⋯."

"잉? 설마 명규 새끼한테 걸은 겁니까?"

"아니, 나는 꿰 아저씨가⋯⋯."

"뭐요? 정말 형도 꿰 아저씨처럼 명규한테 걸었다는 겁니까? 도대체 날 어떻게 보고!"

영인은 굴비의 어색한 표정을 보면서 어이가 없고 화가 났다. 꿰 아저씨야 넘어가 준다고 하지만, 굴비마저 자신을 배신할 줄은 몰랐기 때문이다.

"형, 실망이오. 이건 배신, 배신! 그렇지 않소?"

"⋯어째 말이 점점 짧아진다?"

"배.신.자!"

"됐다. 그나저나 명규하고 한판 하기는 할 거냐? 이길 자신은 있고?"

"흥! 왜, 내가 이기면 손해가 막심하오?"

"은자 한 냥이 어디냐? 명규가 이기면 한 냥이 덤으로 생기는데."

"안됐수다. 그거 날리게 생겼으니."

"그건 모르는 일이지. 여하튼 열심히 해봐라. 명규도 열심히 하는 것 같던데. 최선을 다해야 할 거다."

"그건 내 사정이고, 나중에 봐요. 그땐 후회하고 있겠지만."

"녀석."

'이겨라. 그래야 나도 이참에 돈 좀 만져 보지 않겠냐.'

칼을 어깨에 걸치고 멀어지는 영인의 뒷모습을 보면서 굴비의 입가에 의미심장한 미소가 걸렸다. 사실 명규에게 은자 한 냥이라는 거금을 걸었지만, 혹시나 하는 마음에 영인에게 남아 있던 전 재산이나 마찬가지인 은자 두 냥을 걸은 것이다. 위험부담이 크긴 하지만, 명규가 이기면 한 냥이 손해고 영인이 이기면 세 냥이 들어오는 것이다. 자신이 알기로 영인보다 명규의 손을 들어준 사람들이 꽤 되었기에.

'세상에 믿을 사람 정말 없네. 굴비 형마저 명규한테 걸어? 젠장! 이렇게 되면 무조건 이긴다. 내가 살아 있음을 똑똑히 알려주지.'

"흥! 그런데 이 새끼는 어디에 처박혀 있는 거야?"

모든 사람들의 기대를 단번에 꺾어버리기 위해서 영인은 명규를 찾아 결판을 내기로 마음먹었다. 그리고 이왕 하기로 했기에 시간을 끌고 싶은 마음이 없었다. 넉 달 동안 병상에 누워 있던 시간까지 합치면 무려 열 달을 기다린 것이다. 이제는 당시의 잘못에 대한 응징을 가할 때였다. 더 이상 시간이 흐르면 흐지부지해질 것이기 때문이다.

"이 새끼가 오늘은 어디에 숨어서 삐대고 있을까? 영도하고 같이 있지 않다면… 훗, 그곳밖에 없겠군."

그동안 명규의 행동반경을 주시하고 있던 영인이었기에 조금만 생각해도 명규가 어디에 있는지 충분히 짐작할 수 있었다.

"훗, 역시."

영인의 짐작이 맞았다. 약 한식경 정도 외곽으로 걸어가자 사람들 눈에 띄지 않을 정도의 숲이 있었고, 명규는 그 안쪽에서 뜨거운 햇빛을 피해 누워 있었다.

"야, 그만 일어나지?"

"뭐야! 어떤 새끼가……."

"……."

"여, 여긴 웬일이냐?"

"한판 뜨자."

"응?"

"한판 뜨자고."

"지금에 와서 무슨……?"

'뭐야, 이 새끼. 그냥 넘어갈 생각 아니었나? 젠장!'

영인의 짧은 말에 명규의 표정이 순식간에 찡그려졌다. 이미 석 달 전부터 그날의 일은 잊어버리고 있었는데, 갑자기 끄집어내니 황당할 뿐이었다.

"아무리 생각해도 그냥 넘어가긴 어렵지 않겠어? 너도 이날을 위해 준비해 온 것으로 알고 있는데."

"그냥 넘어가면 안 되겠냐? 이 무더운 날씨에 일부러 땀 빼긴 싫은데……."

"큭, 자신은 있나 보네?"

"네가 자빠져 있을 때 땀 좀 뺐지. 그러니 지금까지 해온 것처럼 죽은 듯이 누워 있어라. 옛날의 내가 아니거든."

"미친 새끼. 오늘 아주 죽으려고 작정을 했구나? 지금 일어나지 않으면 바로 네 목을 딸 테니까 알아서 해."

"젠장! 그래, 오늘 제대로 한판 붙어보자. 이 새끼가 큰 형님 뻘 되는 내게 반말을 지껄이는 것도 꾹 참아주고 넘어갔더니만, 이젠 아예 머리털을 잡아 뜯으려고 하는구나. 어린 새끼가 전쟁터를 전전하는 것이 불쌍해서 귀여워해 줬더니 내가 호구로 보이냐? 오늘 아예 병신으로 만들어주마!"

"얼마든지."

얼굴이 시뻘겋게 달아오른 명규가 벌떡 일어나 자리를 잡자, 영인도 수중의 칼을 뽑아 들고 자세를 잡았다.

"그동안 되지도 않는 것을 배운다고 용썼다. 하지만 그것도 오늘까지다. 아예 병상에 누워 있지도 못하는 병신으로 만들어주지."

"누가 할 소리! 굴비가 손도 못 댈 정도로 병신을 만들어주마. 하앗!"

"그 말 때문에 오늘 넌 뒈졌어!"

휘이잉.

창! 차창!

서로 오고 가는 말이 길어지자 사라지는 것은 평정심이었다. 평정심을 잃은 두 사람의 격돌은 무공의 고하를 논하는 비무가 아니라 뒷골목 싸움에 지나지 않았다. 하지만 무더운 공기를 가르는 칼의 속도로 인해 긴장감이 팽배했고, 쇠와 쇠가 부딪치며 터지는 소음에 모골이 흔들릴 정도로 패기가 넘쳤다.

그러나 몇 번의 접촉 후 명규가 서서히 평정심을 회복해 나
갔다. 생각했던 것보다 힘에서 약간이나마 우위에 있음을 알
고 난 후부터였는데, 그동안 걱정했던 것이 일거에 해소되는
기분이 들었다. 그에 차분해진 상태로 영인의 칼끝이 움직이
는 궤적을 관찰할 수 있었고, 자신이 원하던 기회를 잡을 수 있
었다. 빈틈을 발견한 것이다.

"죽어라! 하앗~!"

휘이익!

사악~

"큭, 젠장! 이 개새끼! 죽었어~!"

"훗, 멍청한 새끼. 겨우 그 정도였냐? 그동안 괜히 쫄았잖
아."

"이익~!"

"좋았어!"

퍽!

"크윽~!"

영인의 칼이 횡으로 크게 호선을 그리자, 명규가 기다렸다
는 듯이 허리를 숙이며 안으로 파고들었다. 그리고 어깨로 가
슴을 힘껏 부딪치자 영인이 중심을 잃고 뒤로 일 장을 뒷걸음
쳤다.

"아직 안 끝났다. 이얍!"

휘익~

"그건 나도 마찬가지다!"

창, 차차창! 차창~!

팟!

"큭, 젠장!!"

'안 돼. 이대론 웃음거리밖에는 안 되겠다. 차분해지자. 차분히… 그래, 후~'

평정심을 잃고 마구잡이로 칼을 휘두르며 상처가 몇 개 생기자, 영인은 자신의 잘못을 깨달을 수 있었다. 특히 명규의 비웃음이 가득 담긴 말에 정신이 번쩍 들었는데, 그때는 이미 명규에게 확실히 기선을 빼앗긴 후였다. 그러나 위기는 때로 기회가 될 수 있다고 했듯이, 영인의 심적 변화를 눈치 채지 못한 명규의 빈틈을 노려 일격을 성공시킬 수 있었다.

"큭! 제엔장~!"

"후후~ 새끼, 확실히 그동안 놀고먹지는 않았네. 자! 이제부터 다시 시작해 볼까? 나도 그동안 누워만 있지는 않았거든?"

"오, 그러냐? 한 번 성공했다고 너무 자신있게 말하는 것 같은데?"

"자신이라면 충분하지. 겨우 널 상대로 칼 맞은 것도 어이없는데 이 정도로 끝낼 것 같으냐?"

"나도 바라던 바다! 난 일류고수인 유종민 장군에게 직접 지도를 받았다. 알겠냐? 그분은 무림에서 진명도란 명호를 지닐 정도로 고수다."

"흥! 그래서?"

"네 명호가 제광마란 것을 확실히 인식시켜 주마. 아예 네 녀석 피로 목욕을 시켜주지."

"뚫린 입이라고 지랄을 떠는구나. 그리고 난 제광마가 아니거든, 이 입에다 똥을 처바를 개새끼야!"

휘익!

휘이익!

창, 차차창! 차창, 차아앙~!

과연 정신을 집중해도 한순간에 어떻게 될지 모르는 살벌한 결투에서 두 사람처럼 손과 입이 따로따로 활용되고 위력을 발휘시킬 수 있는 능력을 지닌 고수가 얼마나 있을까? 아무리 검로의 진퇴 순서를 정해놓고 하는 지도 대련이라 하더라도 두 사람처럼 할 수 있는 고수는 없을 것이다.

"죽어!"

"네놈이나 죽어라~!"

창, 차창!

"크윽!"

"끄응~"

처음 칼을 부딪친 후 생겨나는 자잘한 상처들.

명규는 그동안 자신의 노력이 헛되지 않았음과 우위를 점할 수 있다는 자신감이 생겨 놀랐고, 영인은 자신과 대등하게 싸우는 명규의 성장에 놀라움을 감출 수 없었다. 아무리 자신이 몇 개월 동안 수련을 하지 않았다고 해도, 넉 달 동안 악호에게서 받은 비급상의 무공을 열심히 수련했다. 특히 자뢰격마공

중 뇌격마검 나대철의 독문 심공인 자뢰심공(紫雷心功)을 바탕으로 악호의 도법인 뇌격십팔도를 이성가량 익힌 것이다. 당연히 삼류에 지나지 않았던 명규가 자신의 칼을 감당하는 일이 벌어져서는 안 되었다. 그런데도 명규와 대등한 격전이 벌어지고 있으니 실로 황당하고 자괴감이 드는 것은 어쩔 수 없었다.

물론 내공이 모자라 겨우 이성 수준에 머물러 있을 뿐이었지, 틈틈이 자신의 깨달음을 전해주는 악호의 노력으로 당당히 삼류가 아닌 이류 정도는 된다고 자부하는 영인이었다. 그만큼 악호도 인정할 정도로 상당한 수준까지 끌어올린 상태였다. 그러나 아직 부족했다. 머리로는 알고 있다 해도 그것을 몸으로 옮기는 데는 아직 무리였던 것이다.

'젠장! 좀 더 노력해야겠다. 내가 이런 새끼하고 이렇게 싸워야 하는 정도라니, 씨팔!'

'큭큭, 유 장군님께 좀 더 매달려야겠다. 조금만 더 노력하면 충분히 꺾을 수 있겠어.'

"공자, 저 둘을 이대로 놔둔다면 크게 상하지 않겠나?"

"아직은 아닙니다, 형님."

"허, 그럼 언제까지 저대로 싸우는 것을 지켜볼 생각인가? 한 사람이 아쉬운 상황에 저 둘이 큰 부상이라도 당한다면 좋지 않을 것 같은데……."

"상황이 대등하니 쉽게 부상자가 나오진 않을 겁니다. 조금만 더 지켜보지요."

"그렇다면 다행이지."

중수는 승지의 의견에 동감하며 다시 영인과 명규의 격전을 향해 시선을 돌렸다.

관군의 집결이 마무리되고 있다는 정보를 접한 후 상황이 급박해지자 답답한 마음에 중수와 함께 바람이나 쏘일 겸 외곽으로 나온 승지였다. 그러나 뜻밖에도 이런 외곽에서 이자성의 병사들로 보이는 자들이 혈전을 벌이고 있자 답답한 마음은 금방 사라지고 호기심이 일었다.

비록 언제 죽을지 모를 전쟁터에서 만나 같이 밥을 먹고 생활하는 사이라 해도, 마음이 맞지 않아 다툼이 일어나는 것은 흔한 일이었다. 그러나 지금 보고 있는 두 사람처럼 생사대적을 만난 듯이 죽이기 위해 칼을 휘두르지는 않는 것이 보통의 상식이었다. 만약 무림에서 흔하게 벌어지는 비무였다면 모른 척 지나칠 수 있겠지만, 상황은 무공의 고하를 논하는 비무가 아닌 피와 살이 떨어져 나가는 혈전이었다. 그것도 일반 병사와 조장이.

'삼류는 벗어난 것 같지만 일류라고는 말할 수 없겠군. 내공을 지니고 있는 것 같은데 낭인들이 군에 투신한 것인가? 하긴, 반란군이라도 군대에서 전공을 세우는 것이 무림을 활보하는 것보다는 낫겠지. 역시 난세는 난세인가?'

승지는 자신이 난세의 한가운데에 있다는 생각이 들자 가슴이 무거워졌다. 그러나 영인과 명규의 격전이 생각했던 것보다 더욱 거칠어지자 자연스럽게 격전이 벌어지는 곳으로 발걸음이 향했다. 그 뒤로 중수가 고개를 끄덕이며 따랐다.

"씨팔 놈! 이제 그만 끝내자~!"

"아직도 주둥이는 살아 있냐? 오늘 네 혓바닥을 잘라서 소금에 절여 먹겠다. 그럼 그 더러운 주둥이를 더 이상 놀리지 못하겠지."

"꿈도 야무지구나. 어디서 나한테 개기겠다는 생각이 들었는지 골통을 갈라서 살펴보마."

"혓바닥이 먼저다, 새끼야! 하앗~!"

"지랄! 골통을 쪼개주마! 이야압!"

휘이이잉!

"그만!"

쾅!

"꺼억!"

"크으윽~!"

"뭐야?"

"어떤 새끼가……?"

마지막 한 수면 끝날 것 같았는데 갑자기 어디서 튀어나왔는지 모를 검이 칼과 칼이 부딪치는 중간 지점에 나타나 순식간에 상황을 종료시켰다. 이에 영인과 명규는 자신들이 다 잡아놓은 승기를 놓쳤다는 아쉬움에 통탄했으며, 상황을 악화시킨 당사자를 찾기 위해 고개를 쳐들었다.

"누구……?"

"어? 대인들께서 어떻게 이곳에……?"

"대인들? 넌 저 새끼들이 누군지 알아?"

"야, 이 새끼야. 입 조심해! 저분들이 누군지 알고 막말을 입에 담아!!"

"뭐? 이 개새끼가 아직도 대들 힘은 있나 보네?"

"허, 입이 거칠구먼. 특히 자네, 능력도 안 되면서 함부로 입을 놀리면 좋지 않다네."

손중수는 영인의 거친 말투와 욕설을 듣자 어이가 없었다. 누가 감히 자신과 원승지를 향해 입에 담을 수 없는 말들을 했겠는가. 당연히 얼굴이 붉어지며 숨소리가 거칠어졌다.

"당신들이 누군지 모르겠지만 왜 저 새끼를 잡는데 끼어든 거요? 당신들만 끼어들지 않았어도 오늘 저 새끼 명줄을 끊어놓을 수 있었는데."

"개 짖는 소리 하고 있네. 누가 할 소리를 하는 거냐? 내가 더 빨랐어!"

"넌 어깨였지만 내 칼은 네놈 꼴통을 쪼개는 중이었다. 알겠냐? 어디서 어쭙잖은 무공은 배워서 까불어?"

"어쭙잖은 무공? 너 지금 그 말 그대로 유 장군님께 전해주지. 그럼 과연 누가 어쭙잖은 무공을 배웠는지 확실하게 알게 되겠지."

"개새끼, 실력이 안 되니까 유 장군을 끌어들이고 있냐? 너 같은 놈을 뭐라고 하는지 알아? 치사한 자라새끼라 한다."

"뭐라? 토끼 불알보다 작은 새끼가 겁도 없이!"

"네 눈으로 직접 봤어? 봤냐고? 보지도 못한 새끼가 어디서……!"

"그걸 꼭 눈으로 봐야 아나? 아직까지 여자 손목도 잡아보지 못한 놈이 무슨……."

"그래, 나 아직까지 여자 그림자도 못 봤다. 그럼 넌 여자 속옷이라도 봤냐? 당연히 못 봤겠지. 더욱이 네놈 불알은 자라처럼 숨는 게 특기잖아. 어디 보자, 아예 보이지도 않네?"

"허……."

"……."

손중수와 원승지는 자신들을 앞에 두고 핏대를 세우는 영인과 명규를 보며 할 말을 잃었다. 처음 명규의 언행을 통해 자신들을 알고 있다는 생각이 들어 쉽게 중재할 수 있겠다는 판단이 들었는데, 그것은 처음에 불과할 뿐이고 착각에 지나지 않았다. 눈앞에 있는 두 사람은 자신들이 있는 것조차 신경 쓰지 않고 서로 막말로 일관하고 있었기 때문이다. 더욱이 서로 말싸움이 계속될수록 차마 듣기가 민망할 정도로 변질되고 있었다.

"네가 아직 날 모르나 본데, 내가 너처럼 여자 속살조차 접해보지 못한 것 같냐? 내 나이 서른셋이다. 머리에 피도 마르지 않는 새끼가 어르신한테 개기고 지랄이야?"

"어디서 되지도 않는 거짓말을……."

"내가 예전에 뭘 하고 있었는지 기억조차 나지 않냐?"

"뭐? 그, 끄응……."

'젠장, 그러고 보니 저 새끼가 잡히기 전에 뭘 하고 있었는지 잊어버리고 있었네.'

아무리 막말을 하고 우기길 밥 먹듯이 한다고 해도, 이번엔 확실히 명규와의 말싸움에 밀렸음을 인정할 수밖에 없었다. 그리고 여자에 대한 말을 명규 앞에서 꺼내지 않겠다는 다짐을 해야 했다. 아직 여자에 대해 무지한 영인이었기에 경험이 있는 명규에게 밀리는 것은 당연했다.

"훗, 이제야 이 어르신의 위대함을 기억해 냈구나. 어때? 계속할까?"

"흥! 그 나이 먹도록 여자 한 번 안아보지 못했다면 병신이지. 아주 자랑을 해라. 나 병신 아니라고. 잘됐네. 옆에 증명해 줄 사람들도 있으니 이참에 자라 거시기 같은 네놈 불알을 꺼내고 확인시켜 줘라."

"뭐? 아~ 이 미친 새끼야! 네놈 때문에 저분들을 잊고 있었잖아!"

"헛, 흠."

"휴······."

"죄, 죄송합니다. 워낙 저 새··· 흠! 녀석이 거지보다 더 지랄 떠는 개차반 같은 성격이라 깜빡 두 분을 잊고 있었습니다. 무례를 용서해 주십시오."

"이제야 얘기를 할 수 있겠구먼. 그렇지 않소, 공자?"

"그렇겠습니다, 형님."

"죄송합니다. 두 분께서 하실 말씀이 있으면 하십시오. 지금 꼴은 형편없지만 귀를 크게 열어 경청하겠습니다."

"없는 머리로 주워들은 것은 있어 가지고. 이럴 때는 그냥 '세이경청(洗耳敬聽)하겠습니다'라고 하는 거다. 알겠냐?"

"누가 뭐라고 했냐? 버르장머리 없는 새끼가 그동안 굴비한테 몇 자 배웠다고 티내긴."

"네가 불쌍해서 큰맘 먹고 아량을 베푸는 거다. 어디 가서 무식하단 소리 듣지 않으려면 머릿속에 꾹꾹 새겨둬라."

"무식? 누가 무식한지 모르겠네. 햐~ 아, 내가 죽지 않고 살다 보니 제광마한테 무식하단 말도 듣는구나."

"야, 이 개새끼야. 내가 그 말은 다시는 하지 말라고 했지!"

"제광마 보고 제광마라고 하는데 뭐가 불만이……."

"그만!!"

"헉."

"크음~"

도저히 영인과 명규의 말싸움이 계속되는 것을 두고 볼 수 없었다. 그리고 자신을 무시하는 듯하자 화까지 났다. 그에 웬만해선 사용하지 않는 내공까지 사용하며 두 사람을 향해 외쳤다. 마치 사자후를 연상케 할 정도로 위력이 막강했다.

"크음, 도저히 더는 못 들어주겠군."

"잘하셨습니다, 형님."

"헛, 흐음."

"젠장."

'도대체 저 새끼들은 뭐야? 왜 남의 일에 끼어들어서 소리를 질러?"

"자네들 설전을 듣고 있자니 머리가 다 어지럽구먼."

'그럼 그냥 가든가.'

"죄, 죄송합니다."

'어라? 저 새끼는 뭐가 또 죄송해? 저들이 뭐라고……. 가만, 어디서 본 것도 같은데?'

"오히려 우리들이 자네들 싸움에 무턱대고 끼어들어 미안하네."

'알면서 왜 끼어들었는데?'

"아닙니다, 손 종주님. 그렇지 않아도 그만두려고 했습니다."

'뭐, 그만두려고 했다고? 이젠 아주 자기 맘대로구먼. 그나저나 손 종주? 그게 누구니? 가만… 헉! 이런…….'

손중수와 명규의 대화를 들으면서 자신을 무시하는 듯한 분위기에 계속 신경이 거슬렸던 영인은, 명규의 말을 통해 자신의 앞에 서 있는 사람들의 정체를 파악할 수가 있었다.

산종의 종주인 손중수와 화산파 장문인의 막내제자 원승지.

언성에 있을 때 멀리서 바라보던 사람들이 바로 눈앞에 우뚝 서 있자 영인은 심장이 쿵쿵 뛰기 시작했다.

"그렇게 말해주니 고맙구먼. 그런데 한 가지 의문이 들어 물어보고자 하는데 말해줄 수 있겠는가?"

"말씀만 하십시오. 대답할 수 있는 것은 무엇이든 말씀드리겠습니다."

"자네, 성격이 시원스럽구먼."

"감사합니다."

"그럼 묻겠네. 두 사람을 보니 상관과 부하로 보이는데, 맞는가?"

"예, 그렇습니다. 잘 보셨습니다. 저 녀석은 종주님께서 보셨듯이 제 밑에서 제 명령을 듣는 부하 중 하나입니다."

"끄으응~"

"그렇군. 그런데 왜 자넨 부하와 격전을 벌인 것인가? 아니지. 격전이라고 하기보다는 생사대적과 벌이는 혈전이라 함이 옳겠군. 그리고 자넨 상관에게 차마 입에 담지도 못할 막말을 하며 시비를 벌이던데, 그건 하극상이 아닌가?"

당연히 처음의 자넨 명규였고, 나중의 자넨 영인을 지칭한 말이었다. 영인과 명규는 손중수가 누구를 지칭하는지 잘 알아들었고, 두 사람의 표정이 확연하게 엇갈렸다. 명규가 희미한 미소를 입가에 그린 반면, 영인의 표정은 못마땅한 기색이 역력하게 나타났다.

"잘 보셨습니다. 이건 분명히 하극상입니다."

"뭐? 이……."

"그럼 혈전을 벌인 이유가 무언가? 아무리 서로 맘이 맞지 않는다고 해도 전장을 함께했을 그대들이 서로의 목숨을 취하려는 혈전을 벌일 정도면 이유가 있지 않겠는가?"

"그, 그건……."

"홈."

영인과 명규는 손중수의 물음에 약속이라도 한 듯 입을 꾹 다물 뿐 손중수와 원승지가 원하는 답을 들려주지 않았다. 그저 서로의 눈을 직시하며 신경질적인 반응을 보일 뿐이었다.

"허허……."

'이런 황당한 사람들이 다 있나. 내가 비록 지금은 무림에 몸을 담고 있지만 한때 대장군을 보필하며 군부에 있었지 않은가. 그런데 어찌 이런 말도 안 되는 행동을 보이는지…….'

손중수는 영인과 명규의 행동에 어이가 없어 말도 나오지 않았다. 자신은 이들의 군왕인 이자성을 돕기 위해 온 사람이다. 그렇다면 명령 체계는 다르다 하더라도 화산파의 장로들과 함께 자신은 이자성을 보좌하는 장군과 같은 위치라 할 수 있었다. 거기다 자신의 눈앞에 있는 상대는 겨우 조장과 일반 병사에 불과했다.

따라서 저들은 상관을 대하는 자세로 자신을 대해야만 했다. 즉 자신의 입장에선 최대한 상대방을 배려해 정중히 물어본 것이고, 자신을 대한 행동에 비해 너그러운 관용을 베풀고 있는 것이었다.

"왜 대답이 없는가?"

"아, 그것이……."

"……."

"정말 말할 생각이 없는 것 같구먼, 그런가?"

"……."

"……."

"이거 참, 이럴 땐 두 사람이 아주 잘 맞는구먼."

"끄응~."

"흐음……."

"이제 보니 성격도 아주 비슷하구먼. 정말 이유를 설명해 주지 않을 것인가?"

"저… 사실은……."

"꼭 대답해야 할 의무라도 있습니까?"

"허, 자네는 내가 누군지 모르는가?"

"알기에 물어보는 것입니다."

"영인아!"

"넌 가만히 찌그러져 있어."

"이, 휴~ 내가 말을 말아야지, 도대체 개념이 없어요. 모르겠다. 네가 알아서 해라."

"모르긴 뭘 몰라? 그리고 정말 내가 알아서 해?"

"젠장할 새끼! 저분이 누군지 알면서도 깽판을 치려고 하냐? 난 유 장군님께 죽고 싶지 않으니까 이후의 일은 모두 네 책임이다."

"조장은 너다. 그리고 우린 지금 함께 있고."

"미, 미친놈!"

"허……."

금방 옆길로 빠진다. 어떻게 된 것이 조금만 방심하면 대화가 되질 않았다. 아니, 이어나갈 수조차 없었다. 사십오 년을 살아오면서 눈앞의 병사들처럼 개념 없고 예의 없는 사람들을 보지 못했다. 나오는 것은 한숨이요, 생기는 것은 이마의 깊은 고랑이었다.

"자네들과 온전히 대화를 하려면 많은 인내심이 필요하겠구먼. 특히 자네는 처음부터 우리가 끼어든 것이 불만인 것 같은데, 정말 내가 누구인지 알면서도 그런 행동을 하는 것인가?"

"나는 병사고 당신은 무림인이 아니오?"

"겨우 그것이 이유인가? 자네가 내 앞에서 그리도 당당하게 행동한 것이 무림과 관이 서로 침범하지 않는다는 어쭙잖은 생각에서 비롯된 것인가?"

"당신들이 우리를 도와주러 왔다는 것은 알고 있소. 목숨을 걸고 전쟁터에서 직접 싸워야 하는 입장에선 굉장히 고마운 일이오. 그러나 당신이 내 상관은 아니지 않소? 엄연히 내 상관은 저기 인상 더러운 녀석이고, 그 위로 백인과 천인대장이 있소이다. 물론 그 위로 당신들이 잘 알고 있는 유종민 장군이 있지만, 개인적인 일에 대한 질문은 장군이라 해도 잘 하지 않소이다. 그런데 아무런 이유 없이 참견을 하고, 더구나 마치 당신이 내 직속상관이라도 된다는 듯이 강압적으로 묻는다는 것은 잘못된 것 같은데, 그렇게 생각하지 않소이까?"

"뭐라? 강압적으로 묻는 것이 잘못되었다? 말을 아주 잘하는구나. 네 말대로 내가 자네의 직속상관은 아니지만 질문을 할 만하니까 하는……."

"형님, 잠시만 기다리십시오."

"뭘 말인가? 이 이상 얼마나 더 관용을 베풀어야 하는가? 그리고 저런 녀석들을 위해 동료들의 목숨을 걸어야 하다니……."

"누가 그렇게 하라고 했나? 자기들이 원해서 그리한 것을 가지고 뭘 그리……."

펑!

"크억!"

털썩~

"이놈이 보자 보자 하니까 못하는 소리가 없구나! 일개 병사에 불과한 놈이 대놓고 하극상을 벌일 때부터 알아보았다. 생각도 없는 놈이 더러운 입만 살아서 막말을 입에 담고 살아가는 것이 부패한 관리들보다 더한 쓰레기로구나."

"끄웅~ 젠장."

순식간에 가슴을 얻어맞은 영인은 뒤로 일 장가량 날아가 땅바닥을 굴렀다. 하지만 아픈 가슴을 문지르면서도 등골이 서늘했다. 언제 날아왔는지 모르겠지만 느낌으로 주먹에 의한 타격이 아님을 알 수 있었다. 그렇다면 말로만 듣던 장풍이 분명했고, 너무나 놀라 입이 다물어지지 않았다. 그저 자신의 무식함에 욕만 나올 뿐이었다. 장풍을 아무렇지도 않게 쏘아대는 고수 앞에서 겁도 없이 고개를 뻣뻣이 들고 대들었다는 생각에 온몸의 털이란 털이 모두 뻣뻣하게 일어서 있었다.

"형님, 그만 하십시오. 사실 우리가 무리하게 끼어든 것은 사실이지 않습니까. 그리고… 지금은 저들의 상관이 아니니 말을 하지 않는다고 해도 뭐라 할 수 없다는 말이 맞습니다."

"원 공자! 지금 저 녀석이 뭐라고 지껄였는지 듣고서도 그런 말이 나오는가?"

"자자, 그만 하세요. 생각없이 하루하루를 살아가는 백성이 아닙니까. 그래도 목숨 아끼지 않고 백성들을 위해 봉기군에 가담하고 있으니 그것만으로도 가상히 여겨줘야 하지 않겠습니까."

"저런 녀석처럼 썩어빠진 언행을 일삼는 병사는 백만 명이 있어도 오히려 도움보다 해악이 클 것이네."

"하하, 그만 노기를 가라앉히세요. 어차피 싸움을 말리려고 왔는데, 그 일은 성공한 것 같으니 이만 가시지요."

"저 녀석을 보게. 아마 우리가 떠나면 다시 죽자 살자 싸움을 시작할 녀석이네."

"설마 그렇기야 하겠습니까? 그리고 우리로 인해 흥이 깨졌으니 하고 싶은 마음도 없을 것입니다. 그리고 이번 일이 정 마음에 걸리시면 다른 방법도 있지 않습니까."

"다른 방법? 무슨……?"

"찾아보면 많겠지요. 그리고 오늘만 날이 아닙니다. 당장 급한 것부터 처리한 후, 그 다음에 생각해 봐도 늦지 않을 것입니다. 그러니 오늘은 그냥……."

"…알겠네. 공자가 그렇게 말을 하니 오늘은 그만 하지. 그러나 네놈은 분명 오늘의 일을 기억하고 있길 바란다. 알겠느냐?!"

"흐음."

"자, 가시지요."

"그러지. 잠깐만, 마지막으로 한마디만 하고 가겠네."

"……?"

"자네! 나 손중수가 분명히 말하지만, 오늘의 일은 결코 그냥 넘어가지 않겠다. 자네의 이름은 모르지만 그 당돌한 얼굴은 기억하고 있으니 도망가도 소용없다. 다만, 이번 전투에서 반드시 살아남아라. 만약 살아남아 내 눈에 띈다면 그때는 오늘의 무례한 행동을 덮어두는 아량을 베풀어주겠다. 알았는가?"

"……."

"하하, 무슨 그런 말까지 하십니까? 오늘의 일은 그냥 잊어버리세요. 저 청년이 몰라서 형님께 그런 언행을 한 것이 아닙니까. 그러니 그만 노기를 가라앉히고 주변 경관이나 구경하면서 천천히 막사로 가는 것이 좋겠습니다."

"그럼 공자가 앞장서게."

"당연히 그렇게 해야지요. 형님, 오늘 저녁은 제가 술을 구해오겠습니다. 하하하!"

"젠장~"

"휴~ 오늘 죽는 줄 알았네. 이만 하길 정말 다행이다. 아~ 아직까지 심장이 벌렁거리네."

자신의 앞에서 유유히 사라지는 손중수와 원승지를 보면서 영인의 입에선 이 갈리는 소리와 함께 욕설이 튀어나왔다. 그러나 명규는 오히려 자신의 가슴을 주무르며 안도의 한숨을 쉬었다.

"그나저나 죽고 싶으면 너 혼자 죽을 것이지 왜 마지막에 날 걸고 넘어간 거냐?"

"그럼 내가 나 혼자 죽을 것 같았냐?"

"뚫린 입이라고 아직까지 말할 힘은 남았나 보네? 이제 방해꾼도 없는데 다시 시작할까?"

"됐다. 애먼 녀석들이 끼어드는 바람에 흥도 깨졌다."

"그러냐? 종주님한테 얻어맞은 자리가 걸리는 것은 아니고?"

명규는 은근슬쩍 영인의 가슴을 쳐다보며 입가에 비릿한 미소를 지었다. 만약 지금 싸우면 백이면 백 자신이 이길 수 있다는 판단이 들었기 때문이다.

하지만 영인은 명규의 시비를 받아주지 않았다. 자신 역시 명규의 의도를 알 수 있었고, 또한 그렇게 생각하고 있었기 때문이다. 비록 쉽게 동의할 수는 없지만.

"그럼 그날의 일은 이번으로 끝내라."

"그건 싫은데?"

"…미, 미안하다."

"……?"

"미안하다고. 그날 일은 내가 진심으로 미안하게 생각하고 있으니까 우리 그만 하고 옛날로 돌아가자. 우리… 옛날엔 서로 호흡도 잘 맞고 좋지 않았냐."

"……"

"그렇게 하자, 영인아."

"…후~ 그럼 주둥이 그만 닫고 그 자리에 조용히 서 있어."

"……?"

"한 대로 끝내자, 한 대로. 그럼 그날 일을 잊어주겠다."

"그, 그런……."

"싫으면 끝까지 해보고."

"이… 휴~ 알았다. 알았다고! 한 대다. 분명히 한 대로 끝내자고 했다?'

"그래. 한 대로 끝내줄게."

명규는 영인의 말대로 움직이지 않고 조용히 눈을 감았다. 어차피 맞을 거라면 영인의 주먹이 날아오는 것을 보고 싶은 마음은 없었기 때문이다. 괜히 두 눈을 뜨고 있어봐야 영인의 독기 오른 시선과 마주치게 될 것이고, 그러면 주먹의 강도도 더 세질 것이 분명했기 때문이다. 이럴 때는 그저 나 죽여주쇼 하며 기세를 죽이고 있는 것이 상책임을 경험으로 잘 알고 있기에 명규는 자신의 결정이 결코 틀리지 않다고 생각했다.

'젠장할! 때리고 싶다니 맞아주면 되겠지만, 좀 살살 때렸으면 좋겠다. 아~ 내 신세가 정말 처량하구나.'

"훗, 그래… 그대로 있어라."

"빨리 하기나 해. 오줌 마렵다."

"더러운 새끼! 아주 죽여주마!"

"뭐? 왜 그런……?"

퍽!

"끄아악!"

"흥! 약속대로 그날의 일은 깨끗이 잊어주겠다. 하지만! 또다시 그와 같은 일을 벌이면 그땐 오늘처럼 그냥 넘어가지 않을 줄 알아라."

"야, 이 새끼야. 가슴이나 배를 쳐야지, 왜 얼굴을 때리고 지랄이야?"

"한 대로 부족한가? 더 쳐줄까? 아니지. 칼을 한 번만 맞아줘라."

"그, 그만. 내가 말이 헛나왔다."

"훗."

금방 눈 주위가 시꺼멓게 변한 명규의 얼굴을 보며 영인의 가슴에 응어리졌던 것들이 씻은 듯 사라졌다. 그러면서 심적으로 편안한 안정감이 느껴지자 명규의 개김성에 대한 너그러운 관대함도 조금씩 생겨났다.

'역시 응어리는 풀어줘야 돼. 이렇게 가슴이 뻥 뚫린 것 같은 시원함은 처음이다. 아~ 상쾌하다~'

"크~ 좋냐?"

"시원하다."

"젠장할 새끼, 넌 상관에 대한 존경심도 없냐?"

"큭, 상관 같은 소리 하고 있네. 언제부터 네가 내 상관이었는데? 그리고 겨우 조장이 무슨⋯⋯."

"하긴, 너한테 뭘 바라겠냐."

털썩.

영인의 옆에 앉은 명규는 아직도 얼얼한 광대뼈를 손바닥으로 문질렀다. 하지만 명규 역시 얼굴 표정은 한결 밝아져 있었다. 찜찜했던 것도 사라졌고, 영인을 대함에 있어 가벼운 마음으로 말문을 열 수 있었다.

"나도 꽤 열심히 수련했는데, 몇 달 놀고 있던 놈이 어떻게 그 정도까지 실력을 키웠냐? 유 장군님이 삼류는 확실히 벗어났다고 했는데……?"

"원래 넌 내 상대가 안 됐다는 것을 잊었냐?"

"네가 몰라서 그렇게 말하는데, 유 장군님은 일류고수 이상의 실력자다. 그런 고수한테 지도를 받았는데도 너와 대등했다는 것은 너 역시 그 정도의 고수가 가르쳤다는 말이 아니겠냐?"

"흐음."

"누구냐? 궤 아저씨 실력은 내가 가장 잘 알고 있으니 아니고, 역시 송 아저씨인가? 그렇겠지. 전 아저씨나 병 아저씨가 가르친다 해도 한순간에 너 정도의 실력으로 키울 수는 없을 테니까. 그렇지?"

"……."

"야! 다섯 달 동안 네가 주변 사람들 눈치를 보며 송 아저씨하고 붙어 있던 걸 모르는 줄 알아? 아저씨들이 직접적으로 말하진 않았지만 이미 모두들 송 아저씨가 널 가르치고 있다는 것을 어느 정도는 예상하고 있다. 알면서도 모르는 척하고 있는 거야."

"그럼 알면서 귀찮게 왜 물어봐? 알면 알고 있는 대로 알아서 생각하면 되지."

"새끼, 그래도 아니라고는 하지 않네?"

"사실이니까."

"쩝……."

영인의 짤막한 응답에 명규의 입이 다물어졌다. 너무도 쉽게 긍정하자 뒷말을 이을 수가 없었던 것이다. 하지만 영인의 긍정으로 인해 베일에 싸여 있던 송악호의 실력을 알 수 있었다는 것은 괜찮은 소득이었다. 자신의 지휘를 받는 조원에 일류고수가 한 명 속해 있다는 것은 조장으로서 입이 벌어질 정도로 좋은 일이었기 때문이다.

"그나저나 너, 칼질이 장난 아니더라."

"도법이다."

"흠, 여하튼 내가 아직 유 장군님의 진명패천도(瞋鳴覇天刀)를 모두 배운 것은 아니지만, 초식만은 오성가량 익혔거든."

"오성? 그리고 유 장군의 무공이 진명패천도였냐? 이름이 너무 거창한 거 아냐?"

"그 정도로 대단하단 말이 아니겠냐. 그런데 네가 이런 나와 막상막하를 이뤘으니 생각조차 못했던 일이다. 정말 대단해. 송 아저씨가 가르쳐 준 도법, 꽤 괜찮은 것 같다."

"괜찮다는 정도의 말로 할 수 있는 무공이 아니다. 그런데 자꾸 말 시키는데 하고 싶은 말이 뭐야? 돌리지 말고 할 말이 있으면 빨리 해. 저녁 시간 다 돼간다."

"흠, 뭐 그렇다면……."

"빨리 해."

"우리… 공유하면 안 될까?"

"공유?"

"그래, 공유. 내가 유 장군님의 도법을 네게 가르쳐 주고, 너도 송 아저씨한테 배운 도법을 내게 가르쳐 주는 거다. 그럼 우리도 조만간 일류를 넘어 절정의 경지에 오르지 않겠냐? 어떠냐, 내 기발한 생각이?"

"…미친놈."

도법을 공유하자는 명규의 제안은 엄청난 유혹이었다. 서로 다른 도법을 배우고 익히다 보면 성취도 빠를 것이 분명했기 때문이다. 따라서 명규의 제안에 순간적으로 영인의 마음이 흔들리는 것은 당연한 일이었다.

하지만 영인의 결론은 악호와의 약속을 지키는 것으로 흔들림을 끝냈다. 이런 결정을 내리게 된 결정적인 원인은, 겨우 이성 정도의 성취로 오성가량 익혔다는 명규와 대등한 격전을 벌였음을 생각해 낸 후였다. 비록 우위를 점하지는 못했지만, 이로써 영인은 자신이 익히고 있는 무공이 유종민의 무공보다 더욱 뛰어나다는 것을 알 수 있었다. 한마디로 명규의 제안을 받아들이는 것은 자신의 손해였고, 명규만 좋은 일 시켜주는 것이었기 때문이다.

"왜? 다시 한 번 잘 생각해 봐. 이건 기회야, 기회! 그러니까……."

"됐다. 그것 말고 더 이상 할 말 없으면 난 이만 가야겠다. 배고프다."

"여, 영인아."

"……"

"젠장할 놈. 누가 나 혼자 덕 보자고 그런 말을 한 줄 아냐? 서로 이득 좀 보자는데 뭐가 아까워서 저러는 거야? 에이, 개념없는 놈!"

이미 영인의 모습은 명규의 시야에서 사라진 후였다. 그에 더욱 열이 났다. 하지만 속으로 삭일 수밖에 없었다. 받아줄 영인이 없기에.

第五章
재보와 곡물을 풀어 적의 발을 묶겠다는 것이오?

배식대는 어느새 사람들로 북적였다. 비록 주먹밥과 소채(素菜)가 전부였지만, 승승장구하면서 여러 성에서 식량을 조달한 상태라 예전에 비해 많이 좋아진 것이다. 당연히 병사들도 배식에 전혀 불만을 표하지 않았다. 그러나⋯⋯.

"오늘도 채소요?"

"누가⋯⋯? 아, 자네군. 그런데 옷이 왜 그 모양인가? 전투라도 치렀나?"

"어쩌다 보니. 그나저나 고기는 안 나옵니까?"

이미 영인의 얼굴이 많이 알려진 상태였고, 배식을 책임지고 있는 병사들과도 잘 알고 지내는 사이였기에 서로 간의 대화가 스스럼없이 자연스러웠다.

"고기는 무슨. 아마 개봉성을 함락하면 모를까 그 전에는 없을걸."

"고기를 먹어야 힘이 나서 싸우지, 매일 채소로 배를 채우는데 무슨 힘이 나서 싸우나. 안 그래요, 아저씨? 장군이란 사람들이 병사들의 사기를 올릴 생각을 전혀 안 하네."

"그렇기는 하지. 자, 군말 말고 이거나 더 먹어라."

"어쩔 수 없지. 여하튼 고맙수다."

"녀석, 어른한테 말버르장머리는."

병사의 투덜거림과는 달리 영인의 손엔 주먹밥 한 개가 더 쥐어졌다. 그에 영인은 미소를 지어준 후 자신의 조가 앉아 있는 곳으로 걸음을 옮겼다.

"여~ 어디서 한판 푸닥거리라도 했냐?"

"그러게?"

"와우, 제대로 한 것 같은데?"

"조용히 밥이나 먹읍시다."

"지금 밥이 목구멍으로 넘어가게 생겼냐?"

"그렇고말고. 걸린 돈이 얼만데."

"거, 정말!"

"헛, 흐음."

"……."

쩝, 쩝, 후루룩~

꿀꺽!

"괜찮네."

한순간의 정적.

들리는 것이라곤 영인의 목구멍으로 음식 넘어가는 소리와, 누구와 대화하는지 모를 영인의 조용한 독백뿐이었다.

하지만 사람들의 시선은 자신이 들고 있는 주먹밥보다 영인의 얼굴을 향해 있었다. 그러다 더 이상 영인으로부터 무언가를 확인해 줄 말이 나올 것 같지 않자 자연스럽게 도길을 향해 시선이 집중되었다. 그에 도길이 내키지 않는다는 표정을 지었지만, 무언의 압력이 계속되자 어쩔 수 없이 영인을 향해 다가갔다.

"흠!"

"저 밥 먹고 있습니다."

"…이겼냐?"

"……."

"그, 그럼 졌냐?"

쩝, 쩝.

후루룩~

"……."

"아~ 졌구나. 그렇지?"

"오~ 그럼……?"

"저 왔습니다. 혹시 저를 두고 모두 다 먹지는 않았겠죠?"

"응?"

"오~ 조장, 어서 오게."

모든 시선이 영인에게서 명규에게로 향했다.

자신들의 질문에 묵묵부답으로 일관하고 있는 영인, 그리고
밝은 얼굴로 자신들을 찾은 명규.

조원들의 얼굴이 한순간에 희비가 교차하였는데, 대부분의
조원들이 밝아진 얼굴로 어떤 기대를 가득 품고는 도길을 향
해 고개를 돌렸다.

"자, 이로써 결론은 났구먼. 그렇지 않은가?"

"그렇지. 한눈에 봐도 누가 이겼는지 명백하잖아?"

"역시 자네 말을 듣길 잘한 것 같네."

"그렇지? 하하하~!"

"자자, 모두 조용~!"

"……."

"흠! 송 형, 그리고 여러분, 모두 결과에 승복하시오? 승복하
는 것으로 알고 지금부터 배당을……."

"아직 결과는 모르지 않은가?"

"송 형, 그게 무슨……?"

도길과 그의 뜻에 동조하던 조원들의 눈에 순간적으로 불꽃
이 일며 악호를 향해 고개가 홱하고 돌아갔다. 그러나 악호는
사람들의 시선을 담담히 받아넘기며, 도길에게 영인과 명규를
턱으로 가리킨 후 자신의 손에 들려진 주먹밥을 입으로 가져
갔다.

악호의 행동에 도길도 자신이 서둘렀다는 것을 인정해야 했
다. 아직 두 사람으로부터 승패의 결과에 대해서 정확한 확답
을 듣지 못했기 때문이다.

"그렇구먼. 자자, 모두 잠시 자리에 앉읍시다. 우선 두 사람으로부터 아무 말도 듣지 못했으니 배당에 대한 얘기는 후에 해도 늦지 않소이다."

"그렇군."

"빨리 앉읍시다. 궤 형 말대로 우선 대답을 들어봐야 하지 않겠소?"

"자넨 이럴 때도 밥이 잘도 넘어가는구먼?"

"먹어야 살지."

"맞는 말이긴 한데, 난 도저히 궁금해서 밥이 목구멍으로 넘어가질 않네."

"과연 누가 이겼을까?"

"아무래도 명규가 이겼겠지?"

"글쎄, 제광마가 설마……."

웅성웅성~

일다경 정도 승패에 대해 의견을 얘기하며 웅성거렸지만, 도길이 말문을 열자 순식간에 조용해졌다. 그리고 아직까지 영인과 도길을 바라보며 어정쩡하게 서 있는 명규를 향해 시선이 집중됐다.

"명규야, 네가 이겼냐?"

"아, 그게……."

"이겼냐, 졌냐? 이겼겠… 지?"

"하하하, 그게……."

"똑바로 말해봐. 설마 영인에게 졌냐?"

"어라? 그러고 보니 눈 주위가 시꺼먼데?"

"어? 정말이잖아! 그럼 영인이가……?"

"아, 안 돼! 그럴 리가 없잖아! 명규가 그동안 얼마나 노력했는데!"

"뭐가 그럴 수 없다는 건가? 영인인 제광마야! 아무리 몇 달 동안 누워 있었어도 그 실력이 어디 가겠나?"

"명규는 영도와 함께 유 장군한테 도법을 지도받았다네. 당연히 명규가 이겼을……."

"그만! 그만 조용히 하고, 우선 명규의 설명을 들어보세! 자자, 거기 조용!!"

"……."

"사람들 궁금해하고 있으니까 늙은이 속 태우지 말고 빨리 말해라. 안 그럼 조장이고 뭐고 당장에 모가지를 비틀어 버리겠다."

"큭! 아, 알았어요. 말하면 되지 않습니까."

도길의 얼굴이 팍 구겨지며 입에서 낭인무사 특유의 험악한 말이 튀어나오자, 명규가 순간적으로 질겁하며 말문을 열었다.

"흠! 뭐 때문에 이런지 알겠는데, 사실 누가 이겼다고 말할 수 있을 정도는 아닙니다. 이제 됐죠?"

"잉?"

"이게 무슨 말이지?"

"그러게?"

"뭐야? 그럼 아직 확실하게 끝장을 본 게 아니었냐? 너희들 모양새를 보면 제대로 한판 한 것 같은데……."

"비겼구먼."

"송 형, 그 무슨……? 아, 정말 비겼냐? 네가 영인을 이긴 것이 아니었어?"

"아저씨가 그토록 명규가 이기길 바라고 있는 줄은 몰랐네요. 명규가 이기게 해줄 걸 그랬나요?"

"아니, 난 그냥……."

"아저씨 기대를 충족시켜 주지 못해서 미안하지만, 그러나 앞으로 영원히 아저씨들의 바람대로 명규가 날 이기는 경우는 없을 겁니다."

"그런 뜻으로 한 말이 아니지 않……."

"그럼 밥은 다 먹었으니 이만 일어나 보겠습니다. 체하지 않게 아주 꼭꼭 씹어 드십시오! 흠."

"아……."

휘이잉~

영인이 병사들 사이로 완전히 모습을 감출 때까지 조원들의 분위기가 좌악 가라앉았다. 원인은 물론 영인의 마지막 말이었으며, 앞으로 벌어질 걸쭉한 입담과 깽판이 조원들의 눈에 선하게 그려졌기 때문이다.

"모두 자네 때문이네. 자네가 책임지게."

"저 녀석 깽판을 앞으로 어떻게 할 건가? 에잉!"

"흠! 궤 형이 벌인 일이니 알아서 잘하리라 보네."

"쩝, 오늘은 입맛만 버렸구먼."

"쯧쯧~ 하려면 확실하게 할 것이지 왜 비겨?"

"전 왜⋯⋯?"

"명규가 조장이고 당사자니 그 책임이 없다고 할 수 없지."

"그럼 궤 형하고 조장이 책임지면 되겠네. 우리들 은자도."

"그렇지. 당연히 두 사람이 책임져야지. 아암!"

"책임지게."

"그, 그런⋯⋯."

"제가 왜⋯⋯?"

도길과 명규는 사람들의 입이 열리고 한마디씩 할 때마다 황당함에 할 말을 잃고 입만 벙긋거렸다. 갑자기 책임론이 조원 중 누군가의 입에서 나오자마자 도길에 대한 원성이 높아졌고, 이제는 도길로서는 조원들의 원성을 가라앉힐 수 있는 명분을 만들 수 없을 정도로 커졌기 때문이다. 더욱이 조원들 사이를 돌며 비무의 승패에 대한 내기를 부추긴 것이 도길이었기에 원성에 대한 억울함이 있어도 쉽게 말문을 열 수가 없었던 것이다.

하지만 도길보다 억울한 사람이 있었으니, 그것은 바로 명규였다. 애먼 놈 옆에 있다가 몰매를 맞는다고, 도길에 대한 원성이 명규에게까지 번진 것이다. 그러나 조원들이 두 눈을 시뻘겋게 변하며 목청을 높이자, 어떠한 결론이 나올 때까지 죽은 듯이 조용하게 기다릴 수밖에 없었다. 괜히 자신의 억울함을 호소해 보았자 돌아오는 것은 피 같은 은자를 내놓으라는 소리밖에 없을 것이기에.

다행히 도길이 조원들이 내기에 걸었던 은자를 한 푼도 사용하지 않고 있었기에 받았던 은자를 그대로 돌려주는 선에서 마무리할 수 있었다. 하지만 진짜 마무리를 하기 위해서는 도길과 명규가 조원들에게 술을 사야 했으며, 그 틈에 영인이 조용히 끼어 앉아 한자리를 차지했다.

두두두두.

"모두 비켜라!"

"뭐야?"

"정찰병 같은데?"

"정찰병? 그런데 군진 내에서 저렇게 달려도 되나?"

"급한가 보지."

"아무리 급해도 그렇지. 흐음… 역시 상황이 좋지 않은가 보네."

쑤군쑤군…….

며칠 동안 천인대장들이 수시로 이자성과 장군들의 막사로 불려 다니면서 병사들의 분위기가 많이 산만해져 있었다. 개봉을 제외하면 크게 힘들이지 않고 이겨왔기에 항상 자신만만한 얼굴을 하고 있던 천인대장들이었다. 그런데 삼 일 전부터 표정들이 무거워지고 말수가 적어지더니 오늘은 휘하의 백인대장들과 함께 군진을 돌며 병사들의 상태를 점검하는 데 주력하고 있었다. 한마디로 조만간 전투가 벌어질 것을 암시하는 행동들이었으며, 정찰을 나갔던 병사들을 통해 조용하게 들리던 소문의 관군들일 것이 확실해 보였다.

"젠장, 그럼 이번엔 쉽지 않을지도 모른다는 말이 사실인가?"

"쉽지 않아? 자넨 뭘 모르는군."

"뭘?"

"순수 전투 병력만 이십만 명이 넘는다는 소문이 있는데 쉽지 않을지도 모른다는 자네의 말이 가당키나 하겠나?"

"뭐? 이십만 명이 넘어?"

"그렇다네. 들리는 소문엔 이번 전투에 우리가 패할지도 모른다고 하네."

"서, 설마… 아무리 관병 수가 이십만이 넘어도 그렇지, 우리도 그 정도는 되지 않은가."

"양성을 점령한 후 주변의 성을 공격하면서 병사를 징집했지만, 그래도 개봉에서 많은 전사자가 나왔지 않은가. 그나마 언성에 있던 삼만 명의 병력이 무사히 합류해서 다행이지."

"그럼 우리가 밀린단 말인가?"

"쉿! 나도 자세히는 모르는데, 관병에 비해 육만 명 정도가 모자란 것 같네. 우리 병력이 십사만 명에 불과하단 말이지. 아, 이건 전적으로 소문이네. 무슨 말인지 알겠지?"

"헉! 저, 정말인가? 그럼 우린……."

소문이란 말을 은근슬쩍 귀에 대고 떠드는 병사의 말에 듣고 있던 병사의 정신은 이미 아무것도 생각할 수 없는 정지된 상태가 되었다. 하지만 이런 현상은 주변에 조용히 귀를 기울이고 있던 병사들도 마찬가지였다. 비록 병력의 열세에서도 대승을 한 경험이 있지만 유리한 상태에서 전투를 하고 싶은 마음이 대부분이었다. 하지만 이번엔 그런 바람이 꿈에 불과한 상황이니 병사들의 얼굴은 순식간에 굳어져 갔다.

　이자성의 군막 안.
　정찰병의 보고를 통해 전략과 전술을 짜기 위해 열심히 머리를 굴리고 분주하게 움직이고 있는 사람들이 있었다. 모두 얼굴이 붉게 상기되어 있었는데, 나이의 많고 적음에 상관없이 이마에 깊은 고랑이 깊게 새겨져 있었다. 그것도 며칠 사이에 더 늘어난 것 같았는데, 아무도 그러한 것에 신경조차 쓰지 않고 있었다.
　"이거 참……."
　"대군사님, 아무래도 정찰병을 더 보내는 것이 좋을 것 같습니다."
　"우군사도 그렇게 생각하는가?"
　"그럼 저번에 말했던 대로 별동대를 보내자는 말이오?"
　"그렇습니다, 전하. 아무래도 저들의 움직임이 생각보다 빠를 것 같습니다."
　"위험하지만 어쩔 수 없겠지. 이 부장, 행동이 빠른 병사들로 삼천 명을 우군사에게 내어주게. 그리고 우군사는 별동대에게 임무를 확실하게 인지시키고, 정보 수집에 차질이 없도록 하시오."

"전하의 명을 받들겠습니다."

"휴……."

이래형 부장과 우금성이 군막 밖으로 나가자, 이래형은 옆에 앉아 있는 손중수를 향해 고개를 돌렸다. 아무래도 예전 대장군인 원숭환의 휘하에 있었기에 이번 난관을 타파할 수 있는 조언을 구하고자 함이었다.

"손 종주께선 군무에 견문이 넓으니 좋은 의견이 있으면 말씀해 주십시오."

"대병력을 움직이는 전투는 오래전 일이라……."

"아닙니다. 그래도 원숭환 대장군의 지도를 받으셨으니 견문이 남다르지 않겠습니까?"

"하하, 본인도 손 종주의 고견을 듣고 싶구려."

"흠, 전하와 대군사께서 그러시다면 짧은 생각이지만 말씀을 드리겠습니다."

"……."

"사실 제가 전쟁터에서 오래 떠나 있다 보니 전반적으로 전략과 전술에 대한 의견을 내놓는다는 것은 어렵습니다. 하지만 무엇보다 정보 수집의 중요성은 알고 있지요. 그래서 말씀 드리자면, 지금으로서는 대군사께서 말씀하신 대로 정보를 수집하며 전략을 세우는 것 외에는 다른 방법이 없을 것 같습니다."

"역시……."

"손 종주도 대군사와 같은 생각이구먼."

송헌책과 우금성은 손중수가 자신들의 의견에 동의를 표하
자 남모르는 안도의 한숨을 쉴 수 있었다. 그렇지 않아도 화산
파와 산종의 합류로 인해 군사로서의 입지가 약간은 좁아져
있었기 때문이다. 거기다 이자성에게 좌군사인 이암의 입지가
절대적일 정도로 확고하였기에 손중수의 의견은 많은 도움이
될 것이기 때문이다.

"다만 한마디 더하자면, 군진을 떠도는 소문으로 병사들의
사기가 많이 떨어져 있습니다. 병사 수에서 밀리는 상황에서
병사들의 사기마저 낮아진다면, 전투에서 승리를 하기는 어려
울 것입니다. 그러니 우선은 전하께서 백인대장과 조장들을
통해 병사들의 사기를 높이는 것이 좋을 것이며, 이번 기회에
정찰병의 입단속과 군기 강화를 하심이 좋을 듯합니다."

"옳은 지적이오. 그렇지 않아도 본인 역시 손 종주의 말대로
병사들의 군기를 바로잡으려고 했었소. 대군사는 손 종주의
의견을 어떻게 생각하시오?"

"좋은 의견이고, 반드시 선행해야 할 일입니다, 전하. 이번
전투에서 무엇보다 중요한 것은, 전략보다 병사들의 사기와
기세를 높이는 데 있습니다. 물론 승리를 하기 위해선 전략과
전술이 중요하지만, 그 전략과 전술을 성공시키기 위해선 병
사들의 기세가 관군들보다 우위에 있어야 하기 때문입니다."

"방법은……?"

"포상에 대한 약조가 우선해야 할 것입니다."

"포상이라⋯⋯. 역시 재물을 나눠 줘야 한다는 것이군."

"그렇습니다, 전하. 전투에 앞서 병사들에게 승리에 대한 포상을 약조한다면 사기가 올라갈 것이 분명합니다. 그러나 재물뿐만 아니라 전공을 세울 경우 승급에 대해 언급하는 것도 좋을 것이며, 천인대장 이하 모든 병사들이 직급에 관계없이 해당됨을 전하께서 직접 공지를 하시면 효과가 높을 것이라 사료됩니다."

"하하, 좋소이다. 그럼 대군사가 직접 병사들에게 본인의 뜻을 공지하고 널리 알리시오. 비록 병사의 수가 열세라 하나 기세가 높으면 이를 충분히 극복할 수 있을 것이오. 그러니 관군들을 기세로 굴복시킬 수 있도록 최선을 다해주시오."

"최선을 다하겠습니다, 전하."

"또한 각 장군들은 관군들의 동태가 심상치 않으니 언제든 움직일 수 있도록 만반의 준비를 하시오. 특히 상황이 여의치 않으면 밤에 진군할 수도 있으니 이를 염두에 두도록 백인대장 이하 모든 병사들에게 숙지시켜야 할 것이오."

"명에 따르겠습니다, 전하."

"그럼 병사들에 관련된 것은 이쯤으로 마무리를 하고, 대군사는 앞으로의 대응 방법에 관해 준비된 것이 있으면 보고해보시오. 이미 본인은 아침에 대군사로부터 간략한 설명을 들은 후요. 그러니 대군사는 본인보다 장군들에게 향후의 전략에 대해서 설명하도록 하고, 장군들은 혹시라도 다른 의견이 있으면 허심탄회하게 말하시오."

"알겠습니다, 전하."

"그렇게 하겠습니다, 전하."

"우선 전하께서 언급하셨듯이 간략한 보고를 아침에 드렸소이다. 우선은 어디서 관군들을 맞이하느냐에 대한 것인데, 그에 대한 결론은 이곳 개봉에서 조우하는 것보다 지형적으로 유리한 곳을 선점하는 것이 좋을 것 같소."

"그럼 수파집으로 진군하자는 것입니까?"

"그렇기는 한데, 전 병력을 모두 움직이자는 말은 아니네. 혹시라도 전 병력이 움직이면 개봉성에서 배후를 노리고 공격할 수도 있으니 언성에서처럼 배후를 지킬 병력은 남겨둬야 걱정이 없을 것이네."

"대군사, 우리의 병력은 겨우 십사만 명에 불과합니다. 그런데 개봉의 공격에 대응하려면 최소한 일만에서 이만 명은 이곳에 남아야 하며, 그렇게 되면 주력은 십이만 명이 조금 넘는 정도에 불과합니다."

"이금 장군의 말이 맞습니다, 대군사. 지금도 병력이 부족한데 병력을 둘로 나눈다는 것은 위험을 자초하는 일이 될 것입니다."

"장군들의 의견이 어떤지 알겠지만, 더 큰 위험을 방지하기 위해선 어쩔 수 없네. 수파집에 집결해 있는 관군들을 막는 것도 중요하지만, 개봉의 병력이 수파집의 병력과 연계되는 것은 반드시 막아야 하네. 그래야만 조금이라도 승리할 수 있는 희망이 보이기 때문이네."

"흐음… 그럼 총력을 기울여서 개봉을 함락시키는 것이 어떻습니까? 개봉을 함락시킨 후 수성을 한다면 병력의 열세를 충분히 만회할 수 있지 않겠습니까? 전하, 괜찮은 생각이지 않습니까?"

"끄응."

"이 부장, 자넨 우리가 두 달 동안 놀고 있었다고 생각하는가?"

"형님?"

"조용히 있게. 자네 말대로 개봉을 함락시키기 쉬웠다면 이런 자리도 만들어지지 않았을 것이네."

"아, 알겠습니다."

이래형은 오랜만에 이암의 질책을 받자 등에서 식은땀이 흘렀다. 더불어 자신의 생각으론 한 번에 위기를 벗어날 수 있는 방법이었는데, 아무도 자신의 의견에 동조하지 않았기에 고개를 들 수가 없었다.

이래형이 고개를 숙이고 조용히 있자 손헌책이 이자성을 향해 시선을 돌렸고, 이자성은 사전에 약속이 있었다는 듯 고개를 살짝 끄덕였다.

"흠! 이미 말했듯이 가장 중요한 것은 본진이 진지를 구축할 장소인데, 우군사와 상의해 본 결과 이곳에서 남쪽으로 육십사 리 정도 떨어진 곳에 있는 주선진(朱仙鎭)이 어떨까 하네."

"주선진이면… 악비(岳飛) 장군이 금나라와 전투를 했던 곳이 아닙니까?"

"라 장군의 식견이 놀랍구먼. 맞네. 옛날 송나라의 악비 장군이 금나라의 원수인 올출(兀朮)의 십삼만 대군을 맞아 승리한 곳으로 유명하지. 그럼 그때 악비 장군이 어떤 방법으로 올출을 물리쳤는지 아는가?"

"하하, 어찌 그 유명한 악비 장군의 주선진 전투를 모르겠습니까. 당시 개봉에서 얼마 떨어져 있지 않은 올출의 군대를 맞이해서 악비 장군이 구상한 것은 기동이 빠른 기병을 황하 쪽으로 돌려 이목을 분산시킨 후, 본대와 함께 창과 같은 군진을 구성하고 돌격을 강행함으로써 적의 예봉을 꺾은 것이 아닙니까?"

"잘 아는구먼. 하지만 당시와 다른 점이라면 우리가 금나라와 같은 위치란 점이지. 그렇다면 독사 정계예가 어떤 전략으로 우리를 공격하겠는가?"

송헌책은 마침 자신의 말에 상대해 줄 사람이 필요했는데, 마침 조조란 별명을 가진 라여재가 응대를 해주자 홍겨웠다. 그리고 가벼운 마음으로 장군들의 이해를 돕기 위해 이야기를 이끌었으며, 라여재도 얘기가 계속될수록 송헌책이 무엇을 바라고 자신에게 질문하는지 알았기에 입가에 미소를 지었다.

"무슨 말을 하시려고 하는지 알겠습니다. 정계예가 군무에 해박한 지식이 있으니 당연히 우리가 주선진에 진을 형성하면 악비 장군의 일을 생각하겠지요. 그렇다면 적들도 기병을 황하 쪽으로 돌린다는 것인데, 기병이 최소 삼만 명 정도일 것이니… 그들만 처리한다면 본진에 큰 타격을 줄 수 있겠습니다."

재보와 곡물을 풀어 적의 발을 묶겠다는 것이오? 167

"허허, 역시 라 장군이 왜 조조란 별명으로 불리는지 알겠네."

"과찬입니다, 대군사."

"아……."

"그런 방법이 있었군요. 역시 대군사입니다."

라여재의 설명이 계속될수록 장군들의 눈에 생기가 돌았으며, 마지막으로 확답을 짓는 송헌책의 말에 고개가 절로 끄덕여졌다.

"하지만 적의 공격은 매서울 것이네. 따라서 창과 같이 일격을 노리고 돌격해 올 적군을 방어하기 위해선 지리적으로 방어가 수월한 곳을 찾아야 하네."

"과연 주선진에 그런 곳이 있겠습니까? 만약 그런 곳이 있었다면 올출이 그리 쉽게 패하진 않았겠지요."

"나도 처음엔 그렇게 생각했는데, 어제 우군사가 정찰병과 함께 나갔다가 좋은 곳을 찾았다네."

"오~"

"그럼……?"

"비록 힘들겠지만 몇 번의 방어에 성공한다면 적을 섬멸시킬 수 있을 것 같네."

"아……."

"흐음."

송헌책의 마지막 말이 지니는 의미는 가히 충격적이었다. 하지만 군막 안에 있던 모든 장수들이 원하는 말이기도 했다.

그에 잠시 숨소리만 들릴 정도로 정적이 일었지만, 이래형을 시작으로 장군들의 호탕한 웃음소리가 가득해졌다.

군막 밖으로 나온 손중수와 원숭지는 자신들에게 배정된 막사로 걸어가면서 주변을 둘러보았다. 병사들이 백인대장과 조장들의 명에 따라 이리저리 분주하게 움직이고 있었으며, 얼마 후 대군사가 이자성의 뜻을 담은 공지를 읊고 승리를 다짐하자, 병사들의 사기와 기세가 급속도로 올라가기 시작했다.

손중수와 원숭지는 병사들의 들뜬 모습을 보면서 고개를 끄덕였다. 이미 이런 상황이 벌어질 것이라 짐작은 하였지만, 그 파급효과가 생각보다 컸기에 놀라움을 금할 수가 없었다. 내심 이번 전쟁을 대처할 수 있는 임시방편적인 의견이라 생각하고 있었기 때문이다.

"역시 전쟁엔 재물이 필요하구먼. 그렇지 않은가, 공자?"

"그런 것 같습니다, 형님."

"맞네. 재물은 귀신도 부린다고 했으니, 살아 있는 사람을 부리는 것이 대수로운 일은 아니지. 그건 그렇고… 대군사도 그렇지만 군사들의 뛰어남이 대단하단 생각이 드는구먼."

"저도 형님의 말에 동감합니다. 역시 군부는 군부대로의 전략이 있고, 무림은 무림대로의 전략이 있다는 것을 실감했습니다."

"맞네. 사람의 능력이야 모두 다르겠지만, 실로 대단한 사람들이 아닌가. 만약 저들이 후에도 지금처럼 틈왕을 도와준다면 얼마 지나지 않아 황제가 있는 북경을 향해 진군하는 것도 어렵지 않겠다는 생각이 드는군."

"설마 그 정도로……?"

"내 판단이 크게 틀리진 않을 것이네. 다만 그 시점이 언제냐가 달라지겠지."

"아……."

원승지는 손중수의 말에 입 밖으로 탄성을 흘렸다. 생각했던 것보다 이자성의 군대가 지닌 능력이 크다는 것을 느낄 수 있었으며, 자신의 바람이 이루어지는 것이 멀지 않았음을 짐작할 수 있었다.

"그런데 그 녀석들은 어디에 있을까? 혹시 확인해 보았는가?"

"하하."

"모르는가 보구먼. 한번 확인해 보게. 일반 병사들이라 할 수 없을 정도로 꽤 실력이 있던 것 같으니."

"만약 찾으신다면 그들에게 따로 시키실 일이라도 있는 것입니까?"

"일은 무슨. 공자가 어제 다른 방법도 있지 않겠냐고 하지 않았나? 그러니 찾게 된다면 지금부터라도 방법을 생각해 봐야지."

"이번 전투에서 살아남는다면 잊어주기로 하지 않았습니까?"

"역시 자넨 아직 무림인의 성격을 잘 모르는군."

"옛?"

"하긴… 이렇게 말하는 나도 예전엔 군부에 있었기에 완전한 무림인이라 말할 수 없겠군."

"그럴 리가요. 지금 누가 형님을 보고 군부에 몸담았었다고 생각하겠습니까? 그리고 무림인이 별거 있습니까? 강호에 몸담으면 그게 바로 무림인이지요."

"그래서 아직 공자가 온청청(溫靑靑) 소저에게 순진하단 소리를 듣는 것이네."

"왜 갑자기 온 매를 들먹이십니까?"

손중수의 입에서 온청청의 이름이 거론되자 원승지의 얼굴이 붉게 달아올랐다.

올해 나이 서른둘로 결코 적지 않은 나이.

어릴 때부터 화산과 장문인의 그늘에서 자라온 원승지라 해도 온청청의 예쁜 미모에 혹하는 늑대의 흑심이 없을 수 없었다. 비록 자신을 상대로 고약한 장난을 치지만, 그 미모에 비하면 충분히 감당할 정도였기에 매번 웃으며 받아줬다. 당연히 주변에선 원승지를 향해 좋은 말로 순진하고, 나쁜 말로 어리석은 것이 아니냐는 말들이 많았다. 하지만 원승지가 온청청을 대하는 언행은 변하지 않고 한결같았다.

"호~ 역시 마음에 두고 있었던가?"

"그 무슨……."

"원 장군님이 하늘에서 좋아하시겠군. 만약 온 소저가 마음에 있으면 빠른 시일 내에 결판을 보게. 내 경험에서 하는 말

재보와 곡물을 풀어 적의 발을 묶겠다는 것이오? 171

인데, 여자는 절대 남자를 가만히 기다려 주지 않네. 지금은 공자만 마음에 담아두고 있다 해도 눈에서 멀어지면 마음까지 멀어지는 것이 여자란 말이지. 최소한 약혼이라도 하는 것이 좋을 듯싶구먼."

"형님이 무슨 뜻으로 하는 말인지 알겠지만, 소제는 사랑보다 부친의 복수를 하는 것이 먼저입니다. 그러니 그런 말은 하지 말아주십시오."

"이거 참, 아무리 장군님의 복수도 중요하지만 후손을 보는 것도 중요한 일이 아닌가?"

"제가 이 난세에서 살아남는다면 당연히 후손을 보겠지요. 하지만 제 후손이 저와 같이 부친의 복수를 위한 삶을 살아가길 원치 않습니다."

"그렇다면 무슨 일이 있더라도 반드시 살아남아야겠구먼."

"그건 누구나 가지는 소원이 아닙니까. 그저 매 순간에 최선을 다할 뿐이지요."

"목 장문인께 고맙다고 인사나 해야겠구먼."

"옛? 사부님께요?"

"당연하지. 자넬 이 정도로 훌륭하게 성장시켜 줬으니 어찌 감사하지 않겠는가. 그러니 원 장군님을 대신해서 의형인 내가 장문인께 인사를 해야 하지 않겠는가."

"아… 형님……."

*　　　*　　　*

우금성의 보고를 받는 이자성과 송헌책의 안색이 굳어졌다. 갑작스럽게 받은 보고라 더욱 황당했으며, 전세가 생각했던 것보다 급박하게 돌아가고 있음을 실감할 수 있었다.

"정말 정찰병들이 단 한 명도 돌아오지 않았다는 것인가?"

"그렇습니다, 전하."

"어찌 그럴 수가 있는가? 그들은 별동대에서 고르고 고른 정예병이네. 더욱이 말을 타고 갔으니 위험한 상황이 닥친다고 해도 충분히 몇 명쯤은 몸을 뺄 수 있었을 것이 아닌가?"

"하지만 도착해야 할 시간이 지났는데도 오지 않았습니다."

"대군사, 지금 우군사가 하는 말의 의미가 무엇이오? 생각지도 못한 보고라 본인은 무슨 말을 하고자 하는지 짐작할 수가 없소."

"흐음… 전하, 아무래도 적들이 병사를 나누어 선발대를 보낸 것이 아닌가 합니다."

"선발대? 그럼 우군사의 생각도 그러한가?"

"애석하지만 현재로서는 대군사님의 예상이 맞을 것 같습니다."

"허, 선발대라……. 그럼 어느 정도 병력이 선발대로 올 것 같은가? 기병 삼천이 깨끗하게 처리될 정도라면 그 규모가 만만치 않을 것이 아닌가?"

"아마도 최소한 오만은 될 것 같습니다. 물론 그들 중 기병이 최소 이만 명은 있어야만 저희 기병들이 한 명도 돌아오지 못한 상황을 설명할 수 있을 것입니다."

"그럼 대략적으로 기병 이만에 보병 삼만으로 구성된 선발
대란 말이군. 그런가?"

"그렇습니다, 전하."

"그럼 그들과의 거리는? 아니, 이후 어떻게 그들을 상대할
것인가?"

이자성은 급한 마음에 두서없이 말을 늘어놓았다. 그나마
우금성의 의견에 따라 기병을 파견했기에 적의 선발대가 공격
해 온다는 것을 알게 되었지만, 날카로운 화살에 맞은 듯한 의
표를 찔린 것이기에 당황한 것이다.

"우선 본진은 이곳을 벗어나 예정된 곳으로 옮기는 것이 좋
을 듯합니다. 다만 남아야 하는 병력도 다른 곳에 자리를 잡아
견제해야 하는데, 개봉성의 군사뿐만 아니라 오만 이상의 병
력도 상대해야 하니 걱정이 아닐 수 없습니다."

"대군사, 무슨 좋은 방법이 없겠소? 이대로 퇴각하면 적의
사기만 올리는 형국이 될 텐데……."

"흐음."

"……."

이자성의 기대에도 불구하고 송헌책과 우금성은 위기를 극
복할 만한 책략을 쉽게 내놓을 수 없었다. 오만이란 병력도 결
코 적은 것이 아니었지만, 무엇보다 기병들에 대한 대책이 없
었던 것이다. 그렇게 한식경가량 송헌책과 우금성은 서로의
생각을 내놓았고, 어느 정도 전략을 세우게 되자 이자성을 향

해 돌아섰다.

이자성은 두 사람이 나누는 대화를 옆에서 들으면서 어느 정도 정신을 수습할 수 있었고, 차분한 마음으로 결론이 나오길 기다렸다.

"전하, 상황이 위급한지라 조금 오래 걸렸습니다."

"아니오. 타개책이 있어 이 위기를 극복할 수 있다면 얼마든지 기다릴 용의가 있소이다."

"감사합니다, 전하. 소신과 우군사가 의견을 나누어본 결과, 다소 무리한 전략이지만 전략을 세울 수 있었습니다."

"오, 그렇다면 다행이오. 그래, 그 전략이 무엇이오?"

"말씀드리기에 앞서 우선 본진은 지금이라도 진군할 준비를 시키는 것이 먼저입니다. 좌군사와 이금 장군을 불러 지시를 내리십시오."

"알겠소."

이자성은 송헌책의 말대로 밖에서 병사들을 살피기에 여념이 없는 이암과 이금을 불러 상황을 설명한 후 본진의 출진 준비를 서두르도록 명했다. 이에 어느 정도 돌아가는 상황을 짐작하고 있던 이암이 명을 받고 군막 밖으로 빠르게 나갔다.

"자, 이제 대군사의 의견을 들어봅시다. 어떻게 하면 되겠소?"

"이제 준비가 되는 대로 본진은 전하께서 직접 주선진을 향해 출진해야 합니다. 그리고 배후를 막아줄 병사들은 무공이 뛰어난 최추산 장군과 유종민 장군이 지휘하도록 할 것이며,

선발대로 오는 적을 숲으로 유인하여 본진의 배후를 공격할
수 없도록 발목을 잡아야 할 것입니다."

"최 장군과 유 장군을 이곳에 남기겠단 말이오?"

"그렇습니다, 전하. 보병으로 삼만 명을 내어주시고, 두 장
군으로 하여금 어떻게 하든 개봉성과 선발대의 움직임을 묶어
놓아야 합니다. 본진이 적들을 섬멸할 동안만 두 장군이 적들
을 묶어주기만 한다면 이번 일로 인해 오히려 본진이 승리할
가망성이 높아질 것입니다."

"하지만 보병만으로 어떻게 기병들을 상대할 수 있겠소? 그
것도 겨우 삼만 명을 남기겠다니 도저히 그건……."

"그래서 적을 숲으로 유인해야 한다는 것입니다."

"처음엔 도주하는 우리 병사들을 척결하기 위해 따라가겠
지만 기병들은 숲에 들어가지 않고 본진의 배후를 노리지 않
겠소?"

이자성의 지적은 날카롭기 그지없었다. 전쟁터에서 단맛 쓴
맛을 모두 맛보았던 이자성이기에 대군사의 전략에서 핵심이
빠져 있음을 지적할 수 있었던 것이다.

이러한 이자성의 지적에 송헌책과 우금성의 고개가 절로 끄
덕여졌다. 군왕으로서 한 나라를 세우기에 부족하지 않은 식
견과 견문을 지니고 있음을 다시 한 번 확인할 수 있었고, 자신
들의 목숨을 담보로 가담하게 된 것을 기뻐하게 만들어주었기
때문이다.

"당연히 그럴 것입니다. 그에 소신들은 기병들이 쉽게 움직

일 수 없도록 하기 위해 생각해 본 것이 있는데, 아무래도 전하의 제가(制可)를 받아야 될 것 같습니다."

"방법이 있다면 무엇이 문제겠소. 어서 말해보시오, 대군사. 본인의 목을 달라는 것만 아니라면 무엇이든 못 들어주겠소."

"그렇다면 편하게 말씀드리겠습니다. 현재 군진에 있는 재물과 곡물의 양이 상당한 것으로 알고 있습니다. 그동안 전하께서 여러 성을 함락시키면서 타락한 관리들을 응징하고 얻은 재물들이며 곡물입니다."

"그렇긴 하오만……?"

"그렇습니다. 그것들은 전쟁을 수행하는 데 있어서 꼭 필요한 것입니다."

"그렇지."

"하지만 전하, 이런 급박한 상황에선 오히려 재보와 곡물은 짐이 됩니다. 그것도 군진에 보관되어 있는 정도의 양이면 치명적인 약점이 될 수도 있습니다. 그러니 이번 기회에 재보와 곡물을 이곳에 남겨놓아 적들의 혼선을 야기시키려 합니다."

"그럼 재보와 곡물을 풀어 적의 발을 묶겠다는 것이오?"

"그렇습니다, 전하."

"그 많은 재보와 곡물을 전부 말이오?"

이자성의 눈썹이 꿈틀댔다. 어떻게 모은 재물인데, 그것을 모두 내놓자는 송헌책의 말에 어이가 없고 황당하기까지 했던 것이다.

"재보는 모르겠지만 곡물은 필요한 만큼 가져가야 하겠지요. 그러나 재보의 양이 많으면 많을수록 적장의 혼란은 가중될 것입니다. 아무리 기병들이 최 장군과 유 장군의 유인책에 말려들지 않는다고 해도 눈에 보이는 재보를 놓아두고 우리의 배후를 공격하지는 못할 것입니다. 물론 틈틈이 최 장군과 유 장군이 적들을 괴롭혀줘야 하겠지만, 적들은 우리의 전략을 알면서도 본진의 승리를 장담하고 있을 것이니 쉽게 움직이려 하지 않을 것입니다."

"오……"

"그리고 본진이 승리한다면 그들이 갈 곳은 개봉성밖에 없습니다. 당연히 개봉성을 함락시키면 그 재물은 전하께 돌아오지 않겠습니까?"

"알겠소. 당장 최 장군과 유 장군에게 대군사의 전략을 설명하고 그에 따른 전술들을 알려주어 차질이 없도록 하시오."

"그렇게 하겠습니다, 전하. 그리고 혹시라도 있을지 모를 변수를 위해 우군사가 두 장군과 같이할 것입니다. 그러니 너무 심려하지 않으셔도 될 것입니다."

"하하, 대군사만 믿고 있겠소. 자, 상황이 급하니 어서 움직이시오."

"예, 전하."

"빨리빨리 움직여라! 거기, 뭘 꾸물대고 있는 거야!!"

"기병들은 모두 본진에 합류하도록!"

"별동대! 별동대는 뭐 하나! 빨리빨리 움직이지 못하나!!"

천인대장과 백인대장들이 병사들을 다그치며 분주하게 움직였다. 여기저기서 목청이 쉬도록 소리를 지르는 통에 명을 들어야 하는 병사들도 혼선이 왔지만 자기 자리를 찾아 움직이기에 바빴다. 하지만 백인대장들 중 유독 입을 삐쭉이며 불만을 토하는 인물이 있었는데, 바로 유종민 장군 휘하의 영도였다.

"이번에도 본진에 합류하지 못하는 건가? 왜 매번 전투에서 빠지는 거야?"

영도는 자신과 같은 백인대장들이 분주하게 움직이고 소리를 지르는 것을 보면서 한숨이 나왔다. 자신도 저들과 같이 목청이 쉬도록 소리를 지르고 있어야 하는데 그것을 유종민 장군이 막고 있었기 때문이다. 당연히 본진의 병사들을 집결시키고 있는데 혼선을 주지 않기 위한 조치였으며, 본진이 빠져나간 후에 남은 병사들을 집결시키는 것이 좋다는 판단에서 명한 것이었다.

"왜 그렇게 멍한 표정으로 서 있는 거냐?"

"어? 장 대장님? 유 장군님과 함께 움직이셔야 하는 것 아닙니까?"

"백인대장들이 잘하고 있나 보러 왔다."

"할 게 뭐가 있다고. 그런데 이곳에 남는 병사들은 모두 우리뿐입니까?"

"그렇다. 다만 최 장군님께서 함께하시는 것이 다를 뿐이지."

"역시……."

영도는 천인대장인 장려성의 말에 자신의 직감이 맞았다는 것을 확인할 수 있었다. 이번에 남는 병사들은 모두 언성에 남았던 병사들이었던 것이다.

"뭐가 역시냐? 너 혹시……?"

"혹시 뭐요?"

"아무래도 수상해. 이번에도 장군님을 찾아가서 본진에 합류하겠다는 엉뚱한 말을 지껄이는 것은 아니겠지?'

"……."

"왜 대답이 없어? 설마 이번에도 그럴 생각이냐?'

"장 대장님, 사실 말이 나왔으니 한마디만 하겠습니다. 제가 봉기군에 왜 가담했는지 아십니까? 황제와 조정의 정책에 불만이 큰 것은 맞지만, 무엇보다 틈왕 전하의 군대에서 출세를 하기 위해서입니다. 그럼 전쟁터에서 전공을 많이 세워야 하는데, 이렇게 본진에서 자꾸 빠지면 언제 전공을 세우란 말입니까?'

"하~ 널 보고 있으면 정말 세상 편하고 무식하게 사는 놈이 어떻게 생겼는지 알 수 있겠구나. 이놈아, 백인대장은 아무나 할 수 있는 자리인 줄 아냐?'

"최소한 장 대장님처럼 천인대장은 되어야 하지 않겠습니까?'

"아예 전쟁터에서 죽어라. 그런 정신으로 어떻게 병사들을 이끌겠냐? 네 밑에서 고생할 병사들이 불쌍하다."

"죽으라니요! 왜 그런 재수없는 말을 하는 겁니까?"

"지금 네놈 말을 들어보면 오히려 병사들에겐 죽어주는 것이 도와주는 것이다. 알겠냐? 네놈은 자기 전공을 세우겠다고 병사들을 사지로 몰아넣은 녀석이야."

"누가 무조건 전공을 세우겠다고 했습니까? 다만 전쟁터에서 자꾸 빠지니까 아쉬운 마음에 그런 말을 한 것 아닙니까."

"됐다, 너하고 말을 섞고 있는 내가 다 한심하다. 장군님은 어떻게 너 같은 놈한테 무공을 지도해 주는지 모르겠다."

"장 대장님보다 장군님께서 제 자질을 높이 생각하시고 계시니 아낌없이 무공을 전수해 주시는 것이 아닙니까. 두고 보십시오. 조만간 장 대장님처럼 천인대장에 오르고 말 테니."

"그래, 꼭 그렇게 해라."

"쳇!"

"쯧쯧."

장려성은 영도를 향해 혀를 차면서도 병사들의 행동을 주의 깊게 관찰했다. 혹시라도 이번 일로 인해 영도에게 반감을 가지는 병사가 있을지도 모르기에 우려되었던 것이다. 그러나 천만다행으로 그런 병사는 한 명도 없었다. 오히려 평소의 영도를 잘 알고 있기에 담담하게 받아들이는 병사들이 대부분이었다.

'휴~ 병사들의 표정을 보니 평소 이 녀석이 어떻게 행동해 왔는지 알 만하구나. 도대체 이런 녀석이 어떻게 백인대장에

오른 거야? 정말 모르겠구나.'

장려성은 영도에게 유종민 장군의 지시사항을 다시 한 번 주지시킨 후, 다른 백인대장을 향해 걸음을 옮겼다. 하지만 이때 이미 본진은 서서히 움직이기 시작했으며, 그 선두엔 이자성이 한눈에 봐도 튼튼해 보이는 흑마에 올라타서는 병사들을 인도하고 있었다.

본진이 빠져나간 후, 남아 있던 삼만의 병사들은 유종민 장군의 지휘 아래 빠르게 집결했다. 그와 더불어 일부 병력이 먼저 군진 한쪽에 쌓여 있던 곡물 등의 식량을 수레에 옮겨 싣고 움직이기 시작했다. 하지만 급박하게 이동하다 보니 아직 남아 있는 식량이 상당했다.

영인은 지원조란 이름에 걸맞게 명규의 지휘 아래 식량을 나르는 곳에 있었으며, 화산파에서 나온 무림인들의 호위를 받으며 식량을 옮기는 데 열중했다. 아무래도 삼만 명이 며칠을 먹어야 하는 양이었기에 이동하는 수레도 많을 수밖에 없었다. 하지만 영인은 전혀 힘들지 않았다. 그저 수레를 끌고 있는 말고삐를 꽉 잡고서 길을 인도하는 것이 전부였기 때문이다.

그렇게 세 시진을 걸어 도착한 곳은 개봉성 서남쪽으로 십오 리가량 떨어진 곳에 위치한 작은 야산이었다. 비록 산이 높지는 않지만, 삼만 명이 숨을 만한 정도는 되어 보였다.

영인이 수레를 끌고 막 도착했을 때, 산 뒤로 태양이 서서히 그 모습을 감추기 시작했다. 날이 어둡기 전에 도착해서 군진을 형성하는 데 별다른 어려움은 없었다. 다만 수레가 들어가지 못하는 산속으로 식량을 옮겨야 하는 것이 문제였는데, 그건 어쩔 수 없이 다른 병사들과 함께 힘쓰는 것으로 해결해야 했다.

"헉헉!"

"아이고, 늘그막에 힘 좀 쓰려니 여간 힘든 것이 아니구먼."

"그래도 먹고살려면 어쩔 수 없지 않은가."

"이럴 때는 조장도 할 만한 것 같구먼. 그렇지 않은가, 궤형?"

"젠장할 놈."

도길은 병궁우의 말을 들은 후, 자신의 뒤를 따라오는 명규를 향해 순간적으로 고개를 홱 돌렸다. 당연히 도길의 시선이 머무는 곳엔 명규가 영인의 옆에 딱 달라붙어 따라오고 있었으며, 영인의 표정은 있는 대로 찡그려져 있었다.

"쯧쯧, 저 녀석이 오늘 미운 짓만 골라서 하는구먼."

"놔두게. 이번에 다시 한판 하면 우리야 좋지 않겠나?"

"난 더 이상 자네들하고 내기는 안 할 생각이네."

"허허~ 사람이 늙으면 속이 좁아진다고 하던데, 혹시 자네도 그런가?"

"속이 좁은 것은 자네들이 아니었던가? 겨우 은자 몇 푼에 전쟁터에서 우애를 다졌던 친우를 향해 목청을 높였던 사람들이 누구더라? 거기다 술까지 얻어먹었던 것으로 기억하는데?"

"뭘 지나간 일을 다 기억하고 있나?"

"역시……."

"뭐가 역시야? 그리고 지나간 일이라도 기억할 것은 기억하는 것이 당연하지 않나?"

"아무래도 영인의 성격이 저렇게 변한 건 자네의 영향이 큰 것 같네."

"그렇지. 아무리 명규가 결정적인 역할을 했다고 해도 처음엔 저렇지 않았거든."

"그럼, 얼마나 얌전하고 예의가 발랐던지."

"그랬지. 숫기도 없어 고개만 푹 숙이고 다니던 착한 녀석이었는데……."

"심성이 정말 여렸지."

"아암."

"송 형도 영인이 어땠는지 알지 않소?"

"허허, 병 형의 말대로였지. 정말 그때와 지금의 모습은 너무나 다르구먼."

"끄응~"

도길은 악호마저 궁우와 이구의 말에 동조하자 더 이상 말 상대하는 것이 손해임을 깨닫고 걸음을 옮겼다. 물론 어깨에는 묵직한 무게를 자랑하는 쌀이 올려져 있음은 두말할 필요도 없었다.

도길이 서둘러 움직이기 시작하자 궁우와 이구도 어쩔 수 없이 따라 움직일 수밖에 없었다. 하지만 걸음을 옮기면서도 연신 도길에 대한 모략을 중지하지 않았다. 다만 입가에 의미심장한 미소가 걸려 있다는 것이, 도저히 중상모략을 일삼는 사람들의 행동이라 볼 수 없게 만들고 있었지만.

"헉, 헉!"

"힘드냐? 도와줄까?"

"저리 가라."

"내가 도와줄게. 우리 사이에 조장이 별거냐? 자, 이리 줘 봐."

"그냥 내 눈에서 사라져 줄래? 그게 나를 도와주는 것 같거든."

"하하, 그냥 조용히 있으마."

"젠장."

산속으로 한참을 들어와서야 어깨에 메고 있던 쌀가마를 내려놓을 수 있었다. 하지만 아직도 몇 번을 왕복해야 끝날 양이 남아 있었다. 함께 온 병사들이 거의 일만 명은 되었지만, 이들 모두 식량을 나르는 것은 아니었기 때문이다.

'이럴 줄 알았으면 죽어도 남는다고 할 걸 그랬나? 군말 치우고 주변 정리를 할 것 같아서 군소리 없이 따라왔는데 정말 죽을 맛이네.'

후회가 들어도 지금은 어디에 하소연할 사람도 없었다. 그저 자신에게 주어진 일을 어서 빨리 끝마친 후 쉬고 싶은 마음이 굴뚝같을 뿐이었다. 하지만 옆에서 알짱거리는 명규를 보고 있자니 속에서 열불이 났고, 나오는 것은 한숨밖에 없었다.

'젠장, 더러워서 조장이라도 되어야겠구나. 겨우 조장일 뿐

인데 일반 병사들하고 대우가 이렇게 달라도 되나? 이건 너무 하잖아.'

순간적으로 놀고 있는 명규를 보면서 욱하는 마음이 들자 서찰에 적혀 있던 악호의 말이 뇌리를 떠올랐다. 하지만 이번엔 그냥 스쳐 지나가는 그런 정도로 끝나지 않았다. 무림과 군부에 대해서 생각을 다시 하기로 마음먹은 상태였기에, 오히려 '이참에 전공을 세워 조장이라도 한번 해볼까?' 하는 생각이 뇌리를 가득 채워가고 있었던 것이다.

무려 스물일곱 번을 왕복하고서야 주어진 일을 겨우 마무리할 수 있었다. 이미 밤하늘엔 별들이 총총히 박혀 그 빛을 뿜내고 있었고, 이따금씩 들려오는 부엉이 울음소리가 숲 속에 들어와 있다는 것을 병사들에게 인식시켜 주었다. 거기다 늑대의 울음소리도 간간이 들려왔는데, 한 번씩 소리가 울려 퍼질 때마다 등골에 오싹한 한기를 만들어주었다.

"젠장, 밥은 언제 주는 거야? 술시가 거의 다 된 것 같은데."

"아마 곧 주지 않겠냐?"

"주긴 주는 겁니까?"

"먹여놔야 싸울 수 있지 않겠냐."

"그럼 우리도 전쟁을 하는 겁니까?"

"…넌 백인대장들이 하는 말도 못 들었냐?"

"…네."

"휴!"

악호는 영인의 말에 한숨이 절로 나왔다. 영인이 본격적으로 무공을 수련하기 시작하면서 자신과 직접적으로 관련이 없다 싶으면 신경조차 쓰지 않았기 때문이다. 도대체 귀를 어디다 달고 사는지 주변 상황이 어떻게 돌아가고 있다는 것은 최소한 알고 있어야 하는 것이 당연한데, 영인에겐 알고 싶어하는 마음조차 없는 것 같았다.

"천인대장들이 바쁘게 움직이는 것이 심상치 않더라. 아마도 내일 아침부터 전투가 시작될 것 같으니 아침에 일어나자마자 밥을 꼭 챙겨 먹고 준비해 두는 것이 좋을 것이다."

"혹시 그럼 남아 있던 병사들이 이곳으로 유인하는 건가요?"

"아마도 그렇게 되겠지."

"아……."

'그냥 따라오길 잘했다. 이럴 때는 확실히 지원조에 속해 있다는 것이 도움이 된다니까. 도망치다 애먼 화살에라도 맞으면 손해지.'

영인은 남아 있던 병사들의 얼굴이 왜 구겨져 있었는지 깨닫고는 그들의 무사 귀환을 천지신명께 기원했다.

"그럼 우린 이 산속에서 적과 싸우겠네요?"

"그러니까 최 장군이 화산파와 산종의 무인들을 데리고 왔겠지."

"아, 그럼 저들이 화산파와 산종에 속한 무림인들인가요?"

"그렇다. 특히 매화 무늬가 그려진 청색 옷을 입고 있는 사람들이 화산파의 제자들이다. 전부 매화 무늬가 세 개 이상인 것으로 보아 최소한 이대제자 이상이 온 것 같구나."

"이대제자요?"

"그래. 내가 화산파에 대한 것을 자세히 몰라 일대제자인지 이대제자인지 정확하지는 않지만, 소매에 그려져 있는 매화 무늬가 저들의 신분을 나타낸다고 들었던 기억이 있다. 그리고 이대제자라 해도 실력이 출중하다. 거의 일류에 근접한 실력을 지니고 있는 것이 무림에 떠도는 정설이다. 저들 모두 지금의 너보다 실력이 뛰어나다 할 수 있지."

"저도 열심히 하고 있습니다."

"누가 뭐라고 했냐? 그냥 그렇다는 것이다. 그리고 무게 잡지 말아라."

"쳇, 알았어요. 그런데 저들, 너무 드러내 놓고 다닌 것 아닌가요?"

"뭐가? 화산파 사람들 말이냐?"

"예. 거 뭐였더라? 그 황실의… 있잖아요. 남자도 아닌 놈들이 뭉쳐서 이상한 짓거리나 하는 곳이오."

"남자도 아닌 놈들? 환관을 말하는 거냐?"

"예, 환관. 그놈들이 중원을 돌아다니며 이곳저곳 들쑤시지 않은 곳이 없던데."

"아~ 난 또 뭐라고. 동창을 말하는 거구나?"

"맞다, 동창! 그게 동창이었지? 저렇게 다니면 동창의 이목에 걸릴 텐데, 그러면 화산파가 곤란을 겪지 않을까요?"

"예전이라면 모르겠지만 지금은 상황이 괜찮다고 판단해서 저렇게 행동하는 것이겠지."

"……?"

"황제의 힘이 섬서성에 미치지 못한다는 말이다. 사천에서도 이곳과 같이 장헌충이란 걸출한 인물이 있다고 들었다. 그들의 힘이 섬서성까지 미치고 있든가, 아니면 우리가 계속해서 대승을 거뒀기에 화산파가 대놓고 제자들을 보낸 것이겠지."

"…모험이네요."

"허허."

악호는 영인의 말에 고개를 끄덕이며 얼굴 가득 기뻐하는 표정을 지었다. 예전과 달리 대화를 통해 얻은 정보를 나름대로 분석해서 결론을 내는 것이 보였던 것이다.

악호는 영인을 보며 대견해했다. 짧은 견문과 부족한 지식으로 자신이 원하는 답을 내놓을 수 있다는 것은 대단한 일이었기 때문이다.

"그럼 섬서성에서 화산파의 위세가 대단하겠는데요?"

"아마도 그렇게 되겠지. 그리고 계속해서 대승을 거두고 황제를 압박하게 된다면 아마 그 위세는 섬서성을 벗어나게 될 것이다."

"그럼 대단히 커지겠네요?"

"영인아, 화산파는 구파일방의 중추적인 역할을 하는 곳이다. 비록 섬서성에 위치하고 있지만 이미 예전부터 그 성세가 중원의 하늘을 덮을 정도였지. 그러나 영락제가 무당파를 적극 후원하면서 성세가 쇠퇴하긴 했지만, 아직까지 무림의 그 어느 곳도 화산파를 무시할 수 있는 곳은 없다."

"같은 구파일방이 있잖아요. 아저씨 말대로 대놓고 무시하거나 적대시하지는 못하겠지만, 서로 비슷비슷한 세력이니 암중으로 대립하거나 적대시하는 곳이 없을까요?"

"…네 말도 전혀 틀리다고는 할 수 없겠구나. 구파일방도 서로 견제를 할 것이다. 하다못해 같은 정파인 오대세가와도 견제를 하고 있으니 다른 문파들과의 사이는 능히 짐작할 수 있겠지. 그러나 문제는 화산파가 결코 쉬운 곳이 아니라는 것이다. 구파일방 중에도 종남파나 청성파 등 검을 다루는 문파가 여러 곳 있다. 특히 청해에 있는 곤륜파의 검은 대단하지. 그러나 화산파는 예전부터 무당파와 함께 도가의 이대검종으로 불리는 곳이다. 문파 자체의 세력과 제자들의 실력 그 어떤 것도 만만하게 볼 것이 없다. 하다못해 장문인이 마음만 먹는다면 섬서성에 하나의 나라를 세울 수 있을 거라 말하는 사람들도 있을 정도다."

"아……!"

영인은 놀랍다는 표정으로 화산파 무인들을 바라보았다. 한 문파가 지닌 힘이 그 정도로 엄청날 줄은 생각조차 못했기에 놀라움이 더욱 컸다.

악호는 영인의 표정을 본 후 이참에 한마디 더 해주는 것이 좋겠다는 생각이 들었다. 뭔가 자극을 주고 싶은 마음이 들었던 것이다.

"영인아, 화산파와 무당파에서 제자들에게 무엇을 가르치는지 알고 있느냐?"

"예? 그야… 당연히 무공이 아닐까요?"

"무공이야 당연히 가르치지. 하지만 두 문파는 제자들을 처음 받으면서 자신들이 속한 문파의 정신을 알려주고 죽을 때까지 잊지 않도록 한다. 무공보다 자파가 지니고 있는 역사와 전통, 그리고 정신을 가르치는 것이지."

"역사와 전통? 정신?"

"그렇다. 흠! 무림에 이런 말이 있다. 무당파는 제자들에게 검소한 가운데 절제의 미덕을 가르치고, 화산파는 곧은 심지와 기개를 가르친다. 비록 다른 문파들도 나름대로 제자들을 훈육하는 방법이 있겠지만, 이런 말이 무림에 널리 알려질 정도면… 그 역사와 전통이 어떠한지 충분히 알 수 있지."

"곧은 심지와 기개라……."

"그래, 나중에 기회가 되면 화산에 한번 가보거라. 물론 화산파에 찾아가라는 것은 아니다. 다만 멀리서나마 화산을 둘러보면서 구경이나 해보라는 것이다. 그럼 화산파의 정신이 어디에서 비롯된 것인지 알 수 있을 것이다."

"무슨 의도로 그런 말을 하는지 알겠지만, 굳이 일부러 찾아가면서까지 알아야 할 필요는 없는 것 같은데요."

"이놈아, 잘 이해하는 것 같다가 왜 엉뚱한 방향으로 마무리하는 것이냐?"

"옛? 아니, 찾아가지 않겠다는 것이 아니라……."

"잘 들어라. 세상은 혼자 사는 곳이 아니다. 그리고 세상을 살아가려면 가장 중요하고 필요한 것이 무엇인지 아느냐? 바로 정보다. 세상이 어떻게 돌아가고, 무슨 일이 일어나는지 등에 대한 정보를 얻는 것이다. 그것이 너와 관련이 없어도 좋고 관련이 있다면 더욱 좋겠지. 그리고 당장 필요한 것이든 그렇지 않든 상관이 없다. 그만큼 정보를 얼마나 접하고 받아들이는가가 중요한 것이다."

"……."

"사람들은 알게 모르게 수많은 정보를 접하면서 살아간다. 그것은 세상을 움직이는 것이 사람이며 그 원동력과 같은 것이 정보란 말과 같다. 그리고 세상을 이끌어가는 사람들은 이런 정보들을 수집하고 분석해서 자신에게 이롭도록 가공할 줄 아는 사람들이다. 너는 이들이 누구인지 알겠냐?"

"…글을 읽을 수 있는 학사나 책사, 아니면 군사가 아닙니까?"

"그들도 해당되지만, 크게 보면 조정의 신료들이나 상가의 대부호들이 대표적인 정보를 가공할 수 있는 인물들이라 할 수 있다. 이들은 정보를 어떻게 가공하는지 알고 있는 사람들이지. 영인아, 세상을 좀 더 크고 넓게 보려면 정보의 중요성을 인식하고 있어야 한다. 내가 무슨 말을 하려는지 알겠지?"

"알겠습니다. 앞으론 최소한 주변 상황 정도는 신경 쓰겠습니다. 그리고… 항상 눈과 귀를 열어놓고 살겠습니다."

"그래, 그러면 되는 것이다."

오랜만에 악호의 당부를 듣게 되자 영인은 자세를 바르게 하고 귀를 열었다. 마치 제자가 스승에 대한 예를 보이는 것 같았는데, 평소의 영인으로서는 있을 수 없는 행동이었다. 그러나 엄연히 영인은 악호의 제자가 아니었다. 예전에 영인은 악호를 향해 무림인들이 스승에게 행하는 것과 같이 구배지례를 올리려고 했으나, 악호가 극구 받을 수 없다 하여 넘어간 일이 있었다. 하지만 그때 이후로 악호가 정색을 하고 당부할 때는 영인 역시 제자의 마음가짐으로 악호를 대하고 있었다. 물론 그 이후엔 평소와 마찬가지로 돌아왔지만, 다른 사람들을 대할 때와는 많은 차이를 보였다. 당연히 그 대상자는 악호가 유일했고.

악호의 말대로 얼마 지나지 않아서 뜨뜻한 국물과 주먹밥을 손에 쥘 수 있었다. 비록 많이 늦었지만 허기를 채운 것만으로도 기분이 좋아졌다. 더불어 오랜만에 하늘에 떠 있는 별을 보며 자신의 앞날에 대해 나름대로 생각을 정리할 수 있었고, 이제는 최선을 다해 자신이 원하는 삶을 살기 위해 노력하자는 다짐으로 피곤했던 하루 일과를 마쳤다.

'어차피 인생 뭐 있냐. 무림에서 이리저리 치이면서 사는 것보다 전공을 세워 군부에서 출세하는 것도 좋겠지. 뭐, 나중에 짜증나면 그때 가서 무림인으로 살아도 되지 않겠어? 아주 쉽네.'

영인은 머리 위에 떠 있는 별을 하나씩 세며 오랜만에 깊은 잠에 빠져들었다. 옆에서 명규가 시끄럽게 코를 고는 것도 전혀 들을 수 없을 정도로 깊은 잠이었다.

악호의 말대로 아침부터 발악하는 영도의 목소리로 인해 잠에서 깨어나야 했다. 그러나 막상 일어나고 보니 주변이 어수선한 것이 여간 분주하게 움직이는 것이 아니었다. 더불어 병사들의 얼굴이 당장 전투를 하러 나가는 것처럼 붉게 상기되어 있었다.

"이제 일어났냐? 어제는 피곤했는지 잠을 잘 자더구나."

"피곤했나 봅니다. 그런데 전투라도 하는 겁니까?"

"상황을 보니 그럴 것 같구나. 이미 적이 산 밑까지 온 것 같다."

"그럼 남아 있던 병사들은……?"

"대부분 아침에 도착했지만 힘겨운 싸움을 치른 것 같았다. 다친 사람이 꽤 되더구나."

"여러 명 죽었겠군요."

"그렇겠지."

아침부터 대화의 내용으로 적당하지 않은 주제였지만, 상황이 어쩔 수 없으니 상관없었다. 그리고 딱히 할 말도 없는 상황이고.

"아침은 못 먹겠네요? 배가 고픈데……."

"글쎄다. 우리가 있는 곳이 산속이니 적들이 쉽게 들어오지는 못할 것 같다. 더욱이 화산파와 산종의 무림인들이 벌써 한판 한 것 같고."

"그래요? 그럼 아침은 먹을 수 있겠네요?"

"이놈아, 넌 이 상황에서도 먹을 걸 찾을 정신이 있냐?"

"아저씨는 왜 또 아침부터 시비를 겁니까?"

"어쭈? 이젠 대놓고 나와 송 형을 차별하네? 너 이러는 거 아니다. 널 처음 가르쳐 준 사람이 누군데 이제 와서 가르쳐 줄 게 없다고 사람을 이렇게 박대하냐?"

"그럴 만한 사정이 있었다는 것을 잘 아실 텐데요?"

"젠장할 놈."

"자자, 그만 하고 밥이나 먹으로 가세. 너도 함께 가자."

"에잇~"

"흥!"

"허허……."

세 사람은 간신히 아침을 굶지 않았다. 이미 먼저 일어난 사람들은 모두 챙겨 먹었지만, 영인이 다소 늦게 일어나는 바람에 벌어진 일이었다. 그나마 주먹밥 한 개씩 챙겨 먹지 않았다면 영인은 하루 종일 도길의 입에서 빌어먹을 놈이란 소리를 들어야만 했을 것이다.

아침부터 시작된 전투는 오시가 넘어서야 소강상태가 되었고, 산속에서 몸을 자유롭게 움직이지 못하는 일반병사들의 희생이 많이 발생했다. 대부분 장병기인 창이나 봉의 끝부분에 칼날을 부착하여 만든 구봉(鉤棒)을 사용하는 병사들이었는데, 나무가 울창한 숲 속에서 사용하기에 적합한 무기가 아니었다. 이에 최추산의 명으로 단병을 가지고 있거나 사용할 수 있는 병사들을 위주로 방어에 주력하였다. 당연히 영인은 명규와 함께 그 대열에 합류했다.

"괜히 앞에 나섰다가 화살을 맞으면 어떻게 하냐? 저 녀석들 화살을 장난 아니게 쏘던데?"

"입 냄새 난다. 좀 떨어져 있어라."

"나만 나냐?"

"……."

"아저씨, 백인대장한테 뒤로 좀 빠지자고 말 좀 해봐요."

"내가? 네가 조장이잖냐."

"그래도 영도가 궤 형 말은 좀 듣지 않나?"

"전 형, 영도가 그 말을 들을 것 같은가?"

"…하긴, 저렇게 앞에서 설치는데 궤 형 말이라고 들을 놈이 아니지."

이구는 도길의 말에 쉽게 수긍했다. 가뜩이나 불만으로 얼굴을 찡그리고 다니는 영도였는데, 최추산의 명을 받은 후엔 활짝 펴져 있었기 때문이다.

"저놈이 원하던 상황인데, 오히려 앞으로 나서라고 할 걸?"

"맞네. 전공을 세울 수 있는 기회지. 이때는 조용히 뒤에서 따르는 것이 좋지."

"쯧쯧, 저놈은 욕심 때문에 죽을 놈이야. 그놈의 전공이 뭔지……."

몇 달 동안 지원조라는 명칭 때문에 전쟁터에서 많은 혜택을 받았지만, 이번엔 지니고 있는 무기로 인해 가장 앞에 나서야 하는 운명에 직면해 있었다. 언성에서부터 창이 길어 가지고 다니기 귀찮다는 이유로 허리춤에 박도를 차고 다녔기에 단병기를 휘두를 수 있는 병사들이 필요했던 유종민에게 적합한 병사들이라 할 수 있었다.

숲의 끝자락.

산속으로 진입할 수 있는 초입 부분에 도착하자, 한눈에 관군들의 진영이 들어왔다. 간략하게나마 점심을 먹었는지 고소한 냄새와 연기가 군진 안에서부터 주변으로 퍼지고 있었다.

"젠장, 우리도 밥이나 먹고 하면 좋잖아. 밥 먹고 죽으면 원귀(怨鬼)가 되지 않는다고 하던데."

"배고파 죽으나 칼 맞고 죽으나 모두 원하지 않는 죽음 아니냐?"

"그래도 배고파서 죽는 것보다는 칼 맞고 죽는 것이 낫지. 죽어서도 배고파서 배만 붙잡고 다닌다고 생각해 봐. 얼마나 초라해 보이겠냐?"

"그런가? 하긴… 칼 맞는 건 잠깐 아프지만 배고픈 건 오래가지."

"너도 배고팠던 경험이 있나 보네?"

"……"

"그렇구나. 그러고 보니 옛날 네 모습이 떠오르네. 그땐 정말……"

"그때 내가 뭘?"

"큭큭, 꼭 비루먹다 개새끼들한테 걸려 쫓겨 다닐 것 같은 얼굴이었지."

'크윽.'

"그만 주둥이 닫아라."

"오~ 얼굴을 보니 혹시 경험이 있었던 거냐? 그래?"

"……."

"아~ 옛날이 그립구나. 그땐 한주먹감도 안 됐는데……."

스르릉~

"헉!'

"야, 이 녀석들아! 네놈들 꼴통엔 도대체 뭐가 들어 있냐? 지금 이 상황에서 그런 농담 짓거리가 나오냐? 에잇, 한심한 놈들 같으니라고."

"그래도 보긴 좋지 않나? 저 녀석들 티격태격하는 통에 긴장감이 많이 가신 것 같네."

"흠."

'저 녀석들이 도움이 되기도 하는군.'

궁우의 말에 도길이 주변을 돌아보자, 젊은 병사들의 표정이 한결 가벼워져 있었다.

위에서 명령이 내려왔는지 전면에 있던 영도가 손을 높이 든 후 앞을 향해 뻗었다. 그러자 뒤쪽에 있던 병사들이 서서히 앞으로 이동했으며, 그 물결이 뒤쪽으로 이어졌다.

'이제 시작인가? 방어만 하는 줄 알았는데?'

"쏴라~!"

휘, 휘리리릭~!

"응? 화살?"

"컥!"

"끄아악~"

"저, 적이다! 유적들이 공격해 온다!"

"방패병들은 앞으로 나서라!"

퍽, 퍼퍼퍼퍽!

"크억!"

"큭!"

앞에서 무슨 일이 벌어지고 있는지 나무에 가려 직접 눈으로 확인은 못했지만 멀리서 들리는 소리만으로도 돌아가는 상황을 파악할 수 있었다.

선제공격.

방어에 급급할 것이란 생각을 했는지 이번 공격으로 병사들의 피해가 많은 것 같았다. 더구나 무더운 날씨에 밥까지 먹었으니 오죽하겠는가. 기습을 하기엔 최적의 상황이 아닐 수 없었다.

순식간에 천 명이 넘는 병사들이 수중에 지니고 있던 화살을 쏘아댔다. 최소한 열 발 이상을 쏘았을 것이니 일만 발 넘게 관군들을 향해 날아간 것이다. 그렇다고 만 명이 한 발씩 맞고 죽는 좋은 일은 일어나지 않았지만, 최소 삼천 명 이상은 쓰러졌을 것이 분명했다. 비록 장군은 아니지만 기분 좋은 출발이었다.

"군진을 형성하라! 방패병들은 전면에, 보병들은 후위에 대기하라!"

"궁병들은 뭘 하는가! 화살을 쏴야 할 것이 아닌가! 어서 쏴라~!"

휙, 휘이익!

쏴아아아~

퍽, 퍼퍽! 퍼퍼퍼억~!

"이크!"

시간이 어느 정도 흘렀는지 혼란스러웠던 관군들의 군진이 정리되기 시작했다. 그와 더불어 산속으로 화살이 날아왔는데, 거리가 생각보다 가까운 곳에 있는지 안쪽까지 날아와 나무에 박혔다.

하지만 이미 병사들은 이런 상황을 예상하고 있었기에 나무 뒤에 꼭꼭 숨어 있었다. 그나마 영인과 명규 등 몇몇 무공에 자신있는 사람들만이 나무 옆으로 얼굴을 내밀고 상황을 살필 뿐이었지, 대부분의 병사들은 얼굴조차 내밀지 못하고 긴장된 심장을 달래느라 정신이 없었다.

"공격하라~! 자라처럼 숨어 있는 유적들을 한 놈도 살려두지 마라!"

"공격~!"

"궁병들은 계속해서 화살을 쏴라! 적이 고개를 내밀지 못하도록 무조건 숲 속으로 쏴라!"

쏴아아아~

"와~!"

군진에서 화살이 날아오른 이후 숲에서 더 이상 화살들이 날아오지 않자 병사들은 사기가 올라 방패를 앞세우고 빠르게 달려들었다. 더욱이 뒤에선 계속해서 궁병들이 엄청난 수의 화살을 쏘아댔다. 마치 하늘이 순식간에 어두워졌다 밝아지는 것을 볼 수 있을 정도로 어마어마한 숫자의 화살이 숲 안쪽으로 날아갔다. 이것은 죽음을 각오하며 숲 안쪽으로 달려가는 병사들에게 무엇보다 큰 힘이 되었다.

관군들이 숲으로 모여들자 이를 기다리고 있던 최추산이 휘하 천인대장들에게 작전 사항을 지시했다. 이미 사전에 명령했던 것이기에 천인대장들의 행동엔 거침이 없었다.

"병사들은 모두 안쪽으로 물러서라!"

"화살을 조심하라!"

"조장들은 백인대장의 명에 따라 움직여라!"

"좀 더 안쪽으로! 어서!"

천인대장들은 사방에 흩어져 있는 병사들을 향해 고함을 질러댔다. 관군들을 숲 안쪽으로 끌어들이기 위해선 적절한 시간에 퇴각해야 했기에 그리 많은 시간이 없었다. 더불어 궁병들의 화살도 만만치 않게 날아오는지라 병사들은 뒤돌아서 숲 안쪽을 향해 무작정 뛰어갈 수도 없는 상황이었다.

"퇴각! 모두 뒤로 퇴각하라!"

"아저씨! 조장은 접니다!!"

"누가 네놈이 조장 아니래?"

"그럼 제가 명령을 해야지요!"

"네놈이 꿀 먹은 벙어리처럼 입 다물고 있으니까 답답해서 나선 것이 아니냐! 빨리 퇴각이나 해!"

"뭘 그렇게 보고 있냐?"

"이건 불공평해. 난 엄연히 조장이라고. 영인아, 그렇지 않냐? 당연히 내게 명령권이 있는 거잖아?"

"그런데?"

"그런데라니? 조장이 먼저 명령을 내린 후에 병사들이 따라야지. 이건 월권이야. 아니, 하극상이야."

"하극상 같은 소리 하고 있네. 지랄 떨 시간 있으면 뒤에 날아오는 화살이나 쳐내. 그리고 이곳에서 누가 널 조장으로 인정하는 사람이 있냐? 급하니까 눈앞에서 알짱거리지 말고 비켜!"

"끄응~"

영인의 말이 비수가 되어 명규의 가슴에 꽂혔다.

"젠장, 그래도 명색이 내가 조장인데… 이참에 전공이나 세워 백인대장이나 되어볼까? 백인대장쯤 되면 저런 말은 듣지 않겠지. 휴~ 나도 정말 세상 힘들게 사네."

고개 숙인 명규.

그러나 이마를 살짝 스치고 간 화살로 인해 고개가 번쩍 들려졌다.

"씨팔! 오랜만에 인생의 고독을 씹는데……."

후다닥.

어느새 자신의 시야에서 사라지고 있는 영인의 뒷모습을 쫓아 달리기 시작했다. 다행히 날아오던 화살이 멈췄기에 배후를 신경 쓰지 않고 달릴 수 있어 금방 조원들과 합류할 수 있었다.

그러나 날아오던 화살이 멈췄다는 것은 관군이 숲 안쪽으로 진입했다는 것을 의미하는 것이었다. 따라서 본격적인 싸움은 지금부터 시작이며, 서로의 병기와 병기를 맞대며 오로지 상대를 죽이기 위한 혈전이 기다리고 있는 것이다.

第六章

알아서 살아남아라. 나도 부상병이다

하루, 이틀, 그리고 오 일째.

숨이 턱밑까지 차오를 정도의 무더운 더위와 싸우고, 자신을 향해 달려드는 적들과 싸웠다. 무조건 눈앞에 나타나는 적을 향해 칼을 휘둘렀으며, 시야는 점점 붉게 변질되고 있었다. 하지만 왜 그렇게 적이 많이 달려드는지 영인은 혹시 자신이 적진 한가운데 있는 것이 아닌가 하는 불안한 착각까지 들 정도로 혼란스러웠다.

한순간이라도 정신을 놓고 쉴 수 있는 시간이 없었다. 자칫 어디서 다가오는지 모를 칼에 맞아 죽을 수도 있었기 때문이다. 무리한 움직임으로 허벅지 근육에서 경련이 일어날 정도였지만, 죽기 싫으면 움직이지 않을 수가 없었다. 육체와 정신 모두 최악이었다.

베고 또 베고.

칼을 휘두르는 것이 아니라 칼이 스스로 적을 향해 움직이는 것 같았다.

이미 적의 살을 베면서 느껴지는 감촉을 음미할 여유도 없었다. 칼을 휘두르다 막히면 적을 베고 있는 것이었고, 움직이다 넘어지면 적의 시체에 걸린 것이었다.

이미 온몸이 자잘한 상처로 도배가 된 상태였다. 피가 흐르다가 굳은 곳도 있었지만, 멈추지 않고 피가 흐르는 상처가 더 많았다. 하지만 어디에 상처가 났는지조차 신경 쓰지 못했다. 정신의 반쪽은 어디로 갔는지 눈가에 흐르는 핏물처럼 흐릿했다.

"으아~ 죽어~!"

휘이익!

"큭!"

"꺼어억~!"

"저 미친놈이 지쳤다. 뭐 하느냐! 어서 달려들어!"

"이야아압!"

"주, 죽여라!"

"와봐! 모두 와보란 말이야~!"

획! 휘이익!

"악!"

"내 팔! 내 파아알~!"

"미, 미쳤어! 저놈은 미친놈이야."

영인의 칼이 미친년 치마가 바람에 제멋대로 휘날리는 것처럼 자신을 향해 달려드는 적을 향해 휘둘러졌다. 속도와 힘, 그리고 연환되며 움직이는 칼의 궤적이 환상처럼 보일 정도로 역동적이었다.

어느 정도 시간이 흐르면서 무턱대고 영인을 향해 돌격하는 병사들의 모습을 조금씩 줄어들었다. 오히려 영인의 칼에 동료들이 쓰러지는 상황이 반복되면서 자신들도 모르게 뒤로 물러서는 관군들의 숫자가 늘어갔다.

"이놈들! 누가 적을 두고 뒤로 물러서라고 했느냐!"

"그, 그래도 저놈은……."

"저놈의 목을 따는 병사는 그 누구를 막론하고 백인대장으로 승급시켜 주겠다! 그리고 포상으로 은자 삼십 냥을 내리겠다!"

"……."

"으~"

"이놈들아! 더 이상 뒤로 물러서는 놈이 있을 경우, 저 미친놈의 칼보다 내 검이 먼저 목을 치겠다! 어서 공격하지 못할까!"

"고, 공격하라!"

"공격! 공격해라!!"

"죽여라!"

휘익! 휘이익~!

"큭!"

"꺼어억~"

"사, 살려줘……."

"죽어! 죽는 거야! 다 같이 죽자!"

"으아아!"

부우웅~

"헉! 처, 천인대장님, 퇴각 신호가……."

"퇴각이라니!"

"지금 신호가 울렸습니다."

"무슨 소리를 하나, 백인대장? 무슨 소리가 들렸다고?"

"머, 멀리서 퇴각을 명하는 신호가 울렸습니다. 정말입니다,
천인대장님."

"멀리서?"

"옛!"

"그, 그럴 리가?"

부우웅~

"아~"

"퇴각 신호가 확실합니다."

"크윽! 나도 들었다!"

"그럼 빨리……."

"젠장! 저놈을 이대로 두고 퇴각하란 말이냐? 이제 다 잡았
는데, 조금만 몰아붙이면 된단 말이다!!"

"하지만 퇴각……."

"그만! 저놈은 필히 죽이고 가겠다!"

"아~!"

부웅! 부웅! 부우우우웅~!

"헉! 이 신호는……?"

"저희 부대의 퇴각 소립니다."

"그런데 왜 이렇게 멀리서 들리지?"

아무리 영인 때문에 화가 났다 해도 천인대장은 아무나 차지하고 있을 만큼 만만한 자리가 아니었다. 당연히 분노 때문에 상황 인식이 완전히 흐릿해질 정도로 멍청하지 않은 천인대장이었다.

"그건 소인도 잘……."

"후방에서 나는 소리다. 이런, 우리가 너무 안쪽으로 들어온 것 같다."

"예? 그게 무슨……?"

"이곳이 유적들의 소굴과 가까운 곳이란 말이다, 이 멍청한 놈아!"

"서, 설마……?"

"위험하다. 아무래도 저놈의 유인책에 걸린 것 같다."

"그럴 리가? 저놈은 지금까지 혼자였습니다. 그런데 어떻게……?"

"우리를 함정에 빠뜨릴 미끼였겠지. 젠장!"

"아……."

"크으, 저 미친놈 때문에……."

"어서 퇴각 명령을! 천인대장님, 이곳이 적의 소굴이라면 한 시가 급합니다."

"퇴각… 하라."

"퇴각하라! 어서 퇴각하라!"

"아……."

"퇴각이다, 퇴각~!"

천인대장의 입에서 간신히 퇴각 명령이 떨어지자, 마치 그 말을 기다리고 있었다는 듯 병사들이 뒤도 돌아보지 않고 퇴각을 시작했다. 이미 상대의 기세에 기가 죽어 있는 상태였기에 적을 죽이겠다는 마음보다 살아야겠다는 절박함이 병사들 뇌리에 가득했다.

"으아아아!"

휘이이익~

"헉! 허억! 허어어억~!"

언제 죽자 살자 달려들었냐는 듯 영인의 주변엔 관군들의 모습을 찾을 수 없었다. 하지만 영인의 칼은 그 움직임을 멈추지 않았다. 이미 시야에서 관군들의 모습이 완전히 사라졌지만, 영인의 눈엔 악착같이 자신을 향해 칼을 휘두르려고 하는 관군들의 모습이 남아 있었다.

붉게 상기된 눈.

피로 얼룩진 칼과 의복.

나무와 나무들 사이에 흐르는 핏물.

영인의 눈엔 모든 것이 붉었다. 자신의 모습도 붉고 세상도 붉고……

그렇게 일다경이 지난 후.

한없이 움직일 것만 같던 칼의 궤적이 서서히 잦아들었다. 영인의 체력이 한계에 다다랐는지 영인의 손에서 칼이 빠져나와 옆에 있는 나무를 향해 날아간 것이다.

팍!

찌이이잉~

"헉! 헉~!"

자신의 일부 같았던 칼이 손에서 벗어나자 영인의 흐릿했던 정신이 그 자리를 잠식해 들었다. 그리고 영인은 주변을 돌아볼 수 있는 여유를 찾을 수 있었다.

자신의 주변에 서 있는 적은 없었다. 있다면 조금이라도 생명의 끈을 놓고 싶지 않아 엎어져 바동거리고 있는 몇 명이 전부였다. 그나마 당장 상처를 치료하지 않으면 한식경을 넘기지 못할 목숨들이 대부분이었다.

털썩.

"휴……."

오랜만에 엉덩이를 땅바닥에 내려놓았다. 그리곤 피로 얼룩져 붉게 변해 있는 자신의 손을 바라봤다.

자신의 손에 죽은 적들.

이 년 동안 죽인 것보다 오 일 동안 죽인 병사의 수가 몇 배나 많았다. 오늘만 해도 그 수를 가늠할 수 없을 정도였으니 앞의 사 일은 오죽하겠는가.

그러나 지금 살아 있고 숨을 쉬고 있다는 것만으로도 좋았다. 자신이 몇 명을 죽였고 어떻게 죽였는지는 생각조차 하지 않았다. 다만 코를 자극하는 혈향과 살아남은 적들의 신음 소리, 그리고 조금 전부터 쑤시는 듯한 통증이 싫을 뿐이었다.

"젠장, 이젠 더 이상 못하겠다. 이놈의 전쟁! 전투! 왜 내가 끼어든 거지?"

휘이이잉~

"끄으으~"

"…전쟁은… 사람이 할 짓이 못 돼. 이런 전쟁… 내가 원했던 것이 아니야."

"사, 살려줘~"

"나 좀, 나 좀 제발~"

"……."

"제발~"

"시끄럽군."

"컥!"

"끄으으~"

"알아서 살아남아라. 나도 부상병이다."

털썩.

나무에 등을 기대며 앉아 있던 영인. 그러나 더 이상 앉아 있는 영인의 모습은 볼 수 없었다. 말이 끝나자마자 옆으로 쓰러진 것이다. 두 눈을 뜬 상태로.

"크윽."

"……."

쓰러져 있던 관군들은 영인의 말과 행동에 순간 할 말을 잃었다. 그리고 병사들의 생각은 하나로 모아졌는데, 조금이라도 자신들에게 일어날 힘이 남아 있었다면 어떤 수단을 쓰더라도 영인의 목을 향해 칼을 쑤시고 싶다는 간절한 마음뿐이었다.

"이봐, 이곳 좀 봐봐. 관군들이 무더기로 쓰러져 있다!"

"뭐? 어디……."

"어떻게 된 거야? 이곳은 후방이잖아?"

"그걸 내가 어떻게 알아? 여하튼 빨리 조장에게 보고하고 와."

"아, 알았어."

"빨리 와. 올 때 사람들 좀 모아오고."

"그래, 잠시만 기다려."

멀리서 병사들의 말소리가 들렸다. 기다리고 있던 소리였다. 그에 영인의 입가에 한줄기 안도의 미소가 그려졌다. 하지만 순식간에 사라졌다. 이미 영인의 정신은 휴식 공간을 찾아 쉬러 간 후였다.

영인을 죽이지 못한 상태로 분노를 삭이며 퇴각 명령을 내려야 했던 천인대장의 예상이 맞았다. 사 일 동안 기습과 유인책을 벌이며 하루에도 몇 번씩 전투를 벌인 상태라 녹초가 되어 있던 영인은 오늘 하루만이라도 전투를 피하기 위해 후미에 있다가 옆으로 빠져 있었다.

그러나 재수가 없으면 뒤로 넘어져도 코가 깨진다고, 쉬려고 찾아간 곳이 하필이면 관군들의 기습조가 움직이는 동선과 가까운 곳이었다. 따라서 관군들은 영인을 발견한 후 경계병으로 오인했고, 그때부터 영인을 죽이기 위한 전투가 벌어진 것이다. 당연히 영인은 관군들을 피해 조금씩 뒤로 물러서야 했으며, 그러다 보니 관군들은 예정했던 곳과는 다른 방향으로 진로가 변경되는 것을 파악하지 못하고 따랐던 것이다. 정찰병을 죽여야 기습에 성공할 확률이 높았으므로.

그러나 영인은 쉽게 죽어주지 않았다. 오히려 시간이 지날수록 관군들의 피해가 속출하였고, 이를 보다 못한 천인대장의 화가 하늘을 찌를 정도로 솟구쳤다. 처음엔 부대를 둘로 나누어 진군하려고 했다. 그러나 워낙 영인의 말투가 천인대장과 병사들의 비위를 상하게 만들었기에 누가 뭐라고 하지 않아도 자연적으로 병사들의 행동이 저돌적이고 과격하게 변하기 시작했다. 물론 상황은 영인의 목숨이 생각보다 질기다는 것을 확인하는 것으로 끝났지만.

"이봐, 우리 병사들 중 혹시 살아남은 병사가 있는지 확인해 봐. 그리고 이 일은 내 선에서 끝낼 일이 아닌 것 같으니까 백인대장님이나 천인대장님께 보고해야겠다."

"조장, 그럼 우린 뭘 하고 있습니까?"

"비록 적이지만 부상병들을 치료하고 있어라. 상황을 보니 대부분 죽은 것 같지만."

"알았습니다. 그럼 어서 다녀오십시오."

"알았다."

'명규에게 존대를 할 조원이 있었나? 큭, 우리 조는 아니군.'

병사들이 주변에서 시끄럽게 움직이자 영인은 꿈같았던 잠깐의 휴식에서 깨어났다. 하지만 일부러 몸을 움직이기 위해 애쓰지 않았다. 이미 피는 굳어 멈춰 있었기에 일부러 움직여서 상태를 악화시키고 싶지 않았다. 더욱이 자칫 잘못 움직였다가 근육이나 힘줄이 상할 수도 있었기 때문에 조금이라도 의술을 알고 있는 병사가 올 동안 최대한 움직임을 자제하며 휴식을 취했다.

그리고……

휴식 시간이 깨어지지 않게 하기 위해선 무엇보다 침묵을 유지할 필요가 있었다.

'지들이 알아서 찾아오겠지. 에구구, 정말 짜증나게 아프네.'

"이봐, 우리 병사들은 없는 것 같은데?"

"그럴 리가 있나. 그럼 이들은 누가 이렇게 만든 건데?"

"하긴… 이거 백 명도 넘겠는데?"

"백 명은 무슨, 저쪽을 봐. 삼백 명도 넘겠다."

"그나저나 산을 돌아서 온 건가? 자칫했으면 뒤통수를 맞았겠는데?"

"그러게. 어? 저쪽에서 뭔가 움직였다."

"그래? 어디?"

"생존자인가? 아직 살아 있다면 물어볼 수 있겠군."

병사들이 영인이 쓰러져 있는 곳으로 천천히 다가왔다. 물론 영인이 움직인 것은 아니었다. 옆에 쓰러져 바동거리던 관군이 죽지 않고 미약하게나마 신음을 흘렸던 것이다.

"여긴가? 이 녀석이 움직였던가 보구먼."

툭.

"끄으으~"

"아직 살아 있네?"

"그러면 뭐 하나, 죽지 직전인데."

"호~ 옆구리가 아작이 났구먼. 이래선 화타도 못 살리겠다."

"다른 녀석들이나 살펴보는 것이 좋겠네."

"……."

"이봐, 내 말 안 들려? 뭘 보는 거야?"

"저기! 제광마 아니야?"

"제광마? 뭔 소리야? 지원조 제광마가 왜 여기에……? 어라?"

"그렇지? 자네가 보기에도 제광마가 맞지?"

"그런 것 같은데? 이, 이봐! 의원병! 이리로 와보게!"

영인이 쓰러져 있는 모습을 본 병사들이 호들갑을 떨며 뒤쪽에 있던 의원병을 향해 손을 흔들었다. 죽었는지 살았는지 모르지만, 괜히 건드려서 좋을 것이 없다는 판단 때문이었다.

"이 사람아, 빨리 와보게."

"왜요? 그렇지 않아도 바빠 죽겠구먼."

"여기 이 사람 좀 살펴보게. 우리 병사네."

"누구……? 어? 여, 영인아!'

병사들의 부름에 온 의원병은 굴비였다. 물론 굴비 말고 이곳에 온 의원병은 일곱 명이 더 있었다. 하지만 너무 넓은 곳에 관군들의 시체가 흩어져 있었기에 사방에 흩어져 있었던 것이다. 영인에게 운이 따라준 것이다.

굴비는 영인의 모습에 혼비백산했다. 그렇지 않아도 전투가 끝난 후 영인을 찾아보았지만 어디에 있는지 찾을 수가 없어 속으로 긴장하고 있었다. 더욱이 자신의 지위가 조장도 아니었기에 조장의 허가 없이 전쟁터를 나다닐 수도 없었다. 그저 살아 있기만을 속으로 기원하면서 애만 태우고 있었던 것이다. 그런데 엉뚱한 곳에서 피로 목욕한 듯 엉망진창이 된 영인의 모습을 보게 되었으니 심장이 벌렁거려 정신을 차릴 수가 없었다.

"끄으~ 형? 굴비 형?"

"그래, 나다. 어떻게 된 거냐? 아니지. 잠시만 그대로 있어라."

"알았어. 괜찮으니까 천천히 해도 돼."

"괜찮기는 무슨! 이봐, 여기 한 명만 와줘~!'

'이제 정말 살아 있는 것 같네. 정말 피곤한 하루였어. 젠장~'

영인의 눈이 스르르 감겼다. 이제야말로 자신이 원하는 휴식을 취할 시간이었기 때문이다. 그리고 며칠 동안은 병상에 편안하게 누워 체력을 회복하면 될 것이고, 심심하면 굴비와 말동무나 하면 되는 것이다. 비급의 읽지 못했던 글도 배우면서.

*   *   *

이자성의 본진과 정계예 간의 주선진 전투는 육 일 동안 계속됐다. 별동대 삼천의 정찰기병들이 몰살을 당한 다음날부터 시작된 전투가 무려 육 일 동안 물리고 물리며 한 치도 물러서지 않는 치열한 접전을 벌인 것이다.

처음 시작은 이자성의 몫이었다. 송헌책의 전략대로 밤에 진군하는 무리수를 둔 것이 주요했다. 본진이 주선진의 서쪽 구릉 위에 먼저 자리 잡으며 유리한 위치를 선점할 수 있었고, 주선진의 지형을 파악하지 못한 독사 정계예의 군대가 오기를 기다렸다.

아침이 지나 태양이 중천에 이를 때쯤, 정계예의 대군이 주선진 동쪽에 모습을 보였다. 가히 끝이 보이지 않을 정도의 대군. 자그마치 십육만 명에 이르렀다.

정계예는 송헌책의 예상대로 이자성의 본진을 보자마자 병사들을 방어 대형으로 변환시키며 기습에 대비했다. 그러나 아무리 기다려도 이자성이 공격하지 않자 기습이 없다는 것을 알고는 긴장되었던 표정이 사라졌다. 더불어 피해를 줄 수 있는 기습 공격을 하지 않은 이자성의 어리석음에 대해서 장군들과 병사들에게 알렸고, 적의 사기와 기세가 자신들에 미치지 못함을 떠들었다. 그에 병사들도 환호성을 지르며 승리할 수 있다는 자신감에 도취되었다.

정계예는 송헌책의 생각대로 악비 장군이 사용했던 전략에 따라 군진을 형성했다. 그리고 준비되자마자 총병관들과 휘하 장수들을 독려하며 총공격 명령을 내렸다.

하지만 이런 상황을 기대하고 있던 송헌책은 마치 창과 같이 본진을 향해 공격해 들어오는 병사들을 보자기로 감싸 안는 듯한 군진으로 방어를 시작했다. 물론 북쪽으로 돌아 공격하기 위해 움직일 관군에 대해선 신경 쓰지 않았다. 어차피 그 기병들은 악비 장군의 전략처럼 이자성의 군대를 속이기 위한 전술에 불과했기 때문이다. 또한 기병이 정말 공격해 온다고 해도 별동대가 앞장서 막아줄 것이기에 염려하지 않았다. 그에 편안한 마음으로 관군의 선두가 들어오는 중앙의 병사들을 급속하게 후퇴시키고, 양옆에 자리 잡고 있던 병사들이 둥글게 퍼지면서 관군들의 옆구리를 향해 화살을 날린 것이다.

관군들은 대부분 정면을 향해 방패를 들고 있었다. 당연히 군진의 양옆이 취약하게 되었고, 송헌책의 전략과 전술이 먹힌 것이다. 군진의 허리가 끊기고, 후방에서 뒤따르던 병사들이 우왕좌왕하며 한동안 갈피를 못 잡았다. 그동안 관군들의 피해가 속출하였고, 선두에 섰던 관군들이 속속 쓰러졌다.

생각과 달리 관군들의 피해가 커지자 정계예는 깜짝 놀라며 후퇴를 명했다. 자신이 함정에 빠졌음을 깨달은 것이다. 그렇게 첫 전투에서 패한 이후 정계예는 이자성이 만만치 않다는 것을 실감했다. 더불어 전략을 짜는 데 좀 더 신중해졌으며, 총병관들과 머리를 맞대고 회의를 거듭하며 일진일퇴를 거듭하였다. 하지만 시간이 흐를수록 병사들의 수는 점점 더 줄어들었다.

이자성의 군진도 결코 관군에 비해 유리한 상황은 아니었다. 대규모 전투가 육 일 동안 계속되면서 전적으로 방어를 해야 하는 상황에서 많은 사상자가 발생한 것이다. 더불어 무기도 다 떨어지고 식량도 서서히 바닥을 보이고 있었다. 하지만 초반 병력의 열세는 확실하게 극복된 상태이며, 병사들의 기세가 하늘을 찌를 듯 높아졌다.

그에 다소 안정을 찾은 이자성은 관군의 보급을 차단하기 위해 후방 백십오 리 떨어진 곳으로 병사들을 보냈고, 그들은 폭 열여섯 자에 깊이 열여섯 자의 참호를 백사십 리에 달하는 길이로 구축했다. 겨우 삼만 명을 투입해서 하루 만에 이뤄낸 성과였다. 그만큼 병사들의 수에 여유가 있었고 승리할 수 있다는 자신감이 있었기에 가능한 전략이었다.

자신들의 후방으로 이자성이 참호를 구축하자, 보급에 곤란을 겪고 있던 관군은 총공격을 주장하는 정계예와 철퇴를 주장하는 좌량옥 사이에 의견 대립을 겪었다. 비록 정계예가 삼변총독으로 지위가 높지만, 좌량옥의 군대는 여러 군영 가운데 최강이었기 때문에 함부로 명령을 내릴 수가 없었던 것이다.

하지만 두 사람의 대립을 지켜보던 총병관들 역시 더 이상의 패배는 원하지 않는 상황이기에 두 사람의 화해를 주선하는 등의 성의를 보였다. 그러나 이런 총병관들의 바람은 정계예의 실수로 깨져 버렸다. 전투가 끝난 후 병사들이 말을 정리하면서 정계예의 병영에 좌량옥의 말이 섞여 들어간 것이다. 그에 좌량옥은 정계예에게 자신의 말을 돌려주기를 청했지만, 정계예는 한 눈에 보아도 뛰어난 명마임을 깨닫고 거절하였다. 전장에서 수거한 말이 좌양옥의 애마란 증거가 없다는 것이 이유였다.

그에 분노한 좌량옥은 칠 일째 되던 날 밤, 독단적으로 양양(襄陽)으로의 퇴각을 결정하였다. 당연히 관군의 중추적인 역할을 하던 좌량옥이 퇴각했다는 소식이 관군들에게 퍼지자 각 군영의 총병관들을 시작으로 뿔뿔이 흩어져 달아나기 시작했다. 정계예뿐만 아니라 그 누구도 연쇄적으로 일어나는 사태를 수습할 수 없었다. 비록 정계예가 좌량옥을 설득하기 위해 직접 좌량옥의 말을 타고 뒤를 쫓아갔지만 밤길이라 결코 쉽지 않았다. 그에 좌량옥을 따라잡지 못한 정계예는 그대로 자신을 따라온 휘하 장군들과 함께 허주(許州)로 달아났다.

이런 상황을 알게 된 이자성과 송헌책은 회심의 미소를 지으면서 전원 총공격을 명했다. 겨우 말 때문에 벌어진 일이라고는 믿을 수 없을 정도로 이자성과 송헌책 등은 황당한 마음을 감출 수가 없었다. 혹시 자신들을 유인하기 위한 계책이 아닌지 의심까지 들 정도였다. 그러나 눈에 보이는 것은 관군들이 허둥지둥 달아나기 급급한 모습뿐이었고, 명령권자가 누구인지조차 알 수 없을 정도의 난장판이었다. 당연히 주선진에서의 전투는 이자성의 대승으로 끝났다.

"하하, 정계예와 좌량옥은 어떻게 되었나?"

"아쉽지만 둘 다 사로잡는 데 실패했습니다."

"그럼 모두 놓쳤단 말인가, 왕 장군?"

"송구합니다, 전하."

왕소우는 다 이긴 전투에서 전공을 세울 수 있는 기회를 놓쳐 버리자 많이 아쉬워했다. 이암이 자신을 위해 일부러 만들어준 기회였기 때문이다.

"하지만 왕 장군이 좌량옥을 추격하면서 많은 타격을 주었습니다. 우리가 구축한 참호를 건너느라 우물쭈물하고 있던 좌량옥의 병사들을 공격했고, 말과 수레를 비롯해서 병기 대부분을 잃고 천인대장 등 정예 병력을 주살하는 큰 전공을 거두었습니다."

"오~ 그렇소, 좌군사?"

"예, 전하. 이제 좌량옥은 위험이 되지 못합니다. 이번에 입은 피해로 인해 군의 전력이 크게 약화되었기 때문입니다. 그리고 이번 전투로 십만 명 이상의 관군을 죽였으며 이만 필의 말과 병기를 획득할 수 있었습니다."

"하하, 그동안의 골칫거리를 한꺼번에 날려 버렸구면. 이로써 동쪽의 관군들도 지리멸렬할 것이니 개봉성만 함락시키면 황제도 더 이상 어쩌지 못하겠지. 그렇지 않은가?"

"전하께서 북경으로 진군하신다 해도 황제는 전하의 걸음을 막지 못할 것입니다."

"왕 장군이 오랜만에 본인을 웃게 만드는구먼. 오늘의 전공, 내 잊지 않겠네."

"충!"

"하하하!"

폐허가 되어버린 관군의 군진.

이자성은 자신의 애마 위에 올라 주변을 바라보았다. 멀지 않은 시간에 천하가 자신의 발밑에 고개를 숙일 것이며 천하의 주인은 자신뿐이라 생각했다. 그리고 그렇게 할 수 있는 자신도 있었고 힘도 있었다. 그에 저절로 호연지기가 온몸을 감싸며 호탕한 웃음이 터져 나왔다.

하지만,

세상은 이자성에게 결코 쉬운 길을 가도록 놔두지 않았다.

이자성은 주선진 전투의 대승으로 인한 병사들의 사기와 기세가 하늘 높이 치솟자, 이를 바탕으로 최추산이 막고 있던 관군을 후방에서 공격하여 또다시 대승을 거두었다. 개봉성의 병력이 합류하였기에 기병과 보병을 합쳐 칠만이 넘었는데 살아 돌아간 병사의 수는 겨우 일만 육천 명이 전부였다.

이로써 개봉성은 이자성에게 더 이상 넘지 못할 철옹성이 아니었다. 수비할 병력도 미비한 개봉성을 함락시키기 위해 공격을 하지도 않았다. 그동안의 전투로 피로해진 병사들을 쉬게 하면서 그 어떠한 것도 개봉성으로 들어가지 못하도록 완벽하게 포위한 것이다. 이렇게 한 달 반이 지나면서 식량이 바닥나고 수많은 백성들이 굶어 죽자, 개봉성을 수비하던 병사들은 극도의 혼란에 휩싸였다.

개봉성은 이제 이자성에게 항복하는 것만이 유일한 방법이었다. 백성들은 더 이상 수비병의 말을 듣지 않았고, 자칫 반란을 일으킬 수도 있었기 때문이다. 하지만 수비병들은 그동안 해온 일이 있기에 절대로 항복할 수 없었다. 항복하는 그 순간 자신들의 마지막은 처참하게 찢겨져 죽음만 기다리는 신세가 될 것이기 때문이다. 물론 죽기 살기로 도망치면 되겠지만 결코 쉽지 않은 일이었다. 또한 무사히 도망친다고 해도 개봉성을 지키지 못했다는 죄가 있었다.

그에 수비병들은 결사적으로 병사를 황하 북쪽 기슭에 있는 순안(巡按) 엄운경(嚴云京)에게 보내 하나의 음모를 계획했는데, 황하의 제방을 터놓아 이자성의 군대를 물에 잠기게 하는 것이었다. 구월 십오일 밤, 일은 성공을 거두었다. 그리고 이틀이 지난 후, 상황을 모르고 성 동북쪽에 진을 치고 있던 이자성의 병사 만여 명이 익사를 당했다. 더불어 개봉성이 전부 물에 잠겨 백에 셋이 살아남지 못할 정도로 죽은 백성들이 수십만 명에 달했다.

엄청난 재앙.

이 일로 인해 황하는 그 물길이 바뀔 정도였다.

터벅터벅!

"아아아함~"

"이제 일어났냐?"

"조금 전에. 굴비 형, 우린 지금 어디로 가는 거야?"

"그걸 의원병인 내가 어떻게 알겠냐. 그냥 이끄는 대로 따라가면 되지."

"그렇긴 하지."

"그런데 몸은 완전히 나았냐?"

휙! 휘이익~!

"괜찮은 것 같은데? 움직이는 데 지장은 없어."

"다행이다."

"그 정도 상처론 죽지 않는 거 알면서 그래."

어깨와 팔을 몇 번 돌리며 몸을 살펴보던 영인의 고개가 굴비를 향해 돌려졌다. 하지만 표정엔 장난기가 살짝 자리해 있었다.

"그때 네 모습이 어떠했는지 알고 말해라. 그나마 깊은 상처가 없어서 다행이었지만 거미줄이 따로 없었다. 하긴, 그 녀석들에게 죽지 않고 살아남았다는 것이 기적이지."

"큭, 미친놈들이 죽으려고 덤빈 거지."

영인은 개봉성이 물에 잠기는 참사에도 불구하고 살아남았다. 하지만 지금 자신과 함께하고 있는 병사 중 모르는 얼굴이 대부분이었다. 석 달 전의 끔찍한 혈전과 팔 일 전에 벌어졌던 개봉의 홍수에 죽은 것이다. 그들 중 친했던 사람들은 없었지만 그래도 씁쓸한 마음은 어쩔 수 없었다.

"이제 백인대장이 됐으니 그 말투 좀 고쳐야 하지 않겠냐?"

"백인대장이 별건가? 허흠!"

백인대장 태영인.

영인이 병상에서 휴식을 취하는 동안, 산속에서 벌어졌던 전투의 진상이 밝혀졌다. 막상 조사하다 보니 상황이 조장과 백인대장 선에서 전공을 논의할 정도가 아니었던 것이다. 그에 유종민 장군이 사건의 진상을 직접 조사할 것을 명했고, 간략하게나마 영인이 어떤 일을 했는지 밝혀진 것이다.

평소 영인을 잘 알고 있던 사람들의 눈이 왕방울보다 더욱 커졌다. 더불어 아직까지 많은 병사들이 그날 유종민 장군의 입에서 나온 얘기에 대해 고개를 저으며 믿지 못하고 있었다. 특히 영도와 명규의 입이 그날 이후 대자로 나와 있었다.

그날 산속에 쓰러져 있던 관군의 수는 삼백이십칠 명.

그리고 그들을 막은 영인.

죽은 관군의 수가 그 정도였으니 최소 오백 명 이상이 공격했음을 짐작할 수 있었고, 주변에 영인밖에 없었으니 생각할 수 있는 것은 단 한 가지. 그리고 살아남은 관군의 한마디가 결정적인 역할을 했으니, 그 한마디는 피에 미친 악마였다.

이로써 유종민과 화산파의 장로들은 영인 혼자 관군들을 막았다는 것에 이의를 제기하지 못했다. 하지만 화산파의 무인들은 자신들조차 불가능한 일이라며 고개를 흔들었고, 특히 영인의 실력을 알고 있는 손중수와 원승지는 놀라움을 감출 수 없었다. 일류도 못 되는 실력으로는 도저히 있을 수 없는 일이었다. 아니, 절정의 고수라 해도 단신으로 그 정도의 인원을 막는다는 것은 불가능한 일이었다. 당연히 절정의 실력이 안 되는 두 사람 역시 불가능한 일이었고.

그러나 드러난 것은 받아들여야 했다. 당연히 영인의 전공이 인정되어 한순간에 일반 병사에서 백인대장으로 승급했고, 병사들 중에서 임의로 골라 자신의 휘하에 둘 수가 있는 특권도 얻었다. 전공이 전공인지라 특별히 유종민이 밀어준 것이었다.

"목엔 왜 힘주는데?"

"몰라, 저절로 힘이 들어가네?"

"그래, 너 잘났다. 그나저나 이제 겨우 사십 명을 골랐냐? 언제 백 명을 채우려고 늑장이냐?"

"신경 쓰지 마, 형. 백인대장은 나잖아. 그냥 형은 내 밑에서 편안하게 있으면 돼."

"어이구, 신경 써주는 동생이 있어서 좋구나."

영인의 말이 싫지 않은지 굴비의 얼굴도 밝아졌다. 더불어 이젠 의원병에 속해 있지 않다는 것을 실감할 수 있었고, 편안한 마음으로 영인과 함께할 수 있어서 좋았다.

그러나,

이런 두 사람의 뒤를 따르는 대부분의 병사들 표정은 정반대였다. 특히 명규의 표정이 가관이었으며, 영인을 알고 있는 사람들 역시 대동소이했다.

"명규, 넌 왜 똥 씹은 표정이냐?"

'그럼 너 같으면 이런 얼굴이 안 되겠냐?'

"끄으응……."

"새끼, 금방 펼 거면서 개기긴. 그나저나 백인대장이 되니까 좋기는 하네. 아저씨들은 절 만난 것이 복인 줄 아세요. 제가 있는데 누가 아저씨들을 힘들게 하겠습니까. 그러니 이제부터는 편하게 생활하세요. 하하하!"

"젠장할 놈, 지원조에 남아 있으면 후방에나 있을 수 있지!"

"맞아. 말이 좋아 특무조지, 위험한 일을 시키겠다는 유 장군의 생각인지도 모르는 멍청한 놈."

"아, 글쎄 위험한 일은 없다니까요. 유 장군님께 직접 확인까지 했으니까 아저씨들은 그냥 평소대로 밥 주면 밥 먹고 싸고 싶으면 싸면 되는 겁니다."

"그런데 병사 중에 무공을 익힌 녀석들만 골라서 주냐? 여기서 네가 고른 인원이 굴비 저 녀석하고 명규, 그리고 우리 늙은이 네 명이 전부다. 사십 명 중에 여섯 명만 네가 뽑은 것이고, 저들은 모두 유 장군이 붙여준 것을 왜 생각하지 못하냐? 미련한 놈 같으니라고. 쯧쯧."

'쩝, 알아요. 나도 알고 있다고요. 그런데 지금 그걸 알아서 뭘 합니까? 어차피 유 장군이 칼자루를 쥐고 있는데.'

도길의 말대로 여섯 명을 제외한 나머지 서른네 명은 병사들 중에서도 실력이 출중한 인물들이었다. 비록 일류라고는 할 수 없어도 옛날 낭인 생활을 꽤 했을 법한 인물들로 채워진 것이다.

 영인도 이런 상황을 알고 있었지만, 일부러 모르는 척하고 있었다. 돌아가는 상황을 통해 무언가 귀찮은 일이 생길 것을 짐작하고 있지만, 당장 자신이 할 수 있는 일이 없기에 묵묵히 입 다물고 상황을 주시할 뿐이었다.

第七章
화산? 지금 날보고 화산파 문하가 되라고?

이미 물난리로 인해 거점으로써의 가치가 사라진 개봉성을 뒤로하고 이자성은 병사들을 이끌고 서쪽으로 이동하고 있었다.

　허탈했다.

　그동안 기현(杞縣)에서 개봉성 동쪽을 거쳐 북경으로 올라가는 계림관로(桂林管路)를 확보하기 위해 노력했는데, 이번 물난리로 인해 계획이 틀어진 것이다. 하지만 개봉성이 지닌 이점을 완전히 배제할 수는 없었다. 그래서 약간의 병력만 남기고 서쪽 정주성으로 이동하는 것이었다. 최소한 황하를 건너 원양(原陽)과 신향(新鄕)만 확보한다면 북경으로 진군할 수 있는 관도를 확보할 수 있었기 때문이다.

이자성은 답답한 마음에 잠시 군영에서 벗어나 뒤를 돌아보았다. 자신의 군대가 끝없이 따르고 있었다. 이자성의 군대는 보병 육만 명에 기병 사만 명으로 구성되어 있었다. 특히 기병 중 기존의 삼만 명은 별동대였으며, 이래형 부장이 목에 힘을 주고 다닐 수 있는 든든한 힘이 되어주었다. 그러나 이자성의 눈에 보이는 것은 십만 명이 전부가 아니었다. 그 뒤로도 끝이 보이지 않을 정도의 병사들이 진군하고 있었던 것이다. 비록 많이 어수선하고 군기가 없어 보이긴 하지만 그래도 대병력이었다. 보충한 지 얼마 되지 않아 많은 정예병으로 거듭나기 위한 훈련이 필요하지만, 눈에 보이는 것은 천하를 자신의 품에 안겨줄 자랑스러운 병사들이었다.

하지만 이자성의 이런 생각은 자신만의 아집이었고 착각이었다. 병사들 대부분이 죽을 자리를 찾아 억지로 끌려가는 소의 모습을 연상케 했기 때문이다.

백만 명.

이자성의 군대에 의해 위협을 받아 억지로 따르고 있는 병사의 수가 거의 백만 명에 육박하고 있었다. 이들 중에는 건장한 청년도 있었지만, 대부분 노약자와 약관도 되지 않은 소년도 많았다. 어떻게 보면 어중이떠중이들로 구성된 오합지졸.

그러나 만약 이들이 훈련을 통해 진정한 정예병으로 거듭난다면 이자성은 더 이상 무서울 것이 없었다. 당장 황제의 목을 따러 자금성으로 진군할 수도 있었고, 북방을 어지럽히는 청나라 황제를 돌려보낼 자신도 있었다. 더욱이 자신과 경쟁 상대라 할 수 있는 장헌충을 발 아래로 굽어볼 수 있을 것이며, 지방 제후들 역시 스스로 고개를 숙이게 만들 수 있었다.

이자성은 정주에 도착하자마자 오합지졸 백만 명을 정예 보병 이만 명과 함께 자신의 확실한 거점인 남양(南陽)으로 보냈다. 당장 이들을 모두 먹일 수 있는 식량도 없었고, 싸울 의지를 이끌어낼 수 있는 재물도 부족했기 때문이다.

하지만 황제와 조정의 신료들은 아직 이자성에 대한 미련을 버리지 못하고 있었다. 더욱이 조정에 멍청이만 있지 않았기에 하남성을 잃으면 물류 이동의 길목이 막힐 수 있다는 생각을 하고 있었다. 그러하기에 관중의 병사들이 재정비되지 못한 상황에서 삼변총독 손전정에게 하남성 공략을 명한 것이다.

따각! 따각!

"야, 명규야."

"왜?"

명규는 영인의 옆에서 말을 끌고 있었다. 영인과 그 밑에 있던 병사들 모두 이번에 말을 지급받은 것이다. 주선진 전투에서 포획된 말이 이만 필가량 됐기에 유종민이 전공을 인정해서 지급해 준 것이었다.

"고걸(高傑)이란 놈이 배신을 했다며?"

"오, 네가 웬일이냐? 그런 걸 다 알고?"

"그런 소리가 들리네? 그리고… 내가 알면 안 되냐?"

"평소 넌 그런 것에 관심도 없었잖냐."

"그렇긴 하지."

"잘 아네. 여하튼 그 새끼, 관군에 투항했다더라."

"역시… 그 새끼, 처음 볼 때부터 재수가 없었어."

"어? 너도 그렇게 생각했냐? 나도 영도를 따라갔다가 몇 번 봤는데, 그때마다 실실 쪼개는 게 재수가 없었다. 인상은 또 얼마나 더러웠는지 모르는 사람이 봤다면 녹림에서 힘 좀 쓰는 두목으로 생각할 정도였지."

"녹림? 하하, 얼굴에 칼집 좀 있는 게 얼마나 좋았겠냐. 인상으로 한 수 먹고 들어가니."

"하긴, 그건 인정한다. 나도 처음엔 약간 쫄았으니까."

"너도 그랬냐? 그나저나 그 새끼, 내가 갔을 때는 다른 새끼하고 신나게 얘기하고선 나한텐 말 한마디 하지 않고 일다경 동안 쪼갠 후에 어떻게 했는지 아냐? 참나, 기가 막혀서. 그냥 가라더라. 말도 없이 손짓 한 번으로."

"그런 미친 새끼를 그냥 뒀냐? 너도 같은 백인대장이잖아. 완전 개무시당하고 왔네?"

"아, 개무시는 좀 그렇고……."

"그 정도면 개무시지. 안 그러냐? 궤 아저씨, 그렇지 않아요?"

"날 왜 끼워 넣어? 영인아, 난 아무 말 안 했다."

"알고 있어요."

영인은 며칠 전에 천인대장 장려성의 소개로 고걸을 한 번

만난 적이 있었다. 물론 개봉성의 물난리가 나기 전의 상황이었고, 영인이 백인대장이 된 지 일주일 만의 일이었다. 더불어 그때 이후 한 번도 만나지 않았다. 아니, 일부러 영인이 만나는 자리를 피한 것이다. 괜히 얼굴 마주쳤다가 칼을 끄집어 들기 싫었기에.

하지만 그때 하도 어이없는 일을 당해서 지금까지 분이 풀리지 않았는데, 당시의 일을 다시금 기억하게 만든 명규의 말을 들으니 목구멍까지 열이 올라온 것이다.

"어라? 분위기가 왜 이래? 영인아, 난 그냥⋯⋯."

"새끼야, 너 오늘 죽었다고 복창해라. 이번에 도망가면 하극상으로 아주 목을 쳐버릴 거다. 도망가고 싶으면 도망가 봐."

"야, 이 미친 새끼야. 분위기 좋다가 왜 지랄이야?"

"난 분위기 좋지 않았거든."

"젠장! 죽여! 아니다. 알아서 해라, 이 미친 새끼야."

"쩝, 오늘따라 상황 판단이 빠르네?"

"그러니까 알아서 해. 자!"

명규는 영인이 때리기 좋도록 영인의 앞에 배를 내밀었다. 괜히 가만히 있다가 주먹이 얼굴로 날아올지도 모르기에 나름대로 생각해서 선수를 친 것이다. 맞더라도 얼굴보다 배가 덜 아프고 깔끔하니까.

"됐다. 널 팬다고 그 새끼 때문에 꿀꿀한 기분이 사라지겠냐. 뭐, 다시 그 새끼 만날 수 있으면 좋겠지만."

"잉? 정말 안 때려?"

"그래. 그러니 배 집어넣어라."

"좋아, 좋아. 역시 백인대장이 되더니 배포가 커졌네. 역시 사람은 출세를 하고 볼 일이라니까. 안 그래요, 병 아저씨?"

"허허, 그렇구나. 영인이가 그냥 넘어갈 줄도 알고. 내일은 해가 서쪽에서 뜨겠구나."

"이 더운 날 저 새끼 때려서 땀 뺄 일을 왜 해요. 그냥 앞으로 종종 갈구면 되는데."

"그렇지. 역시 뒤끝이 깔끔하지 않은 걸 보니 영인이가 확실하군. 난 또 어떤 놈이 네놈의 탈을 쓰고 있는 것이 아닌가 했잖냐."

"알았어요. 이제 그 얘긴 그만 하고 주목하세요. 거기, 뒤쪽도 좀 모여봐."

"옛, 대장님."

"흠! 역시 자네들의 대답 소리는 듣기 좋구면."

"좋기는 무슨."

"명규 너 들으라고 한 소리다."

"쩝……."

"됐다. 너한테 내가 뭘 바라냐. 흠! 조금 전에 백인대장 회의가 있었는데, 또 전쟁이 벌어질 것 같다."

모든 대원들에게 공지사항을 전할 때는 하대를 했다. 처음은 악호와 도길 등 껄끄러운 사람들이 있어서 힘들었는데, 오히려 사회생활을 오래한 관록이 있어서인지 먼저 나서서 영인의 이러한 사정을 봐준 것이다. 그리고 지금은 오히려 회의에서 오고 간 사항을 대원들에게 전할 때면 하대가 편했다.

"뭐? 또야?"

"황제가 미쳤나? 이십만 대군을 내려 보냈어도 우리한테 졌는데 또다시 내려 보낼 군대가 있대?"

"그러게? 이제 관중의 병사들 씨가 말랐을 텐데?"

"혹시 북방의 군사들을 내려 보낸 것이 아닐까?"

"북방의 군사라면 산해관을 지키는 병사들? 에이, 설마."

"왜 에이야. 지금의 상황이 황제하고 조정에서 뒷짐이나 지고 있을 처지인가? 내가 황제라고 해도 산해관 병력을 끌어내리겠다."

"그럼 북방은 어떻게 하고?"

"그거야 나야 모르지. 내가 황제가 아니잖아."

"궤 아저씨, 아직 제 설명이 끝나지 않았습니다."

"응? 아, 미안. 내가 좀 흥분했나 보다. 자, 지금부터 조용히 하고 있을 테니까 백인대장이 설명 쭈욱 해봐라."

"으이구, 내가 말을 말아야지."

"그러니까 잘 놀고 있는 날 왜 끼워 넣어. 이 지랄 같은 곳에."

"알았으니까 이젠 좀 조용히 있으세요."

"쩝."

"흠! 지금 우리병사는 총 팔만 명이라 합니다. 정주에서 이만 명이 내려갔으니 정확할 겁니다. 그런데 유 장군의 설명을 들어보니 좀 심각합니다. 뭐, 주선진 정도의 병력이 오지는 않겠지만, 현재 우리도 우위에 설 정도의 병사들을 보유하고 있지 않으니까 위험하다는 말이지요. 지금 관군의 상황은……."

황제의 명을 받은 삼변총독 손전정은 병사들의 훈련도 마무리짓지 못하고 모집했던 오만 병력을 모두 이끌고 섬서성 서안 동쪽에 있는 동관에 진입했다. 하지만 이때 정찰병들을 곳곳에 상주시키고 있던 이자성의 이목에 걸렸고, 이자성이 직접 군대를 대동하고 손전정을 맞이하러 서진을 하고 있었다.

하지만 손전정은 이때 관중의 여러 부대를 집결시키고 있었으며, 이때 하인용과 정가동 등 이전에 몇 차례 결정적인 전투에서 도주하여 패배의 원인을 만들었던 총병관들 중에서 이들의 선임자로서 후임자들을 문책하지 않고 오히려 부추겼다는 이유를 들어 모든 장수들과 병사들 앞에서 하인용을 처형하였다. 이 일로 관중의 모든 장병들은 전율하였고, 패배할지언정 도주를 하지 않겠다는 다짐을 하게 되었다.

더불어 이자성의 백인대장이었던 고걸이 자신을 따라온 병사 천오백 명과 함께 투항하였는데, 손전정은 병사들의 사기 진작을 위해 고걸을 중군 총병관으로 발탁하여 함께 전투를 할 수 있도록 했다. 이것은 자신이 고걸을 믿는다는 것을 병사들에게 보여주는 행동이었고, 장수들과 병사들은 이런 손전정의 뜻을 따랐다.

그에 이십이일 드디어 동관을 나섰고, 우성호를 전군 총병 관으로 하여 이자성의 군대를 유인하도록 명하였다. 또한 중 군 총병관이 된 고걸을 필두로 좌양을 좌군 총병관으로 임명 하였고, 정가동을 우군 총병관으로 임명함과 동시에 우성호가 유인해 온 이자성의 군대를 공격하기 위해 고걸과 좌양 및 정 가동의 세 부대를 매복시키는 작전을 구상하고 있었다. 이때 손전정의 총병력은 보병이 육만 명을 조금 넘었고, 기병은 일 만 명이었다. 더욱이 여러 총병관의 병사 이만여 명이 지닌 군 마와 병기 등의 장비가 우수해 전략과 전술을 구상하는 데 많 은 도움이 되었다.

"그러니까, 이젠 우리가 관군들이 하남성으로 들어오기 전 에 길목에서 상대하겠다는 전략을 세웠단 말이지?"

"예, 우군사가 그런 전략을 내놓았다고 하더군요."

"생각은 좋은데… 그럼 우리가 피곤해지지 않겠냐? 관군보 다 먼저 원하는 곳에 도착해야 한다는 말인데……."

"그렇지. 병사들이 지친 상태에서 전투를 치르게 생겼구 나."

"어쩌겠어요. 아마 점심을 먹고 오시 경에 출발할 것 같다더 군요."

"정주성에 온 지 이틀밖에 안 됐는데 또 진군을 한다고? 에 구, 요 몇 년 동안 하남성에서 빙빙 도는구나. 이러다가 하남성 지리를 빠삭하게 외우겠다."

"난 지금도 머릿속에 그려질 정도라네."

"어쩌겠어요. 위에서 가자고 하면 가야지. 그래도 저 때문에 어제 은자 두 냥씩 지급받았잖아요."

"그게 왜 너 때문이냐? 말을 바로 하라고 입이 뚫려 있는 거다."

"허허."

"아무렴. 궤 형의 말이 맞네. 우리가 목숨을 담보로 싸우니까 주는 것이지. 아무리 늙었다고 해도 우리 목숨 값이 겨우 은자 두 냥이라니 서글프군."

"삼 개월 전엔 은자 한 냥도 감지덕지한 것으로 알고 있는데요."

"흠! 그때는 그때고. 그렇지 않은가, 병 형?"

"맞네. 우리들 실력이면 최소한 은자 다섯 냥은 줘야지."

"……."

영인은 할 말이 없었다. 도길의 영향력이 주변으로 급속히 퍼졌는지 예전에 보이지 않던 모습을 너무도 많이 보여주고 있는 이구와 궁우였다. 그나마 악호가 여전하다는 것에 위안을 삼을 정도였다.

탁!

"우군사, 지금 뭐라 했는가? 손전정이란 놈이 남양으로 진격하고 있다고?"

"전하, 말씀이……."

"흠! 미안하오, 대군사. 적들이 남양으로 간다는 말에 잠시 흥분했나 보오."

"아닙니다, 전하. 충분히 그럴 수 있습니다."

"이해해 주니 고맙소. 그런데 정녕 관군이 남양으로 진군하고 있단 말이오? 우군사, 정말 확실한가?"

"정찰병들의 보고가 올라왔습니다. 저희는 낙녕에서 그들을 상대하려고 했는데, 이렇게 되면 서진이 아니라 남진을 해야 할 것 같습니다."

"지금 돌아가자는 말인가? 관군들을 징벌하러 간다고 병사들에게 말한 것이 바로 이틀 전이네. 그런데 지금에 와서 그 말을 번복한단 말인가? 대군사는 우군사의 말을 어떻게 생각하시오? 본인이 번복을 해야 한단 말이오?"

"번복이 아닙니다, 전하. 약간 돌아가자는 말씀을 드리는 것입니다."

"돌아가자? 어디로? 다시 정주로 가자는 것인가, 우군사?"

"아닙니다, 전하. 조금 있으면 오시, 앞으로 반나절만 더 가면 공의(鞏義)에 도착합니다. 원래 계획대론 낙양에 도착해 상황을 살피는 것이었지만, 지금은 두 가지 길로 남하를 결정해야 하기에 이런 말씀을 드리는 것입니다."

"…계속해 보게, 우군사."

"감사합니다. 첫째로는 계속 전진하여 언사(偃師)까지 간 후 숭산(嵩山)을 지나 남양까지 가는 것이고, 둘째는 공의에서 평정산(平頂山)을 거쳐 남양까지 가는 것입니다."

"그렇다면 첫 번째가 좋지 않은가? 숭산이 비록 높고 험하다 하나 남양까지 가는 데 그 길이 가장 빠르지 않은가."

"그렇기는 하지만 자칫 준비도 안 된 상태에서 관군과 조우할 수도 있습니다. 관군은 필히 서협(西峽)을 거쳐 남양에 이를 것입니다. 그렇다면 우리보다 빠를 것이 당연하며, 남양을 거점으로 우리를 기다릴 것이 분명합니다. 어차피 라 장군이 이끄는 군대도 그 시간까지 남양에 도착하지 못할 것이기 때문입니다."

"그렇겠… 지. 라 장군이 아무리 빠르게 움직인다 해도 백만 명을 인솔하고 가는 상황이니 어쩌면 우리보다 늦을 수도 있겠군."

이자성은 우금성의 말에 고개를 끄덕이며 동의하였다. 더불어 안타까운 마음을 금할 수가 없었다. 그들이 최소한의 훈련을 마쳤다면 오늘과 같은 일이 일어나지 않았을 것이기 때문이다. 더불어 북상하여 황제의 목덜미에 칼을 얹을 수도 있었는데 하는 아쉬움이 가득했다.

"전하의 말씀대로 라 장군은 본진보다 늦게 움직일 것입니다. 따라서 이번 전투는 본진만으로 관군을 상대해야 하며, 전력이 만만치 않아 힘든 전투가 될 것입니다."

"그렇다면 무언가? 이대로 남양을 내어주고 적을 또 유인하자는 것인가?"

"아닙니다. 이번엔 남양에서 우릴 기다릴 것이 확실합니다. 적의 병력이 많지 않은 이상 손전정이 우리와 평야에서 대치

하고 전투할 정도로 어리석지 않기 때문입니다."

"그럼 라 장군과 연락을 취하며 남양으로 가는 것이 좋겠군. 그런가, 우군사?"

"바로 그렇습니다, 전하. 힘들이지 않고 개봉성을 함락했을 때처럼 포위하여 적을 아사시킬 수 있습니다. 아마 이번 전투를 마지막으로 황제도 더 이상 하남성으로 군사를 파견하지 못할 것입니다."

"그렇게 되어야겠지. 아니, 이젠 본인이 올라갈 차례가 아닌가? 훗, 이번 전투에서 확실히 우리가 우위에 있음을 보여주도록 최선을 다하게."

"명을 받들겠습니다, 전하."

이자성은 이번이 하남성에서 마지막 전투가 되기를 바라며 군막을 벗어나는 우금성의 뒷모습을 바라보았다.

'우금성, 우금성……. 머리는 좋은데 야망이 너무 커. 마치 내 축소판 같군. 후~ 우군사, 자네가 보고 있는 야망의 끝엔 무엇이 있는가? 설마 황제의 자리는 아니겠지? 그렇다면 곤란하지. 그러나 그게 아니라면… 자네의 야망이 내 야망과 상충하지 않았으면 좋겠군.'

이자성은 우금성을 생각하면서 이따금씩 고개를 저었다. 마음에 들지 않는다고 쉽게 내칠 수 있는 인물이 아니었다. 그정도로 우금성의 비중이 낮았다면 이자성으로서도 지금과 같은 고민은 하지 않았을 것이기 때문이다. 그에 고민을 거듭하였지만 결론을 내리지 못했다. 당장 급한 일도 있었지만, 무엇보다 현재 이자성이 우금성과 같은 걸출한 인재를 내치기엔 너무나 젊었던 것이다. 아무리 나중에 어떻게 될지 몰라도 지금은 자신의 꿈과 야망을 실현시켜 줄 조력자가 필요했던 것이다.

*　　　*　　　*

평정산.

노산(魯山) 서쪽 복우산(伏牛山)에 위치하고 있는 산으로, 주봉인 옥황정(玉皇頂)까지의 높이가 상당하고 수려하여 많은 향객들이 찾는 곳이다. 하지만 수레를 끌며 표물을 운반하거나 특별한 목적을 가지고 오르는 데는 여간 힘든 산이 아니다.

이에 이자성은 구릉지대가 나오자 지친 병사들을 쉬게 할 요량으로 노숙을 지시했고, 병사들은 하루 행군을 마쳤다는 안도감에 여기저기 주저앉아 발을 주물러 댔다.

털썩.

"에구구~"

"휴~ 힘들다, 힘들어. 이러다가 내 엉덩이하고 발바닥이 남아나지 않겠다."

"엉덩이야 이해하겠는데 웬 발바닥? 병 형, 혹시 말을 서서 타고 왔나?"

"서서 타긴, 내가 보니까 엉덩이가 아파서 끌고 오더구먼."

"내가 언제……!"

"하하하, 우리 같은 사람이 언제 이런 고생을 해봤겠나."

"하긴, 말을 타봤어야지. 그나저나 옛날엔 말을 타는 것이 쉬워 보였는데 이것도 여간 고생이 아니구먼."

"세상에 쉬운 일이 어디 있나? 없으면 없는 대로 고생, 있으면 있는 대로 고생이지."

"역시 궤 형의 말이 정답이네. 하하하!"

"아이구, 그나저나 나도 엉덩이가 말이 아니구먼. 굴비야, 이리 와서 내 엉덩이 좀 봐줘라. 어째 저번보다 더 아픈 것 같다."

"……."

"굴비야, 이리 와보라니까."

"…궤 아저씨, 전 의원입니다."

"누가 아니래? 네가 의원이니까 부른 거잖냐."

"저번에도 멀쩡했는데 아저씨가 계속 아프다고 엄살을 피워서 반 시진이나 주물렀잖아요. 제가 의원이지 엉덩이 주물러 주는 사람입니까?"

"이놈아, 이번엔 정말 아프다니까."

"정히 아프면 저쪽 냇가에 엉덩이를 담그세요. 그게 더 좋습니다."

"냇가에? 에이, 그러지 말고 잠깐만."

"싫습니다."

"허허, 어째 궤 형은 점점 더 아이가 되어가는 것 같네."

"끄응~"

도길과 굴비의 실랑이를 보면서 주변에 앉아 있던 사람들의 얼굴에 미소가 번졌다. 모두 힘든 여정이었기에 몸도 마음도 힘들었는데, 도길의 익살스러운 표정과 말에 조금은 피로가 가신 것 같았기 때문이다.

그러나 굴비는 아니었다. 도길의 애처로운 표정에 잠시 마음이 흔들렸지만, 끝내 도길의 부탁을 거절하고 자리에 누워 버렸다. 도길에게 속아주는 것은 한 번으로 족했기 때문이다. 이에 도길은 아쉽다는 듯 입맛을 다셨지만, 영인이나 명규에겐 부탁할 수 없어 자신이 직접 주물러야 했다.

"하하, 굴비가 우리 같은 늙은이들 엉덩이나 주무르고 싶겠나? 야들야들한 소저라면 모를까."

"전 형의 말이 맞네. 내가 굴비라도 꿰 형 엉덩이보다 차라리 말 엉덩이를 쓰다듬는 것이 좋을 것 같네. 하하하!"

"자네들은 그렇게도 좋은가? 이번엔 정말 아프다니까."

"자넨 말을 타봤다며?"

"젊었을 때지. 이렇게 늙어 몸도 가누기 힘든데 말 타는 것이 예전같이 쉽겠나."

"몸이 늙으니 마음까지 늙은 것이겠지."

"휴……."

"웬 청승입니까? 아저씨들 나이 많은 것은 잘 알고 있으니까 청승 그만 떨고 밥이나 챙겨 먹어요. 그리고… 전 회의가 있다고 하니까 늦으면 알아서 쉬고요. 젠장."

"영인이 녀석, 그렇게 회의에 가기 싫은가?"

"그러게?"

영인의 모습이 사라지자 도길과 궁우가 악호의 옆으로 와서 잡담을 늘어놓았다. 이에 심심해하던 명규가 은근슬쩍 도길이 있던 자리로 이동하며 끼어들었다. 그러나 굴비는 자신의 품에 넣어두었던 서책을 꺼내 읽기 시작했다.

"제가 회의에 몇 번 들어가 봐서 아는데, 백인대장들은 회의에서 한마디도 못하고 유 장군이나 천인대장들이 하는 말만 듣고 있었습니다. 그러니 영인이 녀석 성격에 짜증이 날 만하지요. 저도 얼마나 서 있기가 힘들었던지, 그때만 생각하면 지금도 다리가 쑤시……."

"야, 네놈은 왜 또 여기로 왔냐? 어른들 중요한 얘기 중이니까 저기 굴비한테 가서 놀아라."

"헤헤, 굴비가 지금 뭘 하는지 잘 아시면서……."

"그럼 저놈들과 노닥거리든가."

"저하고 성격이 맞지 않아서요. 제가 워낙에 자유분방하다 보니 이렇게 아저씨들하고 노닥……."

"됐다. 그만 하고, 여기 있을 생각이면 조용히 있어라. 네놈하고 얘기하면 정신이 없어. 뭔 놈의 사내새끼가 그리 말이 많은지…."

"……."

"거봐라. 네놈이 조용하니까 얼마나 좋냐. 흠, 그건 그렇고… 영인이가 백인대장이 되더니 많이 변한 것 같은데, 어떻게 생각하나?"

"변한 것? 그거야 상황이 변했으니까 변한 것이 아닌가?"

"누가 그런 것을 말하나? 내 말은 무공이……."

"허허, 이미 궤 형도 느끼는 바가 있으면서 왜 또 물어보는가? 그렇게 내 입으로 확답을 듣고 싶은가?"

"하하, 송 형이 말해준다면 확실하지 않겠나. 좀 걱정이 되기도 하고."

도길은 악호의 말에 멋쩍은 듯 머리를 긁적이며 누런 이를 드러냈다. 하지만 누군가를 걱정하는 마음이 담겨 있어서 그런지 주름진 얼굴에 깊은 골이 파여도 자상한 할아버지 같은 포근한 인상을 주었다.

"자네들도……?"

"하하, 나야 뭐……."

"송 형의 말이라면 믿을 만하지. 사실 그날 영인이 없어진 이후 우리가 얼마나 놀랐던가. 그런데 제광마 아니랄까 봐 거기서 혼자 미친 지랄을 떨고 있었다니……."

"나도 아직까지 그 이유를 모르겠단 말이야. 지금에서야 하는 말이지만, 평소 영인이 성격이라면 거기서 칼부림을 할 필요도 없이 도망갔어야 하지 않나? 그런데 갑자기 영웅이 되어 나타났네. 이건 뭔가 잘못되었다는 것이지. 그렇지 않나, 송 형?"

"……."

"응? 그 미소의 의미는 뭔가? 혹시… 송 형은 뭔가 알고 있나?"

"하하, 알고는 있지만 말해줄 순 없네."

"송 아저씨, 정말 알고 있습니까? 그 미친놈이 왜 그 지랄을 했는지요?"

퍽!

"헉! 아, 왜……?"

"넌 좀 빠져 있어라. 지금 어른들 말씀하고 있잖냐. 송 형, 혼자 알고 있지 말고 좀 풀어보게. 궁금해서 미치겠네. 이보게, 송 형."

"허, 이거 정말 말하면 안 되는데……."

"내가 거하게 술 한잔 사겠네. 우리 같은 늙은이들이 은자 받아서 어디다 쓰겠나? 다 이런 때를 위해 아껴둔 것이지. 송 형?"

"뭐, 그렇다면… 하지만 절대 영인이 앞에선 입도 열지 말게. 알았나? 자네들도, 그리고 특히 명규 네놈도!"

"하하, 저야 뭐……."

"사실은 말이네, 영인이가 그동안 전투에서 이리저리 잘도 피해 다녔지 않았나? 그래서 좀 쉬고 싶었나 보네. 그런데 하필이면 쉬러 간 곳이… 도망가지도 못하고 싸우게 된 거지. 나중엔 어떻게 이겼는지도 모르겠다고 하더군, 그때 정신이 없었다나? 여하튼 상황은 그렇게 된 거네."

"큭, 그러니까 영인이 놈이 뒷걸음치다 소 발목을 잡은 거란 말이네?"

"그럼 그렇지, 난 또 뭐라고."

"그런데 어떻게 이런 사실을 송 형한테 말해준 건가? 그 녀석 성격에 쪽팔려서 말하지 않았을 텐데?"

"내가 사실 그 녀석한테 무림보다 군부에 투신하는 것이 어떻겠냐고 한 적이 있거든. 그래서 혹시 전공을 세우려고 그런 것이 아닌가 해서 다그쳤지. 처음엔 궤 형 말대로 입도 벙긋하지 않았지. 하지만 그 녀석이 유독 나를 어려워하지 않나. 하하, 나중엔 알아서 상황 설명을 장황하게 하더라고. 이리저리 칼까지 휘두르면서 말이야."

"크크크."

"하하하!"

회의를 마치고 나온 영인은 표정이 굳어 있었다. 평소와 같이 천인대장의 보고를 통한 유종민의 결정과 이자성의 지시 내용 등을 듣고 온 것이 아니었다. 생각지도 못한 말을 들었기에 정신을 차릴 수 없었던 것이다.

"유 장군이 이럴 생각으로 그 녀석들을 붙여준 것인가? 하지만 경호대라니, 이게 말이 되는 일인가? 무공은 화산파와 산종 무인들이 더 높잖아. 그런데 왜 그런 결정이 내려진 거지? 왜……?"

혼자서 이런저런 생각을 하며 주절거렸다. 그러나 도저히 이해가 되지 않았다. 자신의 무엇을 보고 그런 결정을 내렸는지 알 수가 없었던 것이다.

"이봐, 뭘 그리 생각하나?"

"응? 누구⋯⋯?"

"날세. 기억하지?"

"어? 그때 그⋯ 이름이 원⋯⋯."

"원숭지라고 하네. 자네도 내 이름을 알고 있었구먼."

"당신이 어떻게⋯⋯?"

"당연히 자넬 만나려고 왔지. 시간 있나?"

"날? 왜?"

"할 말이 있으니까. 바쁘지 않다면 어디 조용한 곳에 가서 얘기 좀 하세."

"⋯⋯."

"아, 저기가 좋겠군."

영인은 갑자기 찾아와 대화를 하자는 원숭지를 보면서 자신도 모르게 이마를 손으로 짚었다. 머리가 아팠다. 오늘 여러 사람이 피곤하게 만들고 있었기 때문이다. 하지만 대화를 하자고 하니 따라가지 않을 수 없었다. 원숭지의 말을 무시할 수가 없었던 것이다. 천인대장이라 해도 원숭지에게 하대를 할 수 없는 입장인데, 겨우 백인대장인 영인이 어떻게 무시를 하겠는가. 속으로 구시렁거리면서도 원숭지를 따라 인적이 드문 곳으로 향했다.

"오늘 유 장군이 자네에게 특별한 명을 내렸을 것인데, 기분이 어떤가?"

"응? 그, 그럼⋯⋯?"

"그렇네. 내가 유 장군께 자네를 적극 추천했지."

"젠장! 왜 그런 쓸데없는 짓을 한 거요? 내가 언제 당신한테 그런 말을 해달라고 했소?"

"……?"

원승지는 갑자기 영인의 목소리가 높아지자 순간적으로 얼굴이 굳어졌다. 그러나 이내 굳었던 근육이 풀리면서 여유로운 표정으로 돌아왔다.

"하하, 아직 입은 그대로군."

"남의 입이야 거칠든 말든 상관하지 말고, 왜 그런 짓을 벌인 거요?"

"다른 뜻은 없었네. 일전에 유 장군이 전하의 경호에 인원을 배정해 달라고 한 일이 있었는데, 그때 내가 자네를 거론하면서 군부 스스로 길러내는 것이 좋지 않겠냐는 말을 했지. 외부에 경호를 맡기는 것보다는 내부 인원을 차출하는 것이 좋지 않겠나? 이에 유 장군도 동의했고, 다행히 전하께서도 긍정적인 반응을 보여 자네가 차출된 거라네."

"그럼 이번 일의 원인이 당신이로군."

"그런 셈이지. 뭐, 결정은 유 장군이 한 것이지만."

"젠장."

영인은 어이가 없었다. 자신이 원했던 것은 이런 것이 아니었다. 아무리 군부에 적을 두려고 생각했지만, 아직 완벽하게 생각이 정리된 것이 아니었기 때문이다. 그런데 이젠 빼도 박도 못하게 생겼으니 눈앞에 있는 원승지의 면상을 주먹으로 한 대 때리고 싶은 마음이 굴뚝같았다.

"그런데 이렇게 내 앞에 나서서 설명하는 이유가 뭐요?"

"이유? 딱히 이유라고 할 만한 것은 없고, 자네의 기뻐하는 얼굴이나 보려고 왔지. 그런데… 자네의 표정을 보니 좋아하는 얼굴이 아닌 것 같군."

"당연하지. 누가 그런 귀찮은 일을 좋아하겠소? 보위대장(保位大將)이라니, 내 참."

"자네의 실력이면 충분할 것 같은데. 그렇지 않나?"

"내 실력? 무공이라면 무림인인 당신이나 화산파 무인들이 더 훌륭하자 않겠소? 나야 당신들 따라가려면 아직 멀었지. 아, 산종의 무인들도 있었군."

"아직 자네는 자네의 실력을 자신하지 못하는 것 같구먼. 그 날의 전투를 생각해 보게. 내공이 미약하여 당장 일류고수 소리는 듣지 못하지만, 도법은 일류들과 겨루어도 손색이 없네."

"……?"

"역시… 자넨 자신도 모르는 사이 깨달음을 얻은 것 같구먼."

"그건 또 무슨……?"

'내가 깨달음을 얻어? 그날에? 뭔 소리야?'

원승지의 말에 영인은 그 의미를 파악하고자 머리를 굴렸다. 그러나 쉽게 파악할 수가 없었다. 갑자기 깨달음을 얻었느니 하는 말을 듣게 되자 오히려 영인이 더 궁금해졌다.

"장로님들과 함께 나와 형님이 현장을 살펴보았네. 그리고 알 수 있었지. 처음엔 어떤 형(形)을 따라 휘둘러진 칼의 진로

가 나중엔 거칠어지면서 형의 틀을 벗어났지. 물론 틀을 벗어
났다는 말은 좋게 표현한 것이고, 정확히 말하면 적을 위해 무
조건 휘둘렀다는 말이네. 초식의 틀을 깨는 무초식의 단계를
의미하는 말은 아니란 말이지."

"흐음."

"그런데 말이야, 군진 안쪽으로 갈수록 자네의 초식이 변했
다네. 서서히 변했지. 관군의 시체에 나 있는 상처를 보고선
모두 놀라움을 감추지 못했네. 왜 그런 줄 아나? 조금씩 초식
의 틀에서 벗어나더니 상처 자국이 깨끗해지고 있었던 것이
네. 마지막엔 아주 깔끔했지. 이게 뭘 의미하는 줄 아나? 자네
의 도법이 무초식의 단계에 진입했다는 말이네."

"무… 초식……?"

"그렇지, 무초식. 흠! 화산파엔 대대로 두 개의 파벌이 있네.
첫째로, 내공을 먼저 익히고 초식을 나중에 수련해야 한다는
기공파와 초식을 먼저 배운 후 내공을 수련해도 늦지 않다는
검초파지."

'기공파와 검초파라……'

"자네의 실력은 초식만 놓고 보면 절정의 초입 단계라 할 수
있네. 죽음의 고비에서 깨달음을 얻은 결과지. 그리고 이것은
검초파에서 원하는 무리지. 물론 상황은 약간 다르겠지만. 여
하튼 중요한 것은 자넨 반쪽이란 말이네."

"반쪽?"

"그렇다네. 내가 아무리 자네를 높게 보아도 자네의 내공은

삼류 수준이니 말이야."

"쩝, 그래서 어떻다는 것이오? 남이야 삼류건 일류건, 또 절정이건 간에 당신이 신경 쓸 필요는 없는 것 같은데?"

오는 말이 고와야 가는 말이 곱다고 했던가?

영인은 원승지의 마지막 말에 순간적으로 욱하는 마음이 불같이 활활 솟구쳐 생각하지 않고 평소대로 입에서 나오는 대로 지껄였다. 그러나 이미 이런 상황을 예상하고 있던 원승지의 표정엔 아무런 변화도 없었다.

"내 말에 기분이 상했나 보군."

"별로. 하지만 좋지는 않군."

"반쪽이란 소리를 들었으니 이해하네. 그러나 잘 듣고 생각해 보게. 아까 말했듯이 자네는 죽음의 고비에서 깨달음을 얻었네. 그래서 그런 전공을 세울 수 있었지. 아, 자네의 전공을 폄하하려는 의도는 절대 아니네."

"……."

"하지만 그것은 초식에 국한된 경우고, 심법의 깨달음을 얻지 못했기에 내공이 형편없는 것이네. 또한 그 깨달음도 지금은 무의식 세계에서의 깨달음이라 현재 자네가 그때의 초식을 펼칠 수 없다는 것이지. 이건 나중에 혼자 있을 때 실험해 보면 알게 될 것이네."

"흐으음."

'젠장, 무의식 세계에서의 깨달음? 그래서 그때 초식이 위력을 발휘하지 못한 것인가? 그렇다면 문제로군.'

영인은 며칠 전 뇌격십팔도를 전개해 보았다. 그러나 약간의 성과만 있을 뿐, 당시 관군을 죽였을 때처럼 마음먹은 대로 초식이 전개되지 않았던 것이다. 하지만 이제 원승지의 설명을 듣고 그에 대한 의문을 풀었으니 앞으로는 해답을 찾으면 되었다.

원승지는 영인의 표정에서 자신의 설명이 먹혀들어 감을 느낄 수 있었다. 이에 조금만 더 하면 충분히 설득할 수 있다는 생각에 입술을 적신 후 계속 이어나갔다.

"물론 나도 그런 경지에 오른 것이 아니기에 정확히 말할 수는 없지만 장로님들의 설명이니 옳다 할 수 있네. 흠! 하지만 오늘 자네를 찾은 목적은 그런 것을 알려주려고 한 것이 아니라 지금부터라네."

"귀는 뚫려 있으니까 사설만 늘어놓지 말고 본론을 말해도 될 거요."

"흠! 알겠네. 본론을 말하지."

"듣겠소."

"자네가 어떻게 받아들일지 모르겠지만, 내 얘기를 들으면서 기분이 상하지 않았으면 좋겠군. 아니, 기분은 좀 상하더라고 어쩌면 나는 자네한테 기회를 제공하는 것이니까 유념해서 들어주길 바라네."

"기회?"

"그렇네. 아마 자네가 들으면 놀랄 만한 기회지."

"뭐요? 사설은 그만 듣고 싶은데. 그렇게 뜸 들이지 말고 후

딱 말하시오. 기회고 지랄이고 간에 지금 배고파서 뒤로 넘어가게 생겼으니 빨리빨리."

"하하, 알겠네. 으음… 자네가 누구한테 도법을 배웠는지 모르지만 아마 이류 정도의 실력일 것이네. 그렇지 않다면 초식과 내공이 차이가 날 수가 없지."

'이류? 딴엔 맞는 말이긴 하군. 케 아저씨나 병 아저씨를 일류라고 하긴 뭐하니까. 그러나 송 아저씨가 이류인가? 웃기고 있네. 아무것도 모르면서 잘도 지껄이는군.'

"그래서 말인데… 이참에 화산의 그늘로 들어올 생각은 없나? 자네의 자질이라면 스승님께서도 흔쾌히 문하로 받아주실 것이네."

"화산? 지금 날보고 화산파 문하가 되라고?"

"그렇네. 장로님들과 상의하였고 그분들의 동의도 얻었네. 자네만 승낙하면 내가 직접 스승님께 윤허를 받아올 생각이네. 더불어 자네의 반쪽인 경지를 다듬어줄 수 있는 분이시지. 참고로, 내 스승님은 화산파의 장문인이시네."

"…나 참, 어이가 없네."

"……?"

"이봐, 형씨! 당신 미쳤어?"

"미, 미쳤냐고?"

"그래, 미치지 않고서야 내게 그런 말을 할 일이 없지. 안 그래?"

"이봐, 난 지금……."

"아아, 당신 말은 잘 들었으니 이젠 내 말을 들어. 내가 언제 당신네 화산파에 문하로 들어가고 싶다고 말한 적 있나? 내 기억엔 전혀 없는 것으로 아는데?"

"당연히 그런 말을 자네에게 들은 적은 없네. 하지만 화산의 이름을 걸고 말하는데, 화산은 자네에게 기회를 제공할 수 있네. 원하는 만큼."

"기회? 자꾸 기회 기회 하는데 그 기회가 뭐요?"

"무공이지."

"무공?"

"그렇네. 자네가 밤마다 몰래 무공을 수련하고 있음을 알고 있네."

"그래서?"

"흠! 무공은 혼자 수련하는 것이기도 하지만, 훌륭한 스승 밑에서 배우는 것이 좋지 않겠나? 화산파는 자네에게 훌륭한 스승과 무공을 줄 수 있다네."

"물론 내 자질이 훌륭하고 뛰어나야겠지?"

"그렇겠지. 하지만 이미 자네의 자질이 뛰어나다는 것은 내가 알고 있으니 별문제는 없을 것이네."

"화산파 같은 대문파가 나 같은 별 볼일 없는 어중이떠중이를 문하로 들이겠다? 난세라 제자를 받기가 어렵나? 이럴 때가 오히려 제자를 구하기 쉬울 텐데? 지천에 널린 것이 고아 아닌가."

"어찌 그런! 허, 화산파의 문하가 되는 것이 그리 쉬운 줄 아는가? 모두 자네의 자질을 높이 사서 그런 것이네. 자네의 자질이 뛰어나지 않았다면 내가 이런 제안을 하지도 않았을 것이네. 이제 이해가 되는가?"

"흐음."

"그리고 자네의 내공, 오 년만 스승님 밑에서 수련하면 어느 정도 자리를 잡을 수 있을 정도가 될 것이네. 그렇다면 최소한 이류니 삼류니 하면서 낭인들 사이에서 치이는 것보다 훨씬 낫지 않겠나?"

"내 내공이 미약하다고 말하는 것이겠지? 솔직히 미약한 것이 아니라 미천한 거지. 안 그래?"

"그래도……."

"훗, 나도 그건 인정하지. 하지만 말이야, 내공심법이 중요한 것도 알겠고 내공이 중요한 것도 알겠어. 하지만 난 이제 겨우 열 달을 수련했거든? 당연히 일 년도 수련하지 않은 내게 내공이라 할 만한 것이 있겠나?"

"뭐? 열 달? 정말 심법을 수련한 것이 열 달밖에 되지 않았나? 정말 일 년도 수련하지 않았단 말인가?"

원승지는 영인의 말에 깜짝 놀랐다. 겨우 열 달 만에 이룰 수 있는 성취가 아니었던 것이다. 아직 정확히 진맥을 하지 않아 확신할 수는 없지만 영인의 몸엔 최소한 단전이 완전히 자리를 잡았고, 그 자리에 내공에 서서히 모양을 형성해 가고 세력을 넓힐 준비를 하고 있었던 것이다. 이것은 최소한 삼 년은 수련해야 가능한 경지였다.

"난 그런 것으로 거짓말을 하지 않아. 하지만 말이야, 내가 지금 수련하고 있는 무공이 이류건 삼류건 상관없어. 그냥 배우고 싶어서 하는 것이고, 그것으로 만족하니까. 그리고 화산파 무공이 대단한 것은 알겠는데, 그렇게 어린애 사탕 하나 준다는 듯 거만하게 굴지 말아줬으면 좋겠어. 다시는 말이야. 난 사탕을 주면 무조건 받아먹는 어린애가 아니거든."

"언제 내가……."

"그리고 이번 일, 잊지 않겠네. 어차피 보위대장이 됐으니 최선을 다하겠지만 날 위한 일이니까 하는 거다. 그러니까 더 이상 내게 신경 쓰지 말고 당신 일이나 신경 쓰도록."

휙!

"……."

'허, 내 일이나 신경 써라? 배짱이 좋은 건가, 아니면 멍청한 건가? 분명 흔들린 것 같았는데…….'

원승지는 자신의 할 말만 하고 바람 소리가 날 정도로 휙 돌아서서 가는 영인의 뒷모습을 보면서 한동안 제정신을 차릴 수가 없었다. 자신은 자질이 있어 보이는 청년에게 나름대로 기회를 주고자 한 것인데 받아들이는 사람은 그게 아니었던 것이다. 하지만 이번 일을 계기로 영인의 모습은 원승지의 뇌리에 깊이 각인되었다. 어디로 튈지 모르는 청개구리 같은 녀석으로.

第八章
보위대의 목적을 충실히 행한 것일 뿐입니다

따그닥따그닥!

척! 척! 처억~!

드드득! 드드득!

말발굽 소리와 병사들의 행진 소리.

그리고 뒤를 이어 한가득 짐을 실은 수레바퀴 굴러가는 소
리.

고요하던 겹현(郟縣) 일대가 때 아닌 소음으로 몸살을 앓고
있었다.

"전하, 이제 겹현에 들어섰습니다. 남양까진 얼마 남지 않았
습니다."

"라 장군의 위치는 확인했소?"

"우리와 오 일 거리에서 따르고 있다는 전갈을 받았습니다. 이 상태를 유지하면서 간다면 남양에 도착할 때쯤이면 라 장군과 함께할 수 있을 것입니다."

"다행이구려."

"허허, 손전정의 얼굴이 볼 만할 것 같습니다."

"하하, 대군사도 그런 농을 하실 줄 압니까? 오늘 대군사의 새로운 면모를 보았소."

"허허, 살다 보면 자연적으로 느는 것이 농입니다."

"대군사 같은 현자도 말이오?"

"현자라니요, 당치도 않은 말씀입니다. 그리고 소신도 사람이고 나이 먹은 늙은이가 아닙니까. 허허."

"나이 먹은 늙은이라… 하하하!"

오랜만에 가져 보는 여유였다. 그동안 있었던 힘겨운 전투가 아니라 승리가 뻔히 보이는 전투란 생각에 편안했다. 더불어 마음이 팽팽하게 당겨졌던 긴장감이 느슨해지는 것도 어쩔 수 없었다. 지금도 병력에서 우위에 있는데 뒤따라오고 있는 라 장군까지 가세하면 상대가 안 되는 싸움이었다.

"그런데 보위대가 제 역할을 할 수 있을 것 같소, 대군사?"

"지금은 힘들겠지만 유 장군과 최 장군이 가르친다면 전하께서 원하시는 모습을 갖출 수 있을 것입니다."

"하루 빨리 그 모습을 보았으면 좋겠군. 지금은 영……."

기분 좋게 풀어졌던 이자성의 표정이 뒤를 따라오는 영인과 수하들의 모습을 보면서 찡그려졌다. 실력이 안 되면 알아서 사주경계라도 해야 하는데, 비루먹은 당나귀처럼 고개를 푹 숙이고 있는 자부터 서로 잡담을 하는 자까지 있었기 때문이다.

그나마 뒤따라오는 서른네 명의 보위대가 자신이 원하는 모습을 어느 정도 충족시키고 있었기에 질책은 하지 않았지만, 아무리 좋게 봐주려고 해도 보위대장에 대한 믿음이 생기지 않았다.

그러나 이자성의 뒤를 따르고 있는 영인의 표정도 이자성과 별 차이가 없었다. 자신의 지위가 있다 보니 이자성과 많이 떨어질 수 없었고, 그렇다고 명규와 노닥거리자니 눈치가 보였던 것이다. 하루 종일 앞만 보고 있으니 미치기 일보 직전이었다.

'젠장, 이럴 때는 명규 새끼가 지껄이는 것도 그립네. 내일부턴 눈치가 보이더라도 아저씨들이 있는 후미 쪽으로 빠져야겠다.'

뒤를 힐끔 보니 명규와 도길이 뭐가 그리 좋은지 낄낄거리며 노닥거리고 있었다. 거기에 굴비까지 합세하고 있었는데, 시간이 어떻게 가는지 모를 정도로 재미있어 보였던 것이다. 자신은 지금 일각이 한 시진처럼 느껴질 정도인데.

쓰으윽.

"정찰병이 다녀왔습니다."

"그래, 상황은?"

"계획대로 움직이고 있는 것 같습니다."

"그래? 그럼 지금 어디까지 왔는지 알겠는가?"

"정찰병의 말에 따르면, 유적들은 한식경 전에 막 겹현에 들어섰다 합니다."

"한식경 전에 겹현 초입이라… 좋군. 상황은?"

"아직 유적들은 우리의 매복을 눈치 채지 못한 것 같습니다."

"다행이군. 하긴, 우리가 남양에 머물러 있을 거라 생각하겠지."

"그렇습니다. 우리가 남양으로 가지 않고 중도에 이곳으로 올 줄은 생각도 못할 것입니다."

"아직 속단하긴 이르다."

"알겠습니다, 총병관님."

"그렇지만 이번 삼변총독의 전략은 뛰어나군. 이렇게만 된다면 거의 성공할 것 같구먼."

"소장도 그렇게 생각합니다."

"하지만 방심은 금물이네. 유적들의 책사도 여간내기가 아니었어. 공격하기 전까지는 신중하도록."

"충!"

"그런데 병력은 어느 정도였나? 고걸의 말대로 팔만 명 정도였나?"

"정찰병도 정확히 보지 못한 듯합니다. 멀리서 상황만 주시하다 왔으니 뒤따라오는 병사의 수는 파악하기 힘들었을 것입니다."

"그래도 대략적이나마 알 수 있었을 것이 아닌가?"

"말씀드리긴 뭐하지만, 우리의 병력과 큰 차이가 날 정도는 아닐 것입니다. 만약 차이가 컸다면 정찰병이 제게 말해주었을 것입니다."

"흠, 그렇다면 고걸의 증언이 사실이구먼."

"그런 것 같습니다, 총병관님."

"훗, 이자성도 이젠 다 됐군. 본진에서 변절자가 나오다니. 비록 백인대장이었다지만 쓰임새가 있는 자인데……."

"모두 황제 폐하와 삼변총독님의 은덕이 아니겠습니까."

"은덕이라면 그럴 수도 있겠지."

"옛?"

"아닐세. 그러나 상황이 유리하게 흘러간다고 해도 속단하긴 이르다. 알겠나?"

"알겠습니다."

우성호는 여하에서의 치욕을 잊지 않고 있었다. 비록 자신도 하인용의 주장에 힘을 보탰지만 또다시 그러고 싶은 마음은 없었기 때문이다. 그리고 이번에도 실패를 한다면 더 이상 군부에서의 자신의 입지는 없었다. 그렇기에 이번이 마지막이란 다짐으로 최선을 다할 생각이었다.

"참, 부총병관."

"예, 하명하십시오."

"다시 한 번 매복에 이상이 없나 점검하도록. 그런 후 출진할 것이다. 준비를 철저히 하고 이번엔 무슨 일이 있어도 이자성의 목을 가져올 수 있도록 최선을 다하라."

"명에 따르겠습니다, 총병관님. 충!"

"흐음."

'이자성, 이번엔 기필코 네놈 목을 따고야 말겠다. 기필코.'

태양은 뜨겁지만 가을 초입이라 바람은 선선했다. 며칠 전처럼 바람에 습기가 가득했다면 갑옷이 불편하게 느껴졌겠지만, 오늘은 그런 기분이 들지 않아 좋았다. 그리고 왠지 모를 자신감도 생겼다. 승리에 대한.

서쪽 하늘에 붉은 노을이 지기 시작했다. 이런 자연의 전경을 바라보고 있는 이자성의 마음은 관광을 하러 나온 향객처럼 들떠 있었다.

따그닥따그닥!

'아름답군.'

"전하, 무엇을 그리 생각하십니까?"

"아, 우군사군. 그냥 하늘을 보고 있었네."

"하늘이요? 아~ 노을이 아름답습니다."

"정말 장관이야. 이번 전투는 수월할 것이니 우군사도 하늘을 보며 여유를 찾게나."

"말씀만으로도 감사합니다. 하지만 군사는 현재의 일도 중요하지만 미래를 대비하는 자리입니다. 어찌 소신이 여유를 찾을 수 있겠습니까."

"하하, 알겠네. 그래, 무슨 일로 왔는가?"

"이 구릉을 넘은 후에 제법 넓은 벌판이 나옵니다. 시간도 있으니 그곳을 숙영지로 택하는 것이 어떨까 합니다."

"그렇게 하게, 우군사. 그런데 아직 해가 지려면 시간이 남지 않았나?"

"시간적인 여유는 있으나 그렇게 되면 라 장군과의 거리가 벌어지게 됩니다. 차라리 본진이 늦게 움직이면서 라 장군이 합류할 때를 기다리는 것이 좋을 것입니다."

"그렇군. 그럼 우군사가 알아서 하게."

"명을 따르겠습니다, 전하."

이자성의 명이 떨어지자 우금성은 말머리를 돌려 전방으로 향했다. 그곳엔 이래형과 유종민이 선두에 서 있었는데, 이래형이 껄끄럽지만 유종민에게 가는 것이 숙영지를 만드는 데 빠르고 편했기 때문이다.

그렇게 우금성이 유종민에게 다가가 이자성의 뜻을 전하고 있을 때,

이자성의 본진은 구릉을 막 넘어서고 있었다.

그리고,

휙, 휘익, 휘이이익~!

"쏴라~!"

"헉! 뭐야?"

퍽! 퍼퍽! 퍼어억!

"컥!"

"끄억."

"캐액!"

"매복이다! 적의 공격이다!"

"방패병은 뭘 하는가! 어서 방패를 들고 화살을 막아라! 전하께 적의 공격을 알려라!"

"방패!"

"뭐 해! 어서 방패 올려!!"

휘이이익~

퍽! 퍼퍼퍼퍽!

"크으윽!"

갑자기 날아와 가슴과 어깨 등에 박힌 화살에 병사들은 정신이 없었다. 옆에서 동료가 화살에 맞고 피를 흘리는 모습에 두 눈이 휘둥그레졌으며, 말이 놀라 울부짖는 소리에 귀가 멍멍해졌다.

하지만 언제까지나 멍한 표정으로 사방을 둘러보고 있는 병사는 없었다. 그동안 수많은 전투를 치른 정예 중의 정예였기에 장군들과 천인대장들의 지휘 아래 신속한 움직임을 보였다.

"저쪽에 적의 모습이 보입니다."

"어디? 저, 저런!"

두두두두!

힘차게 땅을 박차며 달리는 말발굽 소리.

아직 날아오는 화살 공격에 대응도 못하고 있는데, 적은 오천여 명이 말을 타고 본진 옆으로 접근하고 있었다.

이에 우금성과 유종민이 화들짝 놀라며 말 등에 채찍을 치며 급히 이자성이 있는 곳으로 향했고, 이래형은 별동대 대장을 불러 적의 기마대와 맞서기 위해 출진을 명했다.

그러나 별동대는 쉽게 출진할 수가 없었다. 아무리 정예병이라 해도 날아오는 화살을 무시하면서 말에 올라탈 담력이 없었던 것이다. 하지만 거듭되는 이래형의 재촉에 한두 명씩 말에 올라타면서 분위기는 반전되었다. 만약 별동대가 움직이지 않았다면 관군의 기마대에 의해 우측에 있던 보병 대부분이 말발굽에 치여 죽거나 부상을 당했을 것이다.

히이이잉!

푸르르륵!

"끄아!"

"내 발, 내 바알~"

"나 좀 살려줘! 다리가……."

"죽여라! 유적들을 한 놈도 살려두지 마라!"

"공격하라!"

"와~!"

"죽여라! 적을 공격하라!"

"커어억!"

"끄아아!"

부총병관은 우성호의 명대로 기마병 오천을 이끌고 기습을 강행했다. 처음엔 이 정도의 병력으로 기습이 가능할까 하는 의문이 들었지만, 막상 실행하고 나니 성공이나 다름없었다. 하지만 더 이상 시간을 끌 수가 없었다. 유적들이 쓰러지고 피를 흘리며 울부짖는 소리에 기분이 좋고 후련했지만, 자신들을 향해 돌진하고 있는 별동대를 보고선 후퇴를 명하지 않을 수 없었던 것이다.

"부총병관님, 유적들의 기병입니다."

"뭐? 이런, 너무 이른 반격이 아닌가?"

"빠른 대응을 보이는 것이 훈련이 잘된 병사들입니다."

"흐음, 어쩔 수 없군."

"이놈들! 모두 죽여주겠다!!"

두두두두두!

"헉, 유적들의 기병대다."

"어디? 뭐가 이렇게 빨리 와?"

관군들도 자신들을 향해 질주하는 별동대를 보았다. 하지만 아직 부총병관의 퇴각 명령이 떨어지지 않아 뒤로 물러설 수가 없었다. 자연적으로 칼을 휘두르는 속도도 저하되고 사기도 가라앉기 시작했다. 이에 더 이상 시간을 끄는 것이 좋지 않다는 것을 느낀 부총병관은 보좌관에게 퇴각을 명했다.

"모두 퇴각하라! 후퇴하라!"

"후퇴! 후퇴하라!"

"퇴각 명령이 떨어졌다! 모두 퇴각!!"

"이럇!"

"이리얏! 달려라!"

히이이잉!

두두두두두!

"이놈들, 어딜 도망가느냐! 거기 서지 못할까!!"

"어서 쫓아라! 어서!"

"놓치지 마라! 한 놈도 놓치지 마라!"

두두두두!

이래형은 관군이 후퇴하자 이를 악물고 그 뒤를 따랐다.

겹현 일대에서 벌어진 추격전.

하지만 별동대는 달리던 속도가 있었기에 얼마 지나지 않아 관군의 후미를 따라잡을 수 있었고, 이래형의 바람대로 관군을 주살하기 시작했다. 이에 부총병관이 반전을 하여 별동대에 맞섰고, 기병들의 전투가 벌어졌다. 그것도 그리 넓지 않은 구릉 한복판에서.

혼전.

보병들의 전투보다 박진감 넘치고 긴장감의 연속이었다.

팽팽한 접전.

그러나 초반에 국한될 뿐, 별동대가 계속해서 가세하자 관군들로서는 더 이상 버틸 수 없는 상황이 되었다.

히이이이잉!

"죽어!"

휘익!

"컥! 끄으으~"

"이노오옴!"

"여기가 어디라고 왔느냐! 왔으면 목을 놓고 가거라!"

"크아아!"

"사, 살려줘!"

"이놈아! 죽어라!"

"캑!"

"끄아아!"

처음엔 소수의 별동대가 관군들 사이로 뛰어들어 헤집었으나, 조금 있자 이만 명 이상의 별동대가 관군을 덮쳤다. 아무리 기습의 묘를 살려 전공을 세웠다고 해도 부총병관은 별동대의 무력에 할 말을 잃었다. 그러나 마냥 당하고 있을 수 없기에 우성호의 명에 따라 매복하고 있는 곳으로 조금씩 이동하면서 별동대를 매복 장소로 유인하기 위해 안간힘을 썼다.

하지만 상황이 묘하게 돌아갔다.

부총병관은 의도하지 않았지만 별동대가 악착같이 따라오고 또 살기 위해 관군들이 싸우면서 우성호가 우려했던 의심을 덜 수 있었기 때문이다. 만약 관군들이 무작정 도망쳤다면 송헌책과 우금성이 혹시나 하는 의심을 했겠지만, 악착같이 도망치고자 하는 모습을 멀리서 바라보고 있던 두 명의 군사는 전혀 매복에 대한 의심을 못하고 있었던 것이다.

이자성은 기병들이 조금씩 빠져나가고 활을 쏘던 관군들도 도망치기 시작하자, 이금과 유종민에게 병사들을 이끌고 뒤따를 것을 명했다. 관군의 기습이 큰 피해를 주었기에 무슨 일이

있어도 눈앞에서 관군들이 사라지는 것을 두고 볼 수가 없었
던 것이다.

"모든 병사들은 적들의 뒤를 친다! 따르라!"

"공격하라! 적은 오합지졸이다!"

"공격!"

"와~!"

병사들의 선두에 이금이 나섰고, 그 뒤로 유종민이 따랐다.
더불어 이자성도 송헌책 등 군사들과 함께 최추산의 호위를
받으며 그 뒤를 따랐다. 물론 이자성의 뒤에는 영인의 보위대
가 인상을 찡그리며 따르고 있었다.

'젠장, 이래서 보위대가 하기 싫었는데……'

"우리도 가자."

"잠깐만!"

"뭐야? 왜 그러는데?"

가뜩이나 마땅치 않았는데 명규가 앞을 가로막자 신경질이
팍 났다. 그러나 명규의 심각한 표정에 영인은 욕을 하려던 것
을 꾹 눌러 참았다.

"영인아, 이렇게 무작정 따라가도 되겠냐?"

"그게 무슨 소리야? 그럼 이 상황에서 뒤로 빠지자는 말이
냐? 명규 너, 아예 날 죽이려고 작정했냐?"

"아니, 내 말은 그게 아니잖아."

"그럼 뭔데?"

"야, 딱 보기에도 앞에 매복이 있다고 생각되지 않냐? 그런

데 저 새끼들은 뭐냐? 지금 이게 뭐 하는 꼴이냐고."

"매복? 설마……?"

"설마가 아니다. 정말이다."

"정말이긴, 무슨! 괜히 싸우기 싫으니까 지껄이는 것 다 안다."

"아니라니까!"

"씨팔! 너 혹시 이번에 뒤로 빠질 생각이면 알아서 해라. 아주 내 손으로 죽여줄 테니까! 알았어?"

명규의 말에 영인은 고개를 좌우로 흔들며 무시했다. 하지만 명규는 말 등에 채찍을 내려치며 앞으로 나서려는 영인의 어깨를 붙잡았다.

"왜? 너 이 새끼, 자꾸 이럴 거야?"

"이 바보 새끼야! 너 돌대가리냐?"

"뭐? 이 새끼가 미쳤나?"

"상황을 똑바로 봐봐! 저 새끼들이 온 곳이 어디냐? 그리고 도망치는 곳이 어디고?"

"……?"

"멍청한 새끼야, 구릉 아래야. 알았어? 높이가 낮지만 계곡으로 치자면 양옆에 절벽이 있는 것과 진배없다고. 양쪽엔 계곡, 그리고 중간. 이래도 모르겠냐?"

"계곡?"

"그래. 만 명의 병력으로 여덟 배나 되는 우리를 치고 도망쳤어. 전쟁이 무슨 애들 놀이냐, 한 대 치고 내빼게? 저 새끼들

이 생각이 없다면 몰라. 지들 죽을 자리를 찾은 것이니까. 그런데 과연 그럴까?'

"……."

"당연히 유인하려고 그런 거지. 왜 이런 간단한 이치를 몰라?'

"참 나, 너 잘났다. 그래, 네놈 머리 아주 비상하다."

"뭐라고?'

"그럼 네놈 머리만 돌아가고 저기 군사들의 머리는 멈춰 있냐? 매복이 있을 것 같으면 군사들이 나서서 말렸겠지. 안 그래? 머리는 네놈보다 저들이 더 좋잖냐."

"나도 그래서 더 답답하다. 어떻게 군사가 세 명이나 있으면서 이 상황을 이해하는 녀석이 한 명도 없냐? 안 그래요, 궤 아저씨?'

"글쎄다. 나도 잘……."

"아, 정말 답답하네. 전쟁이 머리로 하는 것이지만 우리 같은 병사들은 감이야. 살아남는 것은 감이라고, 감!'

"감 좋아하네, 미친 새끼."

"내 말 끝까지 들어! 내 감이 지금 뭐라고 하는 줄 알아? '앞에 매복이 있으니 조심하세요' 라고 지랄하고 있다고. 심장이 벌렁거리고 온몸이 떨려. 그리고 이런 감은 오히려 네 녀석이 더 뛰어나지 않냐? 생각해 봐. 그리고 느껴봐. 네 녀석의 감이 지금 뭐라고 하는지!!'

'감? 본능?'

"…젠장! 인정하긴 싫지만 이번엔 네놈 말이 맞는 것 같다. 나도 지금 온몸이 떨린다. 불안하고 심장이 벌렁거려. 젠장! 역시 매복인가?"

영인은 자신이 왜 불안했는지 알지 못하다가 명규의 설명을 듣고는 확실하게 깨달았다. 오늘따라 기분이 영 좋지 않았는데, 아마도 지금과 같은 상황 때문인 것 같았다.

생존 본능.

영인은 오랜만에 자신의 본능에 따르기로 했다.

"그렇지? 네 감을 믿어. 전쟁터에서 살아남는 것은 무조건 감이 좋은 놈들이다. 삶은 본능이라고."

"흐음, 어떻게 할 거냐? 이대로 가만히 있을 거냐?"

"글쎄요. 생각 같아서는 그러고 싶은데 그러면 안 되겠죠?"

"어쩔 수 없지. 에이, 모르겠다. 결정은 대장인 네가 하는 것이지 대원인 내가 하냐?"

"송 아저씨?"

"궤 형 말대로 네가 대장이다. 우린 네 결정에 따를 뿐이고."

"전 아저씨하고 병 아저씨도 같은 생각입니까? 굴비 형도?"

"물론 우린 너만 믿는다. 그리고 너만 따라다니면 죽지 않는다며? 죽이지만 말고 살려서 보내줘라. 그럼 돼."

"나도."

"큭큭, 정말 대책없는 노인네들이네. 알았수다. 병신이 돼도 목숨은 살려주겠소. 자, 앞에 매복이 있다는 전제하에 움직입니다. 우리는 보위대. 그러니 군대의 수장을 죽게 할 수는 없지 않겠소? 매복이 나타나는 즉시 수장을 데리고 뒤로 빠지는 거요. 다른 작전은 없습니다. 다른 녀석들이 죽든 말든 상관하지 말고 무조건 퇴각이니까 알아서들 따라오시오. 이리 얏!"

"좋다! 하앗!"

"무조건이라… 좋지!"

"이리얏~!"

히이이잉!

두두두두!

이미 이자성은 군사들과 함께 한참을 앞서 있었고, 영인 등은 그런 이자성의 뒤를 따르기 위해 힘차게 채찍을 휘둘러야 했다.

팔만 대군의 이동.

겹현 일대가 말발굽 소리와 병사들의 함성 소리로 가득 찼다. 하지만 영인의 귀에는 이런 소리가 모두 소음으로 들렸다. 오로지 눈앞에 희미하게 보이는 이자성의 뒷모습을 쫓아 달릴 뿐이었다.

*   *   *

이자성의 군대가 맹렬한 속도로 매복 지점에 가까워지자, 멀리서 이를 주시하고 있던 손전정과 정가동 등의 심장이 빠르게 뛰기 시작했다. 조금만 더 있으면 원하던 위치에 들어설 것이고, 그때 그동안 골치를 썩이던 우환덩어리를 도려낼 수 있기 때문이다.

'조금만, 조금만 더.'

"삼변총독님, 이제 명령을……."

"아니, 조금만 더 기다리도록."

"……."

'조금만 더… 그래, 지금이다!'

"지금! 지금이다! 얼른 공격 명령을 내리도록!'

"옛, 기다리고 있었습니다. 부총병관은 어서 시위를 당겨라!'

"충!"

쓰윽, 휘이이익~

정가동의 명을 받은 부총병관은 활에 화살을 메기곤 시야에 들어오는 적장의 가슴을 향해 힘차게 쏘았다.

히이이잉!

"헉!'

"공격~!'

획, 휘이익, 휘이이이익!

쏴아아아아아!

"캐액!'

"끄아아~!'

"화살이다!'

"이런! 매복이다! 양쪽에 매복이 있다!"

갑자기 전면에서 깃발을 들고 달리던 병사의 말에 화살이 꽂히고, 그 이후 하늘이 화살에 가려 어두워졌다. 수많은 화살이 하늘을 뒤덮은 것이다.

깜짝 놀란 이금과 이래형이 병사들에게 매복을 알렸지만 이미 화살은 활시위를 떠난 후였다.

"뭐, 뭐야?!"

"커억!"

"끄아아아!"

"으악!"

히이이잉!

화살비가 쏟아지자 순식간에 말과 사람이 뒤엉키며 쓰러졌다. 양쪽에서 날아온 화살이 병사들의 심장을 뚫었고, 도망치던 적들이 반전을 하면서 앞으로 돌진하지 못하도록 창대로 막아섰다.

"전하, 어서 피하셔야 합니다!"

"위험합니다, 전하!"

"뒤로! 어서!"

"아……!"

이자성은 송헌책과 우금성의 말이 귀에 들리지 않았다. 한순간에 사방이 적으로 둘러싸인 기분이 들었다. 전면과 양쪽에서 적들이 매몰차게 공격해 오고 있었고, 후방에선 계속해서 병사들이 몰려오고 있었기에 뒤로 후퇴할 수가 없었던 것이다.

"어디로 간단 말인가? 어디로?"

휘~

퍽!

히이이잉!

"허억!"

"저, 전하!"

"끄으으~"

설상가상.

사방을 둘러보며 망연자실해 있던 이자성의 말이 화살을 맞고 나뒹굴었다. 이에 깜짝 놀란 최추산이 급히 달려왔지만, 이자성은 쓰러진 말에 다리가 깔려 일어서지 못했다.

"병사들은 어서 방패를 들어라! 더 이상 이곳에 화살이 날아오지 못하도록 하라!"

"우~!"

"보위대는 어디 있는가! 전하께서 쓰러지셨다!"

"보위대~!"

임시로 방패병들이 사방을 에워쌌지만, 오히려 화살이 집중되는 역효과가 났다. 전장을 살피고 있던 손전정이 방패병들의 행동을 보고 이자성이 있음을 직감한 것이다.

최추산은 화살이 집중적으로 쏟아지자 더 이상은 안 되겠다는 생각에 사방을 둘러보며 보위대를 찾았다. 하지만 항상 옆에 있어야 할 보위대의 모습이 보이지 않았다.

"보위대는 지금 병사들로 인해 다가오지 못하고 있습니다."

"뭐야? 이, 이런……."

최추산도 상황이 여의치 않음을 알고 있었다. 그리고 보병들이 중구난방으로 흩어지고 뭉치면서 기병들의 움직임에 상당한 제약을 가중시키고 있었던 것이다.

"뭐 하고 있습니까, 장군."

"아, 손 공!"

"당장 전하를 모셔야 합니다. 어서요!"

"그러고 싶지만 화살 때문에 이동할 수가 없소이다."

"화살은 우리가 책임지고 막아주겠소."

"화산도 여기 있으니 최 장군은 어서 전하를 모시게."

휙, 휘이이익~!

"이얍!"

"하아앗~!"

탁, 타타탁! 타타타탁!

화산파와 산종의 무인들이 이자성을 향해 날아오는 화살을 일선에서 막았다. 이에 이자성을 호위하며 뒤로 움직일 수 있었다. 하지만 일각이 흐르면서 화살을 쳐내던 무림인 중에서 속속 부상자들이 속출하여 하늘을 감싸던 검막의 그물에 구멍이 뚫리기 시작했다.

"더 이상은 안 되겠습니다. 이곳을 집중적으로 공격하고 있습니다."

"아……!"

"그런데 보위대는……?"

"그래, 그 녀석들은 지금 어디에 있소, 최 장군?"

"보위대라면 아까 저쪽에서… 어? 어디에……?"

"저기 오고 있습니다. 장군님, 보위대가 보병들을 뚫고 있습니다."

"아……."

상황이 여의치 않아 도저히 병사들을 피하며 전진할 수가 없었다. 그에 영인은 눈앞에 보이는 병사들을 걷어차며 앞으로 전진했다. 당연히 뒤를 따르던 대원들 역시 말의 좌우로 움직이며 병사들을 옆으로 비켜나도록 만들었고, 그 자리를 굳건히 지켰다.

두두두두!

"비켜~!"

히이잉~

"왜 이렇게 늦었는가?"

"그럼 병사들을 베고 왔어야 옳소?"

"누가 그러라고 했는가? 내 말은……."

"지금 그게 급한 것이 아니잖소. 장군님, 어서!"

"흠! 알겠네. 어서 전하를 모시도록 하게."

"급한 것은 알겠는데 보위대가 무엇인가? 항상 전하의 곁에서 보필하는 것이……."

"젠장, 더럽게 말 많네. 당신은 입 다물고 장군께선 어서 이쪽으로 오시오. 어서!"

"뭐라?"

"허……."

"저, 저런……."

영인의 거듭되는 막말에 이를 보고 있던 최 장군과 손중수 등은 할 말을 잃어버렸다. 거기다 옆에는 화산파 장문인과 문인들이 있었다. 더불어 산종의 무인들까지.

하지만 너무 당차게 나가는 영인을 보며 칼을 들고 뛰쳐나가는 자는 한 명도 없었다. 상황이 그만큼 급박한 것도 있지만 처음 겪어보는 일이었기 때문이다.

"이봐, 손 종주! 당신 눈에는 우리 대원들이 병사들의 진입을 막고 있는 것이 보이지 않나? 저것도 곧 한계라고. 길이 끊기면 말을 타고 벗어날 수 있을 것 같은가? 정 할 말이 있으면 이 위기를 벗어난 다음에 해! 무엇이 급한지도 모르면서 무슨 종주야!"

"이, 이놈이……."

"끄으응."

'이놈! 지금은 참는다. 그러나 이번 전투가 끝난 후 반드시 네놈을 손봐주겠다. 어떻게 해서 그 자리에 올라섰는지도 모르는 놈이.'

"흐음."

이곳엔 최추산을 비롯해서 화산파의 장로들도 함께하고 있었다. 너무도 명백한 무시였다. 감히 산종의 종주인 자신을, 그것도 새파란 녀석이 반말을 지껄이며 무시하자 얼굴이 화끈

거렸다. 그만큼 화가 난 손중수는 영인의 말에 무거운 침음을 흘렸다. 주변이 시끄러워서 들리지 않았을 뿐, 최추산은 분명 이빨 가는 소리가 났을 것이라 짐작되었다.

그러나 상황은 더 이상 자신과 손중수가 나서는 것을 막고 있었다. 영인의 말대로 보위대 대원들이 병사들을 걷어차며 길목을 만드는 데 안간힘을 쓰고 있었고, 병사들은 어떻게든 화살을 피해 살아남기 위해서 뒤로 물러서려고 달려들었다. 이젠 대원들도 한계였고, 오히려 병사들의 창에 피해를 입는 대원들도 몇 명 보일 정도였다.

"이제 됐네. 어서 출발하게."

"알겠습니다. 단단히 잡으십시오. 전방에 명규가 서고 후방 은 아저씨들이 화살을 막아요. 단 하나의 화살이라도 내 쪽으로 날아오면 이후의 일은 알아서 생각하길 바랍니다. 이리 얏!"

"젠장할 놈! 힘든 일은 꼭 우리에게 시키지."

"그럼 아저씨는 저 새끼가 우릴 편하게 해줄 줄 알았어요? 에잇!"

두두두두!

"비켜라! 전하께서 지나가신다~!"

"모두 막아! 병사들의 진입을 막아라!"

대원들의 소리가 들렸다. 거의 악쓰는 소리 같았다. 어떤 대 원은 벌써 목소리가 쉬었는지 입을 열어도 목소리가 나오지 않는 것 같았고, 연신 주변을 살피며 혹시라도 있을지 모를 충돌에 대비하기 위해 안간힘을 쓰고 있었다.

영인은 대원들을 지나치며 목청을 높였다. 이제 해야 할 일을 마쳤으니 원래의 계획대로 무작정 후방으로 달리기만 하면 되었기 때문이다.

"내가 지나가면 바로 따라오도록! 앞쪽은 내 앞을 뚫고 나머지는 따라오면서 양쪽과 후방을 막아라! 앞에 길이 좁아진다! 최대한 벌려!"

"비켜라~!"

"비켜! 비켜!"

"이놈들아! 전하께서 지나가신다고 했잖아!"

"큭!"

"끄아아~!"

"젠장! 그래, 조금만……."

두두두두!

"이젠 거의 다 됐다. 조금만 더… 됐다! 뚫었다! 이제부턴 모두 알아서 따라오도록! 굴비 형, 형은 내 옆에 바짝 붙어! 이리얏!"

"알았다!"

"하얏!"

"모두 비켜! 말에 채여 뒈지고 싶지 않으면 알아서 비켜!"

두두두두!

"휴~"

"허……."

전광석화.

한순간에 왔다가 순식간에 사라져 갔다. 보위대장 영인의 명령 하에 모든 대원이 일사천리로 움직이며 이자성을 호위하며 후방으로 빠진 것이다.

하지만 보위대의 이런 모습을 보면서 최추산은 마음의 짐을 덜은 듯 홀가분했다. 비록 손중수와 보위대장 간에 약간의 마찰이 있었지만, 상황이 어렵고 급박했던 관계로 충분히 무마될 수 있었다. 물론 자신이나 이자성이 중재를 해야겠지만 별 어려움은 없을 것 같았다.

그리고 손중수에겐 미안한 일이지만 오늘 보위대장의 활약이 없었다면 이자성의 목숨뿐만 아니라 자신들 역시 위험했을 정도로 위급한 상황이었다. 즉, 산종과 화산파의 일은 추후 상황을 보면서 무마하면 되기에 지금으로서는 이자성의 안전을 확보했다는 것이 중요했다.

'그래도 보위대가 제 역할을 하는군. 이제 서둘러 빠져나가기만 하면 되는가?'

"모든 병사들은 전하의 뒤를 따라 퇴각하라! 각 장군들과 천인대장들은 병사들의 퇴각을 도와라!"

"퇴각하라! 퇴가악∼!"

"우아∼!"

"빨리빨리!"

최추산의 명으로 모든 병사들이 빠르게 퇴각하기 시작했다. 어디로 뛰는지 생각도 하지 않고 무조건 앞사람이 뛰는 방향으로 따라서 뛸 뿐이었다. 그러나 오합지졸과는 다른 모습을 보였는데, 비록 정신없이 뛰긴 했지만 각자 쥐고 있던 병기를 버리는 병사의 모습은 찾아볼 수 없었다.

손전정은 이자성이 말에서 떨어지고, 또 누군가의 뒤에 앉혀져 도망치는 모습을 보면서 아쉬움이 가득 담긴 한숨을 쉬었다. 조금만 더 밀어붙였다면 잡을 수 있었기에 그 아쉬움은 생각보다 더욱 컸다. 하지만 아쉬운 것은 아쉬운 것이고, 이젠 병사들을 재정비해서 추격을 시작해야 했다. 확실하게 마무리를 짓지 않고선 언제 일어설지 알 수 없는 것이 유적들이기에.

어느 정도 여유를 찾은 영인은 대원들을 불러 경계를 시킨 후 이자성의 상세를 굴비에게 보였다. 이에 굴비는 조심스럽게 이자성의 찢어진 의복 사이로 보이는 상처를 살펴본 후 빠르게 응급조치를 취하였다.

"끄으음."

"이제 조금만 참으시면 됩니다, 전하."

"알겠다. 그나저나 자네의 의술이 쓸 만하군."

"감사합니다, 전하. 잠시만……."

"큭! 흐으음."

"됐습니다. 이제 움직이시는 데 약간은 불편하시겠지만 충분히 말을 타실 수 있을 것입니다."

"그런가? 잘됐군. 끄응! 휴~"

"여기 있습니다."

영인은 명규의 말을 이자성의 앞으로 끌고 왔다. 그리고는 다른 대원들의 부축을 받게 하면서 이자성을 말에 태웠다.

"이 정도면 탈 만하군. 그런데 자네도 보위대 소속인가?"

"그렇습니다, 전하."

이자성은 말에 올라타자 마음이 안정되었다. 그에 다시 한 번 굴비를 향해 물었다.

"흐음, 보위대에 자네처럼 의술을 아는 병사가 있다는 소리는 듣지 못했는데, 보위대장, 어떻게 된 일인가?"

"원래 의원병으로 있었으나 보위대가 만들어지면서 필요할 것 같아서 불렀습니다. 그리고 이번 일을 통해 크게 쓰였으니 다행입니다."

"그렇구먼. 오늘 자네들의 공이 컸네. 잊지 않겠어. 특히 보위대장, 오늘의 활약은 생각보다 훌륭했네."

"보위대의 목적을 충실히 행한 것일 뿐입니다."

"하하, 생각보다 보위대장의 성격이 딱딱하구먼."

"……."

"그나저나 상황이 어떻게 돌아가고 있는지 알고 있는가?"

"최 장군께서 후퇴를 명한 것으로 알고 있고, 지금 이곳으로 오고 있는 중입니다."

"그래? 그렇다면 다행이군. 그럼 아직 피해 상황에 대한 집계는 모르겠구먼."

"최소한 반 이상은… 생각하셔야 할 것 같습니다."

"반 이상? 허, 한순간에 사만 명 이상이 죽었단 말인가? 기습 한 번에?"

"기습보다 잘못된 결정이 만든 결과입니다."

"잘못된 결정?"

이자성은 영인의 말에 새삼스럽다는 듯 쳐다보았다. 생긴 것답지 않게 무언가 의표를 찌르는 듯한 말이었고, 이번 일로 보위대장에 대한 첫인상이 많이 희석되었다.

"이런 기습 뒤엔 당연히 매복을 생각했어야 하는데 너무나 안일한 대처였습니다."

"…그렇군. 실책이야, 너무도 큰 실책. 하지만 피해가 생각보다 크구먼."

"그나마 몰살당하지 않은 것이 다행이라 생각됩니다."

"흐으음."

영인의 매몰찬 말.

이자성은 자신도 모르게 인상이 찡그려졌고, 입에선 침음이 새어 나왔다. 그러나 책망할 수 없는 말이었기에 질책은 자신에게 해야 했다.

그러나 영인의 말을 옆에서 듣고 있던 명규는 멍한 표정으로 영인과 이자성을, 그리고 옆에서 같이 듣고 있는 도길을 향했다. 물론 그 이유는 너무도 당연한 것이었고.

'젠장할 놈. 뭐? 당연히 매복을 생각해야 했다고? 안일한 대처? 개새끼! 똥물에 코 박고 뒈질 놈!!'

'허, 영인이가 세상을 살 줄 아는구먼. 이젠 여우가 다 됐어.'

이자성과 영인은 이후로도 일각가량 더 전쟁에 대해 얘기를 주고받았다. 그리고 대화가 끝나갈 때쯤 해서 최추산이 송헌책과 우금성 등을 대동하고 달려왔다. 또한 그 뒤를 이어 이암과 홍 부인이 따랐고, 이래형 등 나머지 장군들이 병사들을 독려하며 오고 있었다. 마지막으로 후미에서 날아오는 화살을 막았던 화산파와 산종의 무인들이 도착했다.

히이잉!

척!

"전하, 소신을 벌하여 주십시오."

"아닙니다, 전하. 소신이 멍청하여 매복에 대한 대비를 하지 못했습니다. 전하의 용체를 크게 상하게 만들다니… 이번 일은 소신의 실책입니다. 소신을 벌하여 주십시오."

'젠장, 저게 뭐 하는 짓거리야?

"큼, 이번 일은 본인과 그대들에게 뼈아픈 교훈이 될 것이다. 하지만 지금은 적이 추격해 오고 있으니 오늘의 일은 추후에 논할 것이다."

"흐음, 알겠습니다."

"명을 따르겠습니다, 전하."

송헌책과 우금성이 이자성의 질책에 더욱 고개를 숙인 후 뒤늦게 온 이암의 권유로 일어섰다. 하지만 차마 고개를 들 수가 없었다. 자신들의 실책으로 인해 너무도 많은 피해를 입은 것이다.

"장군들은 흩어진 병사들을 재정비하고 이후 명을 기다리도록 하라."

"알겠습니다, 전하."

최추산 등이 이자성의 명에 따라 병사들에게 향한 후 원승지가 화산파의 장로들과 함께 다가왔다. 그리고 그 뒤엔 손중수가 붉어진 얼굴로 따르고 있었다.

"무사하셔서 다행입니다."

"사장로께서 신경 써줘서 감사하오. 오늘 본인이 화산파와 산종에 큰 은혜를 입었소이다."

"아닙니다, 전하. 마땅히 해야 할 일을 했을 뿐입니다."

"아니오. 일찍이 오늘과 같은 위험이 몇 번 겪어보았으나 자신의 목숨을 등한시하며 본인의 안위를 지켜준 것은 그대들이 처음이오. 이번 일, 결코 잊지 않겠소."

"감사합니다, 전하."

"그대들도 힘들 테니 다른 명령이 있을 때까지 몸을 추스르도록 하시오."

"그럼 저희들은 이만."

이자성이 군사들과 함께 이후의 일을 논의하고자 한다는 것을 느낀 장로들은 서둘러 자리를 떴다. 자신들 역시 나름대로 논의할 것도 있었고, 무엇보다 부상자들을 돌보는 것이 시급했기 때문이다.

"이놈, 조금만 기다려라! 아까의 일을 잊지 않았으니 그 대가를 받으러 다시 오마."

"응? 뭐야? 아, 손 종주……."

'쳇, 겨우 그런 일로 앙심을 품어? 대인은 아니군. 그나저나 이건 어떻게 하는 거지? 나에게만 들렸나 본데……'

영인은 손중수의 전음에 깜짝 놀랐다. 갑자기 고막을 때리는 울림에 주변을 둘러보기까지 했던 것이다. 그러나 둘러보아도 자신 외엔 신경 쓰는 사람이 없었다. 하물며 옆에 서 있는 악호까지 모르는 것 같아 혼란스러웠다. 그러다가 자신을 쳐다보고 있던 손중수와 두 눈이 마주쳤다. 그제야 누가 했는지, 왜 했는지 이유를 알 수 있었다.

영인은 모두 물러간 이후에도 자리를 떠나지 않았다. 당당히 이자성의 뒤에 서 있었고, 나머지 대원들 역시 영인의 뒤에 있거나 양옆으로 일정하게 자리를 잡고 있었다.

이자성은 보위대의 모습에 든든한 마음이 들었다. 그리고 잘 만들었다는 생각에 고개가 절로 끄덕여졌다. 그러나 당장 급한 것은 이후의 일에 대한 논의였다. 그에 세 명의 군사와 회의를 시작했다.

"좌군사, 이제 어떻게 하면 되겠소?"

"지금은 어떻게든 적의 추격을 벗어나야 할 것입니다. 그러나 무엇보다 추격을 지연시키는 것이 급선무이며, 그 방법에 대해 빠른 결정을 해야 합니다."

"그렇겠지. 그럼 그에 대한 대안은 있소?"

"이곳으로 오면서 이에 대해 대군사와 잠깐 논의를 했습니다."

"그렇소? 그 상황에서도 논의를 하다니, 대단하구려."

"워낙 상황이 좋지 않기에 무리를 해서라도 방법을 생각해야 했습니다. 당장 대안이 없으면 추격을 벗어나지 못합니다."

"그렇지. 문제는 적의 추격이지."

"그렇습니다, 전하."

"알겠소. 그래, 방법이 있소?"

"이후의 일은 우군사가 말씀드릴 것입니다."

"우군사가? 왜……?"

"세세한 전술을 짜는 것은 우군사가 저보다 낫습니다, 전하."

"알았소. 우군사, 좋은 대안이 있으면 말해보게."

이암의 말에 이자성은 마땅치 않은 표정을 지었다. 이번의 실수가 이자성에게 심적으로 큰 타격을 준 것이 주원인이었다. 물론 안일하게 생각하고 있던 자신의 실수도 있지만, 그것을 바로잡지 못한 군사의 실책을 더 크게 생각하는 이자성이었다.

우금성은 이자성의 말에서 이러한 것을 느낄 수 있었다. 하지만 모른 척 넘기며 차분하게 자신의 생각을 말하기 시작했다.

"우선 생각해야 할 것은 적보다 빠르게 움직여야 한다는 것입니다. 하지만 그것이 현재로서는 여의치 않습니다."

"여의치 않다? 이유는?"

"후방에 따라오던 보급 부대가 원인입니다. 개봉성에서 취득했던 재보와 식량이 상당하고, 무엇보다 그동안 병사들에게 지급할 것까지 감안해서 움직이다 보니 현재 보유하고 있는 재보와 식량이 수레로 오백여 대가 넘습니다."

"그렇지. 남양이 그나마 최대한 안전했으니."

이자성이 말끝을 흐렸어도 그 다음 진행되었을 말은 쉽게 짐작할 수 있었다. 하남성 동쪽을 제외하면 이젠 대부분 이자성의 명이 황제의 명보다 우선인 곳으로 변했다. 하지만 아직 위험이 곳곳에 도사리고 있었기에 가장 안전한 곳으로 옮겨놓으려 했던 것이다.

"맞습니다. 하지만 큰 문제는 아닙니다. 어찌 보면 다행이라고 할 수도 있습니다. 비록 당장은 재보와 식량이 우리의 발목을 잡을 공산이 크지만."

"…그렇다면 전번처럼 남겨두자는 것인가? 적들의 혼란을 부추기기 위해서?"

이자성도 돌머리가 아니었다. 이미 한 번 송헌책과 우금성이 주선진 전투에서 실행했던 전략이고, 너무도 보기 좋게 들어맞아 승리할 수 있는 원인을 제공했던 전략이다. 당연히 우금성의 한마디로 그 의미를 파악할 수 있었고, 고개가 절로 끄덕여졌다.

"맞습니다, 전하. 하지만 이번엔 약간 다릅니다."

"다르다?"

"그렇습니다. 이득으로 적을 유인하고, 적이 혼란에 빠졌을 때 들이치는 전술을 함께 구사해야 합니다. 기습은 당연히 최정예인 별동대를 주축으로 하며, 보병들은 별동대 뒤에서 보조 역할을 해야 합니다."

"이득으로 적을 유인한다? 혼란을 틈타 기습을 한다?"

"그래야 라 장군이 도착할 때까지 시간을 벌 수 있습니다, 전하."

"그렇다면 무조건 퇴각한다는 것은 아니로군. 중간 중간 기습 공격을 강행한다라… 그것도 별동대로……."

"그렇습니다, 전하. 유인책으로는 재보와 식량을 사용할 것이며, 남겨두더라도 한꺼번에 남겨두는 것은 피해야 합니다. 그리고 적의 추격을 살피면서 필요할 때 필요한 만큼씩 남겨둬야 합니다. 너무 많이도, 그리고 적게도 안 됩니다. 그래야 최소한 두 번 이상 기습의 효과를 볼 수 있기 때문입니다."

"알겠네, 그렇게 하지. 이번 일, 우군사를 믿고 맡겨보겠네."

"감사합니다, 전하. 최선을 다하겠습니다."

이자성의 동의에 우금성은 안도의 한숨을 쉬었다. 물론 속으로.

이후 우금성은 송헌책과 함께 세세한 전술을 구상하기 위해 나름대로 논의에 들어갔다. 시간이 많지 않았기에 우선은 적의 추격을 저지하는 차원에서 약간의 재보와 식량을 남겨두기로 결정하였다.

그리고 장군들에게 논의된 사항을 간략하게 설명한 우금성은 두 번째부터 기습을 할 수 있도록 만만의 준비를 해줄 것을 당부했다. 특히 이래형의 별동대가 중요한 전력이기에 이에 대한 세세한 사항까지 주지시켰다. 그만큼 이번의 실수로 인한 이자성의 신뢰가 많이 낮아졌음을 의미하는 일이었다. 따라서 송헌책과 우금성은 이번 전략을 성공시키고 난 후 추궁당하지 않도록 열심히 머리를 굴렸다.

*　　*　　*

이자성은 우금성의 전략대로 퇴각하면서 부피가 나가는 식량을 우선적으로 남겨두었다. 물론 약간의 재보도 함께 남겼는데, 첫 번째는 미끼 역할을 할 것임으로 최소한으로 남겨두었다. 우선은 적을 안심시켜야 했기 때문이다.

이자성이 떠난 후 반 시진.

손전정은 병사들을 대동하고 이자성이 머물렀던 곳에 도착했다. 그리고 남겨진 것들을 보면서 미소를 흘렸고, 병사들이 눈치 채지 못하게 정 총병관을 불러 주변을 수색하도록 명했다.

한식경 후, 정가동은 수색을 마치고 손전정 앞에 도착했다.

"주변에 매복은 없습니다."

"그런가?"

"예, 삼변총독님."

"흐음… 그렇다면 저것은 무언가? 설마 우리를 위해 남겨두기라도 했다는 말인가?"

"아마 급하게 떠난 것이 아니겠습니까? 그래서 추스를 정신도 없었고."

"정 총병관, 그게 말이 된다고 생각하나? 이자성이 어떤 위인인데 재보와 식량을 놔두고 간단 말인가. 하남성의 재보와 식량을 모두 끌고 다니는 위인이 이자성이네."

"흐음."

손전정의 말에 정가동의 고개가 끄덕여졌다. 확실히 그동안 이자성의 행적을 살펴보면 일부러 재보와 식량을 남겨두었다고 생각하는 것이 옳았기 때문이다. 특히 주선진 전투에서 개봉성 앞에 남겨져 있던 재보와 식량 때문에 장군들과 병사들 간에 혼란이 야기되었고, 그것이 패배의 원인이 되었던 일이 있었기 때문이다. 이런 경험이 있었기에 지금 그때와 같은 전략을 구상하고 있는 것이 아닌가 하는 의문이 더욱 짙어졌다.

"혹시 모르니 소장이 기마병을 대동하고 가보겠습니다. 주변엔 매복이 없었으니 위험 요소가 있다면 저곳뿐입니다."

"알았네. 그럼 정 총병관이 확인해 보고 오게."

"옛, 알겠습니다."

이각.

정가동이 삼백 명의 기마병을 이끌고 수레 주변을 샅샅이 살펴보고 오는 데 걸린 시간이었다. 혹시라도 화약이 매설되어 있지 않은지 확실히 살펴보았고, 그 이후에도 의심나는 것이 있는지 재차 확인했다. 하지만 아무리 살펴보아도 의심스러운 곳이 한 군데도 없었다. 그에 더 이상 위험하지 않다는 결론을 내렸고 손전정에게 보고하였다.

손전정은 자신의 예감이 어긋나자 인상을 찡그렸지만, 개봉성의 일을 예로 들면서 수레에 실려 있던 재보와 식량을 철저히 관리하였다. 병사들뿐만 아니라 총병관들까지 일체 접근을 불허한 것이다.

하지만 병사들을 재정비하고 출발한 지 한 시진 후 똑같은 상황이 벌어졌다. 이자성이 머물렀다 생각되는 장소에 어김없이 수레가 남겨져 있었던 것이다. 물론 주변에 매복이나 기습을 노리고 수레 주변에 숨어 있는 병사도 없었다. 혼란스러웠다. 정말 자신의 추격을 뿌리치기 위해 어쩔 수 없이 수레를 남겨둔 것인지, 아니면 다른 이유가 있는 것인지 알 수가 없었던 것이다. 그에 손전정은 전번과 마찬가지로 모든 병사들에게 통제령을 내렸다. 일단 수레에 실려 있는 재보와 식량을 확보하는 것이 먼저였기 때문이다.

멀리서 손전정의 행보를 관찰하고 있던 정찰병은 이와 같은 정보를 이자성에게 알렸다. 이에 우금성은 자신의 예측이 맞았음을 알았고, 좀 더 세밀한 전술을 구상할 수 있게 되었다.

원래 처음만 아무런 매복 없이 남겨두고, 두 번째부터는 기회를 보면서 기습할 생각이었다. 그러나 본진과 추격군 간의 거리가 얼마 떨어지지 않아 위험부담이 컸기에 세 번째까지 수레를 남기는 것으로 전략을 바꾸었다. 그리고 손전정의 추격을 조금이나마 늦출 수 있었고, 이제 상황을 보면서 기습을 성공시키면 되는 것이다.

태양이 모습을 감춘 지 한참이 되었고, 눈앞에 무엇이 있는 지 구분하기도 힘들었다. 아무리 추격이 있다 해도 밤에 움직이는 것은 모험이었기에 더 이상의 진군은 무리였다. 그에 숙영지를 물색해야 했고, 다행히 멀지 않은 곳에 자리를 마련할 수 있었다.

다행이었다. 밤에 움직이다 보면 병사들의 이탈이 있을 수도 있고, 그렇게 되면 병사들의 사기가 급격히 하락할 수도 있었다. 그렇다고 일벌백계로 다스리기엔 병력의 수가 너무도 모자랐다. 거기다 정예병으로 키우는 데 들인 노력이 있기에 쉽게 목을 칠 수도 없었던 것이다.

"오늘은 이곳에서 보내고, 내일 일찍 출발하도록 합시다."

"알겠습니다, 전하."

이자성은 군막이 만들어지자마자 갑옷을 벗고 자리에 누웠다. 오늘은 정말 피곤한 하루였다. 물론 장군들과 병사들 모두 지쳐 있었고, 온몸에 피 칠을 하지 않은 병사가 없을 정도였다.

이자성이 군막 안으로 들어간 후, 우금성을 비롯한 군사들이 모여 내일의 일을 논의했다. 더불어 장군들도 함께 참석하여 논의 사항을 지켜보았다. 이렇게 이자성의 군영에서는 밤늦게까지 논의가 계속되었다. 병사들이 모두 잠들 때까지.

하늘엔 별들이 총총히 박혀 자신의 빛을 뿜내고 있었고, 하나밖에 없는 달은 구름 사이에 가려 잘 보이지 않았다. 다만 희미하게나마 대지를 밝혀주며 자신의 존재를 알려주고 있었다.

"젠장, 이러다간 수련할 시간도 없겠다."

"고민되냐?"

"고민되지요. 이제 겨우 틀을 만들었는데 이렇게 있기엔 시간이 너무 아쉽잖아요."

"허허, 그렇다고 무리할 필요는 없다. 상황이 따라주지 않는데 무리하면 반드시 탈이 나기 마련이다."

"예, 알겠습니다."

영인은 악호의 말에 고개를 끄덕였다. 자신이 생각하기에도 무리하는 것보다는 순리에 맞춰 수련하는 것이 옳다고 생각되었기 때문이다.

"아저씨."

"응? 왜 그러냐?"

"말하지 않은 것이 있는데……."

"뭘 말이냐?"

"저번에… 원숭지가 찾아왔었어요."

"원숭지? 화산파 장문인의 제자 말이냐?"

악호는 영인의 입에서 원숭지에 대한 말이 나오자 호기심이 일었다. 무슨 이야기를 할지 모르지만 영인의 표정으로 보아서 심상치 않은 대화가 오고 간 것 같았기 때문이다.

"절 화산파에서 받아주겠다 하더군요. 자질이 뛰어나다나?"

"널 화산파에서? 그놈 생긴 건 멀쩡하게 생겨가지고 눈이 삐었구나."

"크크, 그렇죠? 내가 화산파에 가면 말아먹을 줄 모르고 그런 제안을 했으니 눈이 삐어도 한참 삐었죠."

"그래서 넌 뭐라고 했고?"

"뭐, 할 말이야 뻔하죠."

"혹시 미쳤냐고 한 것은 아니겠지? 정말 그랬냐?"

"네."

"허······."

영인의 긍정.

악호는 어이가 없었다. 화산파의 문인으로 받아주겠다는 제안을 거절한 것도 모자라, 장문인의 제자에게 차마 입에 담을 수 없는 말을 했으니 오죽할까. 악호는 순간적으로 영인의 뇌가 어떤 구조로 되어 있는지 조사하고 싶다는 욕구가 생겼다.

"정말 미친놈은 원승지가 아니라 네놈이다. 그 좋은 기회를 제 발로 차버리다니."

"저보고 반쪽짜리래요."

"반쪽?"

"네. 초식은 일류를 넘어서고 있는데 내공은 삼류라고요."

"잘 보았구나. 그렇게 따지면 반쪽은 반쪽이지."

"아저씨, 전 지금 말장난하려고 말한 것이 아닙니다."

"나도 마찬가지다, 이 멍청한 놈아. 네가 아직 잘 모르나 본데, 화산파의 제자가 된다는 것이 어떤 의미를 지니는지 알고 있냐? 괜히 구파일방이 아니고 오대세가가 아니다. 그들은 그럴 힘이 있고 능력이 있기 때문에 그렇게 불리고 있는 것이다.

넌 네 인생에 다시 오지 않을 기회를 놓친 것이다."

"휴~ 저도 알고 있어요. 사실 후회도 되고요. 하지만 이미 지나간 일이고 돌이킬 수 없는 일이 되었잖아요. 그래서… 이렇게 아저씨께 털어놓으면 속이라도 후련할까 하고…….."

이제야 영인이 말문을 연 이유를 알게 된 악호는 절로 한숨이 나왔다. 영인의 성격상 분명 원승지가 반감을 살 만한 말을 언급했을 것이다. 그리고 영인은 그것을 받아들이지 못하고 오히려 걷어찼고. 보지 않아도 무슨 일이 벌어졌을지 훤했다. 그에 기가 막힌 것이다. 더불어 한순간의 굴욕을 참지 못하고 한순간의 분노를 참지 못해서 지금 자신 앞에서 후회하고 있는 영인의 모습이 안쓰럽기까지 했다.

"이제 어쩔 생각이냐?"

"어쩌긴요. 이젠 죽을힘을 다해 아저씨가 준 비급을 연구하고 수련해야지요. 그것밖에 내가 할 수 있는 것이 더 있겠어요?"

"그럼 당분간 무림에 나간다는 생각은 버려라. 이 난세가 언제까지 갈지는 모르지만, 최대한 여기서 힘을 기른 후에 무림에 나가는 것이 신상에 이로울 것 같구나."

"…원승지 때문에요?"

"원승지가 문제가 아니다. 아마도 이번 일은 화산파 장문인에게 보고되었을 것이다. 그게 무슨 의미인지 알겠냐? 화산파와 네가 악연으로 엮였다는 것이다."

"설마 그렇게까지야……."

"넌 아직 무림의 생리를 모른다. 무림은 힘의 논리가 지배하는 세상이기도 하지만, 명분으로 움직이기도 한다. 한데 넌 화산파가 움직일 수 있는 명분을 제공했다. 화산파의 이름에 먹칠을 한 것이지."

"전 그런 적 없습니다. 원승지라면 모르겠지만."

"쯧쯧."

영인의 어이없는 대답에 악호의 고개가 좌우로 흔들렸다. 더불어 혀까지 찼는데, 영인이 한심스러운 생각에 저절로 손이 올라가는 것을 간신히 참아야 할 정도였다.

"이 답답한 놈아, 원승지는 화산파의 제자다. 그것도 장문인의 제자. 가히 화산파를 대표한다 할 수 있지. 왜 원승지가 화산파를 대신할 수 있냐고? 당연히 무림에서 활동하는 것만으로도 걸어 다니는 화산파라 할 수가 있기 때문이다. 원승지가 아닌 다른 화산파의 문인이라도 하산하여 강호무림에서 활동한다면 충분히 자격이 있다는 말이다. 그런데 넌 원승지에게 미친놈이라 부르며 무시를 했다. 이건 원승지 개인의 무시가 아니라 화산파 자체를 무시하는 것과 같은 것이지. 겨우 낭인이나 마찬가지인 별 볼일 없는 네놈이. 이제 알겠냐, 왜 네가 지금 무림에서 활동하면 안 되는지?"

"그, 그렇군요."

'젠장, 누가 그런 줄 알았나? 그나저나 웃기네. 그 녀석이 걸어 다니는 화산파라고? 겨우 한 녀석 무시했다고 화산파가 통째로 덤벼? 세상 참 불공평하군. 정말 말세다, 말세야.'

영인은 한순간도 쉬지 않고 토해내는 악호의 말에 기가 죽어 고개가 절로 숙여졌다. 이제야 자신이 무슨 짓을 했는지 실감할 수 있었던 것이다. 하지만 촌각도 지나지 않아 숙여졌던 고개가 다시 들려졌고, 영인의 입술이 꽉 다물어졌다.

"이젠 어쩔 수 없다. 넌 무슨 일이 있어도 군부에서 힘을 길러라. 지금까지라면 이자성의 그늘도 꽤 안전할 것이다. 아니, 네가 어떻게 행동하느냐에 따라 꽤 유용할 수도 있다. 그러니 이자성에게 잘 보이거나, 아니면 그를 잘 활용해라. 무슨 말인지 알지?"

"훗, 어쩔 수 없네요. 아저씨 말대로 당장은 군부에 남아야겠네요."

"무조건 남는다고 능사가 아니다. 군부에 남더라도 널 무시할 수 없도록 힘을 길러야 한다는 말이다. 출세하란 말이다."

"출세요?"

"그래. 지금의 백인대장으론 어림도 없다. 화산파가 마음만 먹는다면 언제든지 네놈 목을 칠 수 있는 것이 백인대장이고 천인대장이다. 물론 천인대장 정도쯤 되면 이자성이 쉽게 허락하지 않겠지만, 그만큼 화산파에서 도움을 준다면 얘기가 달라지는 것쯤은 일도 아니다."

"그, 그렇군요."

"그러니 넌 무슨 일이 있더라도 장군이 되거나 이자성의 믿음을 얻어야 한단 말이다. 그것도 확실하게. 그것이 네가 화산파의 마수에서 살아남는 길이다."

"하하, 마수(魔手)라고 하기엔 좀……."

"아직도 정신을 못 차렸냐? 네놈 목을 따려고 하는데 마수가 아니면 뭐가 마수냐?"

"그렇긴 하네요. 군부의 장군이라……. 어렵긴 하지만 해야 한다면 노력해야겠죠. 알았습니다. 그리고 감사합니다."

"됐다. 네놈에게 그런 공치사 듣자고 한 말이 아니다. 미련한 놈."

"제가 미련하니까 이렇게 아저씨들 옆에 붙어 있는 거지요. 조금만 영리했다면 이렇게 있겠습니까?"

"말이라도 못하면 밉지나 않지. 에잉~!"

"그나저나 아저씨도 제 행동이 꽤나 황당했나 봅니다. 잘 쓰시지 않던 욕도 하시고."

"아마 궤 형이 네놈 말을 들었다면 칼부터 휘둘렀을 거다. 나나 되니까 입으로 그치는 것이고."

"하하, 잘 알았습니다. 이제 그만 들어가 쉬세요. 전 조금만 더 있다가 들어가겠습니다."

"알아서 해라."

악호는 뒤도 돌아보지 않고 막사 안으로 들어갔다. 이미 안에는 오늘 있었던 전쟁으로 인해 피곤에 지친 대원들이 쓰러져 있었다.

오늘 영인이 기분이 좋지 않고 잠도 오지 않을 것 같아 일부러 불침번을 서며 이자성의 곁을 경계하겠다고 나서지 않았다면 밤새도록 명규가 그 역할을 대신해야 했을 것이다. 덕분에 지금 명규는 세상모르고 단잠에 푹 빠져 있었다. 이따금씩 영인이 꿈에 나타나는 악몽을 꾸기도 했지만.

눈앞에 펼쳐져 있는 수레를 보며 손전정은 머리가 아픈지 두 손을 이용해 이마를 지압하고 있었다. 도저히 쑤시는 머리를 어찌할 수가 없었기 때문이다. 혼란스러운 것은 둘째 문제였다. 급한 것은 아침부터 자신을 바라보는 총병관들과 병사들의 눈빛이 달라지기 시작한 것이다.

'이것이었던가? 이자성은 이것을 노리고 수레를 남겨둔 것인가?'

처음엔 의문을 가졌고, 두 번째는 혹시나 하는 의심을 가졌다. 그리고 오늘 아침 세 번째는 숙영지에 연기가 사라지지 않고 있는 모닥불을 보며 조금이나마 의혹이 사라졌었다. 의도했든 그렇지 않든 자신의 추격이 상당히 늦춰져 있었고, 그것을 바라며 수레에 재보와 식량을 남겨두었다는 판단까지 한 것이다.

그러나 문제는 다른 곳에서 발생했다. 자신이 통제령을 내린 것에 대한 불만이 총병관들 사이에 팽배했고, 병사들은 병사들 나름대로 불만이 쌓여 있었던 것이다.

상황이 계속 악화되면 남는 것은 혼란과 자중지란뿐이었다. 이것은 어떻게든 막아야 하는 것이고, 패배로 가는 지름길이었다. 그에 손전정은 특단의 조치를 취해야 할 필요성을 느꼈고, 어쩔 수 없이 총병관들에게 이후 수레가 발견될 경우 일정

량의 취득권을 주겠다고 공지한 것이다.

"서둘러라. 숙영지 상태를 보아하니 출발한 지 얼마 되지 않았다."

"밤새 달려온 보람이 있습니다. 유적들이 멀리 있지 않으니 이참에 재보와 식량을 확실하게 확보해야 할 것입니다."

"당연하지. 부총병관은 다른 군영보다 먼저 확보해야 할 것이다. 알겠나?"

"여부가 있겠습니까. 고 총병관님께서는 소장만 믿으십시오."

"알았다. 그렇게 말하니 한번 믿어보마."

"감사합니다. 충!"

고걸은 자신에게 아부하는 부총병관을 보면서 권력의 맛이 얼마나 달콤한지 음미했다.

'그나저나 이자성이 라여재와 합류하는 것을 막아야 하는데, 삼변총독님은 어떻게 하실지 걱정이군.'

고걸은 이자성이 왜 수레를 남겨두면서까지 후퇴를 하는지 알 수 있었다.

시간.

이자성은 관군의 추격을 최대한 지연시키면서 라여재와 합류하기 위한 시간이 필요했던 것이다. 라여재가 거느린 병력이 비록 이만 명도 되지 않지만 그 뒤에는 백만 명의 예비 병력이 있었다. 비록 오합지졸에 불과하나 만약 연합이 이루어진다면 상황이 어떻게 변할지 몰랐다. 이에 고걸은 손전정이 있는 곳으로 말머리를 돌렸다.

"무슨 일인가, 고 총병관?"

"삼변총독님, 드릴 말이 있습니다."

"할 말이 있다고? 그래, 말해보라."

"예, 실은⋯ 상황이 이러니 추격의 고삐를 더 조이는 것이 합당할 줄 압니다."

고걸의 상황 설명은 간단명료했다. 하지만 내용은 결코 간단하지 않았다. 그러나 고걸의 설명을 모두 들은 손전정의 얼굴엔 미소가 걸려 있었고, 고걸을 바라보는 시선이 한결 부드러워져 있었다.

"고 총병관의 설명은 잘 들었다. 하지만 그것은 이미 생각하고 있으니 안심하도록. 아마도 오늘 저녁이나 내일 정도면 이자성의 군대와 조우할 수 있을 것이다. 그럼 라여재가 오기 전에 충분히 섬멸시킬 수 있지 않겠나?"

"아⋯ 소장이 괜한 걱정을 하고 있었습니다."

"아니다. 고 총병관의 설명으로 다시 한 번 전장을 살필 수 있는 귀중한 시간을 가질 수 있었다. 앞으로도 그런 의견은 필요하니 필요하다 생각될 때 거리낌없이 말하도록."

"감사합니다, 삼변총독님. 충!"

태양이 정점을 향해 오르고 있는 오시.

모든 총병관들이 원하던 상황이 눈앞에 펼쳐져 있었다. 이번엔 아침에 보았던 수레보다 양이 두 배 정도 더 많았다. 당연히 눈에 불이 켜졌고, 손전정의 눈치를 살피지 않고 병사들을 이끌고 수레가 있는 곳으로 향했다. 특히 우성호와 좌양이 앞장을 섰고, 그 뒤를 이어 고걸이 달려나갔다.

손전정은 이미 총병관들에게 한 말이 있기에 말리지 않았다. 이번에도 통제를 한다면 자칫 총병관들의 반기를 부추기는 사태가 벌어질 수도 있었기 때문이다.

"모두 수레를 확인하도록! 먼저 재보가 실려 있는 수레를 확보하라!"

"부총병관은 병사들을 통제하라!"

수레가 가까워질수록 총병관들이 하는 명령은 대동소이했다. 당장 무겁고 운반하기 힘든 식량보다는 값나가는 재보가 실려 있는 수레를 확보하는 것이 여러모로 좋았기 때문이다.

히이이잉!

"부총병관들은 뭐 하나! 어서 저쪽의 수레를 확보하라!"

"병사들은 나를 따르라!"

"수레가 확보되면 총병관님께서 재보를 나눠 주실 것이다."

"뭐 하나! 빨리빨리 움직여라!"

"와~"

부총병관들의 외침 소리에 병사들의 사기가 급상승했다. 나오는 것은 함성 소리였고, 움직이지 않던 다리에 힘이 들어갔다. 그렇게 병사들은 부총병관들의 지휘 아래 하나라도 더 많은 수레를 확보하기 위해 안간힘을 썼다.

"쯧쯧, 나중에 이자성의 목을 취하면 어련히 알아서 나눠 줄 것인데 뭐 하는 짓인지……."

"병사들과 총병관들을 달래기 위해선 어쩔 수 없습니다."

"그나마 정 총병관이 내 옆에 있어서 다행이로군. 정 총병관마저 저들 속에 섞여 있었다면 아마 난 이대로 말머리를 돌렸을 것이네."

"소장이라고 욕심이 없겠습니까. 다만 시기가 아니기에 참고 있을 뿐입니다."

정가동은 손전정의 말에 군례를 취한 후 허리를 꼿꼿이 폈다. 나름대로 자신이 한 말과 생각이 다르다는 것을 손전정에게 암시적으로 보여준 것이다.

손전정은 정가동의 행동을 보면서 고개를 끄덕였다. 생각보다 정가동이 장수로서 마음가짐이 마음에 들었던 것이다.

"이로써 확실해졌군."

"그렇습니다. 이자성은 도망치는 데 급급한 상태고, 더 이상 매복이나 기습은 없을 것 같습니다."

"다행스러운 일이지. 그나저나 잠시 머물기에 좋은 곳을 골랐군. 이 정도 위치라면 병사들도 편하게 쉴 수 있었겠어."

"나무가 별로 없지만 햇빛을 가려줄 그늘이 많으니 행군 중 쉬는데 가장 적합한 곳이 아닐까 합니다."

"자네 말이 맞네. 어떻게 이런 곳을 골랐을까? 생각보다 도망치는 데 여유가 있나?"

"그렇지는 않을 것입니다. 미리 정찰병을 보냈을 것입니다."

"아마도 그렇겠지? 하하, 그래도 이런 곳에 잠시 머물렀다고 생각하니 우려가 되는군."

"어찌 그것이 우려겠습니까. 당연한 생각일 것입니다. 그러나 소장이 주변을 살펴보니 유적들의 식량 사정이 그리 좋지 않은 것 같습니다."

"응? 그게 무슨 말인가? 식량 사정이 좋지 않다니?"

손전정은 정가동의 말에 이해할 수 없다는 표정을 지었다. 도저히 식량 사정이 여의치 않다는 말을 인정할 수 없었던 것이다. 수레 가득 식량이 실려 있었기 때문이다. 만약 정가동의 말대로 좋지 않다면 이자성이 식량을 버리지 않았을 것이기에.

"이것을 보십시오. 채 익지도 않은 감입니다."

"그렇군." .

"사방에 이런 것들이 널려 있습니다. 이것이 의미하는 것은 한 가지입니다. 우리의 추격 때문에 지니고 있는 식량조차 병사들에게 풀지 못할 형편이란 의미이고, 병사들은 이런 것이라도 먹어야 한다는 것입니다."

"호오~"

"이런 것으로 볼 때, 삼변총독님의 말씀대로 내일쯤이면 이자성의 얼굴을 볼 수 있을 것이라 판단됩니다."

"가능성 있는 말이로군. 여하튼 우리가 유적들의 뒤를 바짝 따라붙었단 말인데, 그것 하나는 마음에 드는군."

"제 추측이 맞을 것입니다."

"알았네. 참고하지. 그건 그렇고, 자네뿐만 아니라 다른 총병관들에게도 일러둘 말이 있네. 무엇인고 하니, 이자성의 목은 황제 폐하께서 직접 치실 것이니 괜히 나서지 말란 말이지."

"황제 폐하께서 말입니까?"

"그렇다네. 그러니 내 말에 유의하고 생포하는 데 주력해야 할 것이네. 알겠는가?"

"부총병관에게 일러두겠습니다. 하지만 삼변총독님, 여의치 않으면 주살할 수밖에 없을 것입니다. 워낙 여우같은 놈이라 상황이 위급해지면 혼자서라도 도망칠 것이 분명합니다."

"하긴, 예전에 그런 전례가 있는 놈이긴 하지."

"소장이 알기론 사 년 전 사천성 재동 전투에서 잡을 수 있었는데 수하들의 희생 덕분에 아깝게 놓친 것으로 알고 있습니다."

"그런 일이 있었지. 하지만 이번엔 상황이 다르네. 그렇지만 전장의 상황은 수시로 변하는 것이니 이자성의 문제는 상황을 보면서 그때 결정하도록 하지."

"옳으신 결정입니다. 그럼 소장도 그렇게 알고 있겠습니다."

정가동은 손전정에게 군례를 취한 후 자신의 군영으로 돌아갔다. 지금부터는 다른 총병관들의 병사들과 달리 수레 쟁탈전에 참가하지 못해 아쉬워하는 자신의 병사들을 달래야 하기 때문이다.

세 명의 총병관이 수레를 둘러싸고 실랑이를 벌이고 있을 때, 이런 모습을 조용히 주시하고 있는 한 무리가 있었다. 이래 형과 별동대였다.

이래형은 우금성의 전술이 보기 좋게 먹혀들었음을 두 눈으로 확인했다. 이제 멍석이 깔렸으니 우금성의 전술에 장단만 맞추면 되는 것이다.

계획은 간단했다. 적이 혼란스러울 때 거세게 밀어붙이고, 적들이 정신을 차릴 때쯤 뒤도 돌아보지 않고 퇴각하는 것이다. 당연히 퇴각 방향은 본진이 움직이는 방향과 약간 다르게.

이래형은 관군들의 분위기가 혼란스러움의 최고조에 달했을 때, 말 등에 올라타고서 힘차게 외쳤다.

"공격하라~!"

"공격~!"

"와~!"

두두두두두!

뽀얀 먼지를 동반한 천둥소리.

이만 필이 넘는 말이 한꺼번에 한 방향으로 돌진하며 생성되는 소리는 가히 천둥소리와 같았다.

재보와 식량에 눈이 돌아가 있던 우성호와 고걸, 그리고 좌양.

이들의 얼굴만 바라보며 뭐라도 떨어지길 기대하고 있던 부총병관들과 군관들.

은근슬쩍 수레 근처에 서성이며 땅바닥에 뭔가 떨어져있지 않은가 열심히 두리번거리고 있던 병사들.

이들의 시선이 순식간에 한곳으로 모였다.

그리고 한결같은 변화를 보이는 얼굴들.

그리고 경악.

기습은 없을 것이라 마음 놓고 있던 모든 사람들이 한순간 행동을 멈췄고, 자신들을 향해 돌진하고 있는 별동대를 피하기 위해 사방으로 몸을 틀었다. 아니, 도망치기 위해 몸을 날렸다.

하지만 인간의 뜀박질보다 말이 빨랐고, 놀란 병사들의 움직임보다 말을 타고 있는 별동대의 칼이 빨랐다.

순식간에 터지는 비명 소리와 아우성.

이런 상황을 보고 있던 손전정의 손에 힘이 들어갔고, 급히 달려온 정가동과 병사들을 향해 힘껏 외쳤다.

"유적들을 공격하라! 적들을 한 놈도 살려 보내지 말라!"

정가동과 병사들은 손전정의 외침에 대답도 하지 못하고 전장으로 달려갔다. 어떻게든 혼란을 가라앉히고 적들을 처단하기 위해선 무엇보다 자신들이 전장에 투입되어야 했기 때문이다.

"이놈들! 여기 정가동이 간다!"

"공격하라!"

"와아~!!"

『토룡영인』 3권에 계속…

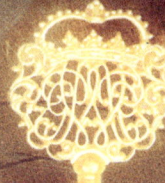

Golden Key

박이수 소설

황금열쇠

「달의 아이」, 「붉은 소금성」의 작가 박이수.
그가 또 하나의 기대작 「황금열쇠」로 나타났다.

우연한 만남이란 단어는 그들에겐 존재하지 않았다.
얽혀 있는 사람들…그리고 피할 수 없는 운명의 굴레!

뒤틀려 버린 운명의 주인공 세이엔 가이스카 리베 폰 라시에…
한순간 인생이 뒤바뀐 불운의 주인공 듀이 델코!
그리고…유일하게 그녀를 기억하는 단 한 사람 이샤무딘!

이제 운명의 주사위는 던져졌다.
엇갈린 운명 속에 모든 사건은 하나로 연결된다!
황금열쇠를 차지하기 위한 그들의 위험한 모험이 지금 시작된다.

유행이 아닌 자유추구 -
WWW.chungeoram.com

Book Publishing CHUNGEORAM

武士 廓優   참마도 新무협 판타지 소설

무사 곽우

『무정지로』, 『십삼월무』, 『화산진도』의
작가 참마도, 그가 돌아왔다!!

새롭게 시작되는 그의 네 번째 강호 이야기!!

"힘이 있는 자가 없는 자를 돕는 것입니다.
또한 힘이 없다면 돕기 위해 노력이라도 하는 것입니다.
그것이 진정한 협 아니겠습니까?"
"호오……."
송완은 다시 봤다는 듯 곽우를 바라보았고 담고위는
무슨 케케묵은 보물단지 보는 듯한 얼굴을 만들었다.
송완은 살짝 킥킥거리며 웃다가 이내 곽우에게 말했다.
"틀렸다. 협이란 무공이 높은 자의 중얼거림일 뿐이야.
무공이 낮은 자는 그저 그 협을 바라만 보고 있어야 하는 것이지.
그래서 세상은 협사가 널렸고 그 협사의 주변엔 구더기들이 들끓고 있는 거야."

강호라는 세상 속에서 지금 한 사람이 그 눈을 뜨려 한다.
한 자루의 부러진 검과 함께 곽우라는 이름을 가지고……

유행이 아닌 자유추구 -
WWW.chungeoram.com

Book Publishing CHUNGEORAM

운룡쟁천

조돈형 **新**무협 판타지 소설

雲龍爭天

팔룡전설을 아는가?

북녘 하늘을 밝히는 별의 정기를 받고 태어난 여덟 명의 기재가
한 시대에 나타나리니, 그들의 눈은 삼라만상(森羅萬象)을 살피고
지혜는 하늘에 닿고 웅심은 천하를 덮을 것이다.
그들이 화합을 한다면 더없이 평온한 세상을 이룰 것이나,
만약 그렇지 않다면 피의 광풍이 온 천하를 휩쓸 것이다.

혼란의 시대!! 모략과 음모가 극에 다다른 혼돈의 강호무림!!

이때 하늘이 안배해 놓은 이가 있었으니, 그의 이름 도극성이라……!!
도극성!! 그가 무림에 다시 모습을 드러내는 날,
팔룡전설은 그로 인해 깨질 것이고 새로운 전설이 탄생할 것이다!!

유행이 아닌 자유추구 ─
WWW. chungeoram.com
Book Publishing CHUNGEORAM

임희정 소설

그러던 어느 날, 그에게 그 '능력' 이 찾아왔다.
조금은, 아름답지 않은 모습으로.

신의 뜻, 그것 외엔 없었다.
신의 영역, 시대의 금기를 깨는 그들의 불꽃같은 삶!

막연히 의사가 되기 위한 삶을 살아왔던 세요 폰 어뷔니트.
인간을 살리기 위해 의사가 되어야만 했던 웨인 파예트.

잔혹한 과거, 어긋난 현재.
그리고 우연히 찾아온 신비로운 능력!
보통 사람들과 다른 존재가 아니라는 것에 대한 증명.

유행이 아닌 자유추구 -
WWW.chungeoram.com

Book Publishing CHUNGEORAM